A Chinese Thinker
Walking in the Middle East

每个人都有内在的情感表达需求，
可是有时候会无奈地发现，
自己连一个哭泣的地方都难以寻觅到。

上帝也会哭泣

——行走中东的心灵激荡

范鸿达 著

厦门大学出版社 国家一级出版社
XIAMEN UNIVERSITY PRESS 全国百佳图书出版单位

自 序

2015年2月,我在德黑兰巴列维王宫向几位伊朗朋友提了一个问题:迄今最有名的五位伊朗人是谁?他们庄重地说出波斯帝国缔造者居鲁士大帝、诗人菲尔多西、萨菲王朝的中兴之君阿巴斯大帝等几个名字,最后他们又以非常怪异的语气和神色提到伊朗现政权的缔造者霍梅尼。2014年6月,我在利雅得的一栋私人别墅内见到其主人,他是一位沙特商人,亦是一名警察,在探讨商务合作的过程中,可以感知到警察身份对他的商业运作会有帮助。2014年1月,我在开罗看到一辆辆装甲车、一队队安全人员存在于街头……

中东国家的确存在很多问题,也时常会让生活其中的民众感到恐惧。2015年初在德黑兰考察时,我得知有一位伊拉克库尔德族女生正在伊朗留学,她的弟弟则直接走上了抗击伊斯兰国武装的战场,因此我很想和她展开一番对话,但是那位女孩儿最终取消了本已同意的对话,因为她的伊拉克朋友告诉她,不要接受外界的采访……可以想象,民众一旦缺乏安全感,那么官方也会感到紧张,因为恐惧可以让民众滋生愤恨,而且这种愤恨在中东又带有很强的区域联动性。在"阿拉伯之春"风起云涌、埃及总统穆巴拉克朝不保夕的2011年1月某日,我问一位巴勒斯坦人对穆巴拉克有何观感,那位老兄就直截了当地说:

一定要把他赶下台!要把所有阿拉伯国家的领导人赶下台,他们没一个好东西!

在这位巴勒斯坦老兄愤怒地表达后不几天,穆巴拉克就在"1·25革命"中被更加愤怒的埃及民众赶下台。在此之前,突尼斯前总统已经被推翻;在此之后,利比亚、也门、叙利亚、巴林等国动荡不已。但是在度过所谓"阿拉伯之春"的民主亢奋后,阿拉伯民众突然发现,理想中的民主仍然是海市蜃楼,甚至,他们都不清楚自己想要的民主究竟是什么,于是茫然随之而来。

事实上,在"1·25革命"爆发后不久,当民主成为埃及人可望而不可即之物、国家却日益动荡之时，就有越来越多的埃及民众开始怀念了，他们怀念前总统穆巴拉克时代的稳定，渴望时任国防部长的塞西将军出任总统，他们期盼新政治强人的上台能够使国家迅速稳定下来。2014年5月，前军方领导人塞西以绝对优势当选为埃及新总统，埃及人用三年多的国家极度动荡，完成了国家政治的一个简单轮回！

在政治迷惘的时候，宗教就比较容易成为中东人的选择，譬如伊朗的伊斯兰革命，譬如时下仍然难以遏制的"伊斯兰国"。宗教涉入政治的结果大都并不完美，利益受损的西方和中东某些国家因此接连发出"伊斯兰威胁"之惊叹，伊斯兰教渐渐成了"暴力"、"恐怖"的代名词。就在伊斯兰教饱受西方非议时，中国部分媒体和学者盲目引入和认同西方对伊斯兰教及其信众的论述，使得伊斯兰教在中国的形象也趋向西方化。对中国而言，以西方视角来解读伊斯兰教是不可取的，因为中国—中东伊斯兰世界关系和西方—中东伊斯兰世界关系有重大甚至是本质的不同。

但是另一方面，目前伊斯兰教备受争议又是一个客观事实，其间必定也有它自身的问题。2014年7月初的某天深夜，在沙特阿拉伯首都利雅得，我和一家宣教机构的负责人进行交流，当谈到伊斯兰教派问题时，该机构的网站负责人滔滔不绝地抨击什叶派，甚至把什叶派排除在伊斯兰之外。我在伊朗和埃及游学时，也曾和当地的教界交流过伊斯兰教派问题，伊朗阿亚图拉说伊斯兰是完整统一的，所谓的教派问题是敌人给制造出来的；埃及教长则说我应该读更多的有关伊斯兰教的书，这样我就能明白教派问题是咋回事儿了……客观地讲，这样的阐释并不能令人信服。

沟通，伊斯兰国家之间的沟通、伊斯兰国家与其他国家的沟通、穆斯林之间的沟通、穆斯林和非穆斯林的沟通，是消除伊斯兰教被误读的必经之路。如果心理隔阂不能打破，那么心中存在的始终会是妖魔化之后的对方形象，就像犹太人和巴勒斯坦人的互视观。2011年9月，一位身在耶路撒冷的巴勒斯坦青年忧伤地对我说，巴勒斯坦人就像是被关在房间里而又没有足够食物的动物，除了撕咬外别无选择……犹太人对巴勒斯坦人恐怖分子身份的认定，巴勒斯坦人对犹太人愤恨、害怕的交织心理，我都真切感知过。正因为我曾考察过以色列和巴勒斯坦的大多数城市，所以犹太人和巴勒斯坦人仍在延续的冲突才更令我心痛！

漫步中东时，让我伤感的不止有当地错综复杂的矛盾，还有中国本身——

我观察到中国人在那里的形象正在日趋下降！我多么希望这只是我的一个错觉，但极可能，我的观察是正确的。越来越多的中国人走出国门，越来越多的中国企业在"走出去战略"的推动下也不断飞向世界，这本应是传播中国正面形象的好机会，但遗憾的是，更多中国符号的出现看似并没有赢得外部对中国的尊重，好像时下的中国已经远离了他们心目中的原本中国。这到底是他们的问题还是我们的问题？

在很多人眼中，中东仍然是一个神秘且充满危险的地方，即使是某些中东问题专家，也对自己研究的这个区域心存畏惧。但是另一方面，中国在中东的利益又是客观存在，除了众所周知的石油进口和商品输出等经贸因素外，正在崛起的中国也需要中东国家在国际层面的支持与合作，中东亦是丝绸之路上的关键一环。希望我的中东漫步能提升中国对当下中东的客观认识。

本书是继《游学中东》之后我的又一本中东考察思想录，通过对巴以冲突、沙特、埃及和伊朗的实地考察，我希望能够向读者展示源于第一手资料的中东状况解读和分析。本书中的照片，除了少数几张是朋友为我拍的留影照外，其余皆是我本人拍摄。较之《游学中东》，呈现在您面前的这本书融入了我更多的个人思考，因此更具思想性。另外，在中东古文明地区行走时，我也常常不由自主地回望同样创造过辉煌文明的中国，希望朋友们在阅读本书时能够感受到我浓浓的中国情怀！

本书涉及国家较多，在每个国家调研时我都得到多方人士的帮助，本书能够顺利完成，我要感谢许许多多的人，如果把这些人的名字都列出来的话至少需要几页的篇幅，因此，我满怀歉意地对这众多朋友说声抱歉，在此就不一一列举您的尊姓大名了。但感谢的话还是要说的。感谢以色列特拉维夫大学、耶路撒冷希伯来大学和巴勒斯坦希伯伦大学为我提供了访学便利，感谢中国驻以色列、巴勒斯坦、埃及、沙特、伊朗的部分外交官、记者、留学生、华人华侨及孔子学院的老师，感谢为我提供帮助的中东诸国朋友，他们有的出现在本书的行文中，更多的则没有出现，但是这不代表我对他们的谢意有不同。

中国虽然人口众多，但是当前读书氛围甚是令人忧伤的淡薄，在此等情况下，厦门大学出版社仍然决定出版本书，感谢蒋东明社长和查品才编辑对拙著的认可和垂爱！事实上，正是因为有这样卓越的出版人，我的写作动力才得以持续存在，并且有日益提升之势。

我自编的《父爱书香》是女儿雅威的八岁生日礼物，《游学中东》是她的十岁生日礼物,而眼前这本书则是她的十三岁生日礼物。女儿的成长推动我不断深化自己作品的思想内涵,谢谢雅威!

中东是世界三大一神教的诞生和汇集之地,犹太教徒、基督教徒和伊斯兰教徒均对上帝信仰有加;虽然这三大宗教都闪耀着仁爱的光芒,但是当下的中东仍然纷争不断、动荡不已,目睹此等悲剧,上帝想必也不会开心。这就是命名本书为"上帝也会哭泣"的主因。当然,纵览全球,现在值得上帝哭泣的区域和现象不在少数。愿上帝能尽快给包括中东在内的世界带来和平、发展与幸福;就个人而言,尽管近些年来我常在中东行走,但是不敢因此而奢求太多,只求上帝能赐予我家人健康!

目　录

1. 巴勒斯坦：过去与现在 ··· 1
  1.1　宗教视野下的巴勒斯坦 ································· 2
  1.2　现代巴勒斯坦问题的产生 ······························· 11
  1.3　巴勒斯坦难民 ·· 19
  1.4　以色列犹太人定居点 ···································· 26
  1.5　耶路撒冷观察 ·· 36
  1.6　巴以冲突展望 ·· 46

2. 沙特：信仰与现实 ··· 48
  2.1　阿拉伯半岛和阿拉伯人回望 ···························· 49
  2.2　沙特行纪 ··· 57
  2.3　沙特的中国元素 ·· 76
  2.4　阿拉伯民族性和沙特稳定性 ···························· 88

3. 埃及：阿拉伯转型的缩影 ··································· 92
  3.1　埃及"1·25革命"及其后的动荡 ······················· 93
  3.2　开罗首日 ··· 102
  3.3　宗教与社会观察 ·· 111
  3.4　阿拉伯国家为什么存在反美情绪 ······················ 117
  3.5　动荡埃及的华人际遇 ···································· 122
  3.6　埃及人如何看待国家的动荡 ···························· 131
  3.7　阿拉伯政治转型的艰难 ································· 135

4. 伊朗：失落与希望 … 143
- 4.1 伊朗的前世今生 … 143
- 4.2 初访伊朗 … 148
- 4.3 德黑兰观察 … 160
- 4.4 国际视野下的德黑兰 … 171
- 4.5 伊斯兰革命视野下的德黑兰 … 184
- 4.6 德黑兰的中国人 … 194
- 4.7 关于伊朗政治发展的思考 … 197

5. 漫步中东遥望中国 … 203
- 5.1 中国：行将崛起还是面临崩溃？ … 204
- 5.2 中国"信仰缺失"漫谈 … 214

后　记 … 225

1. 巴勒斯坦：过去与现在

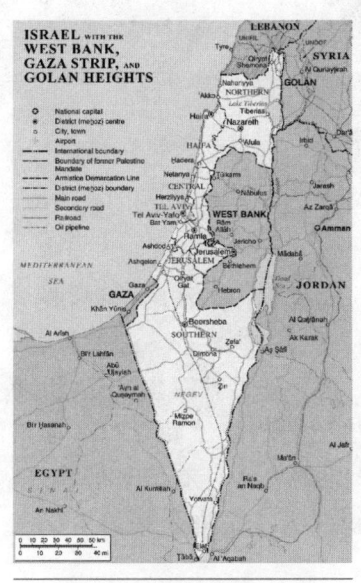

Walking in the Middle East

巴勒斯坦是一个变化的地理概念。古巴勒斯坦涵盖今天的巴勒斯坦、以色列和约旦三国。1921年，正在对巴勒斯坦实施委任统治的英国以约旦河为界，把其东部的巴勒斯坦部分支持成立为新国家外约旦，之后的巴勒斯坦就仅为约旦河以西的部分了。1947年，联合国通过巴勒斯坦分治决议，规定犹太人和巴勒斯坦人可以分别建国，以色列借此于1948年5月14日建国，而拟定中的巴勒斯坦人国家却没有建立起来。之后，巴勒斯坦就特指联合国分治决议中划给巴勒斯坦人的土地了。

在1948—1949年间的第一次中东战争中，巴勒斯坦再次被瓜分了：外约旦占领了约旦河西岸，埃及占领了加沙地带，以色列也占去了部分土地。1950年，获得领土扩张的外约旦改名为约旦，至此，古巴勒斯坦之地分裂为以色列国、约旦哈希姆王国和没有建立国家且被他国占领的巴勒斯坦。在1967年第三次中东战争中，约旦和埃及控制的巴勒斯坦西岸和加沙地区又被以色列占领过去，目前巴勒斯坦人所追求的，就是要在这些土地上建立自己的独立国家。尽管20世纪90年代开启的中东和平进程让巴勒斯坦人获得了一定程度的自治权,但是直到现在,巴以双方仍还没有找到一个解决分歧的有效途径,拥有独立自主的国家仍然是巴勒斯坦人的梦想。今天的以色列和巴勒斯坦地区加在一起也才两万多平方公里,我在这里进行过近一年的游学,巴以大部分城市都曾留下我的足迹。据巴勒斯坦朋友和中国驻巴勒斯坦办事处的外交官讲,我是首位到巴勒斯坦进行实地调研的学者,在希伯伦大学做访问学者的场景至今仍然历历在目。不管是在以色列还是在巴勒斯坦,我都感受到民众的友好与热情,也感受到了他们各自的忧伤。以色列人的坚韧和对民族记忆的保护让我啧啧赞叹,巴勒斯坦人的茫然和间或的乐观让我深深铭记,当然,他们之间的矛盾显现更是仍在我的脑海中。

1.1 宗教视野下的巴勒斯坦

若想理解当下的巴以争端,就一定要对它们的过去有一个清晰认识,要对古巴勒斯坦的宗教含义有比较清楚的了解。世界三大一神教——犹太教、基督教和伊斯兰教——都与巴勒斯坦息息相关,犹太教和基督教诞生于此,伊斯兰教的第三大圣地也位于这里,三大宗教的数十亿信徒均视巴勒斯坦或耶路撒冷为神圣之地。在巴以游学期间,我造访了三大宗教几乎所有的圣址,特别是在游学耶路撒冷的五个月中,我每周都要去面积仅为一平方公里的老城三四次,充分领略到三大一神教对圣城无比的尊重。

1.1.1 犹太教视野下的巴勒斯坦

在犹太教经典《圣经》中,巴勒斯坦被称作"迦南",今日关于迦南的大部分记述,包括犹太人的早期历史,都源于《圣经》。犹太人祖先亚伯拉罕在《旧约》中起初被称为亚伯兰,99岁时上帝才为他改名为亚伯拉罕,伊斯兰教经典《古兰经》则称其为易卜拉欣。

据《圣经》记载,约公元前2000年,身居今伊拉克北部哈兰的亚伯兰得到耶和华(上帝)的启示:"你要离开本地、本族、父家,往我所要指示你的地去。我必叫你成为大国。我必赐福给你,叫你的名为大,也要叫别人得福。为你祝福的,我必赐福与他;那诅咒你的,我必诅咒他。地上的万族都要因你得福。"①在此等情况下,75岁的亚伯兰带着妻子撒莱和侄子罗得等族人,向迦南奔去。当来到迦南的示剑(今巴勒斯坦的纳布卢斯)时,耶和华再次显现,对亚伯兰说:"我要把这里赐给你的后裔。"②

虽然得到耶和华的垂爱,但是亚伯兰的迦南之旅并不顺利,资源的有限让迦南人对这支新来的队伍充满戒意甚至敌意,这时迦南又发生了严重饥荒,亚伯兰不得不带领族人迁往埃及。度过劫难从埃及再次回到迦南后,迦南人的竞争和自己内部的分裂让亚伯兰神伤,在侄子罗得带着部分族人离开后,身处今耶路撒冷附近的亚伯兰得到来自耶和华的指示:"从你所在的地方,你举目向东西南北观看,凡你所看见的一切地,我都要赐给你和你的后裔,直到永远。我也要使你的后裔如同地上的尘沙那样多,人若能数算地上的尘沙,才能数算你的后裔。你起来,纵横走遍这地,因为我必把这地赐给你。"③此后亚伯兰就来到今巴勒斯坦境内的希伯伦,并定居于此,而且势力迅速壮大,成为当地一支不可忽视的力量。

生活日渐稳定下来并逐步走向富足的亚伯兰仍然还有忧伤事,那就是妻子撒莱还是没能为他带来后人。撒莱心有愧意,主动提出让自己的埃及侍女夏甲做亚伯兰的妾,但是"亚伯兰与夏甲同房,夏甲就怀孕了。她见自己有孕,就小看她的主母"④。撒莱深感委屈,在得到亚伯兰的许可后,就以自己的方式苦待夏甲,夏甲被迫逃离。夏甲在旷野中遇到耶和华的使者,使者劝她返回主母撒莱那里,并为她即将出生的儿子取名为以实玛利。于是夏甲再次回到撒莱身边,并且在亚伯兰86岁时生下以实玛利。⑤ 以实玛利(即《古兰经》中的伊斯玛仪)的后裔就是阿拉伯人。

亚伯兰99岁时,耶和华向他显现:"我与你立约,你要作多国之父。从此以后,你的名不再叫亚伯兰,要叫亚伯拉罕,因为我已立你作多国的父。我必使你的后裔极其繁多,国度从你而立,君王从你而出。我要与你并你世世代代

---

① 《圣经·创世纪》,12:1~4。
② 《圣经·创世纪》,12:7。
③ 《圣经·创世纪》,13:14~17。
④ 《圣经·创世纪》,16:4。
⑤ 《圣经·创世纪》,16:7、9、15。

的后裔坚立我的约,作永远的约,是要作你和你后裔的神。我要将你现在寄居的地,就是迦南全地,赐给你和你的后裔,永远为业。我也必作他们的神。"①之后耶和华还告诉亚伯拉罕,其妻撒莱要从此改名为撒拉,并赐福她次年得子。这样,在亚伯拉罕百岁、撒拉年逾90岁之际,他们的儿子以撒出生了。以撒的后裔,即是犹太人。

此时亚伯拉罕拥有了两个儿子——夏甲生的以实玛利和撒拉生的以撒。就女性魅力而言,年老的撒拉远逊于年轻很多的夏甲,再者撒拉也担心未来的财产继承问题,于是就对亚伯拉罕说:"你把这使女和她儿子赶出去!因为这使女的儿子不可与我的儿子以撒一同承受产业。"②亚伯拉罕虽然为此而忧愁,但还是听从耶和华的安排,把夏甲和以实玛利打发走了。撒拉在127岁死去了,悲痛万分的亚伯拉罕向赫人购买麦比拉洞以作安葬撒拉之用,当亚伯拉罕在175岁去世后也葬在这里,之后他的多位后人亦是如此。直到今天,位于巴勒斯坦城市希伯伦市内的"列祖墓"仍然是犹太人的神圣之地。

后来由于迦南地区遭遇严重的自然灾害,亚伯拉罕后裔随之迁往埃及,《圣经》上称其为以色列人。以色列人在埃及发展迅速,埃及统治者忌惮于他们的势力,于是便利用沉重苦役等方式折磨他们。对以色列人更为不利的是,法老还吩咐他的子民说:"以色列人所生的男孩,你们都要丢在河里;一切的女孩,你们要存留她的性命。"③在这种严峻的情势下,以色列人的著名先祖摩西奇迹般地存活下来,并且带领以色列人逃出埃及,而且在这一过程中,借助包括"十诫"在内的摩西律法,犹太教的教规、教义、教法等基本确立,犹太民族也基本成型。

历经四十年的磨难,以色列人最终在约书亚的带领下返回迦南之地,并且在扫罗的领导下于公元前1020年建立了以色列王国,此后历经大卫王(公元前1004—公元前965年)和所罗门(公元前965—公元前930年)的强盛期,特别是在所罗门时期,犹太人在耶路撒冷建立了他们历史上的第一宗教圣殿,使

---

① 《圣经·创世纪》,17:4～8。
② 《圣经·创世纪》,21:10。
③ 《圣经·出埃及记》,1:23。

之成为犹太人国家和宗教生活的中心。① 但是在所罗门之后,这个统一王国便分裂为两部分——北方的以色列王国和南方的犹太王国,前者在公元前722年被亚述人灭亡,后者则于公元前586年被巴比伦征服,而且犹太人的宗教圣殿也被巴比伦人毁掉。即使是被掠到遥远的巴比伦,以色列人也日夜凝望着耶路撒冷:"我们怎能在外邦唱耶和华的歌呢?耶路撒冷啊,我若忘记你,情愿我的右手忘记技巧。我若不记念你,若不看耶路撒冷过于我所最喜乐的,情愿我的舌头贴于上膛。"②

公元前538年,波斯王居鲁士征服了巴比伦王国,他下令犹太人可以返回以色列故土,并且承诺帮助他们重建位于耶路撒冷的宗教圣殿,于是5万多名犹太人回到了巴勒斯坦,在第一圣殿的旧址上建立了第二圣殿。③ 之后犹太人

犹太教圣地西墙(亦称哭墙)

此墙是古犹太王国第二圣殿西墙的一段遗址,中国国内通常认为犹太教教徒至此墙例需哀哭,但据作者实地观察,很少有哀哭的。

---

① 《圣经·列王纪上》,5~6;以色列新闻中心:《以色列概况》,以色列驻华使馆监制,2007年,第9~11页。
② 《圣经·诗篇》,137:4~6。
③ 参阅《圣经·以斯拉记》,1~6。

就生活在波斯帝国及其后的亚历山大帝国的疆域之内,保持着程度不等的自治,而且犹太人哈斯蒙尼王朝(公元前 142 年—公元前 63 年)还曾独立统治大部分原所罗门王国的土地 80 年。① 但是当罗马人在公元前 63 年成为巴勒斯坦的主宰后,犹太人在此地的境遇每况愈下,于是他们接连发动起义反抗,这招致罗马统治者的残酷镇压,并且最终被彻底击败,宗教圣殿也被毁坏,此后只有为数极少的犹太人继续生活在巴勒斯坦,绝大多数犹太人则踏上了漫长的"大流散"之旅。现在,第二宗教圣殿遗迹的耶路撒冷西墙是犹太教最为神圣之地。

1.1.2 基督教视野下的巴勒斯坦

基督教是作为犹太教的分支而逐渐发展起来的,它对犹太教的经典《旧约》同样认可,自然,基督教也就认同犹太教中关于巴勒斯坦的种种说法。除此之外,基督教与巴勒斯坦的关系还因为耶稣而变得更加牢固。从民族属性上讲,耶稣是一名犹太人,《新约·马太福音》开篇即言:"亚伯拉罕的后裔、大卫的子孙、耶稣基督……"②而且作为"人",耶稣一生基本都是在巴勒斯坦度过的。③

根据《圣经》的说法,圣母马利亚正是在巴勒斯坦的拿撒勒感孕耶稣的:"天使加百列奉神的差遣,往加利利的一座城去,这城名叫拿撒勒。到一个童女那里,是已经许配给大卫家的一个人,名叫约瑟,童女的名字叫马利亚……天使对她说:'马利亚,不要怕!你在神面前已经蒙恩了。你要怀孕生子,可以给她起名叫耶稣。'"④耶稣的出生地伯利恒也位于巴勒斯坦境内,作为一名男性犹太人的必备功课,耶稣的割礼则是在耶路撒冷完成。而且,作为人的耶稣的一生,其主要生活之地仍然是巴勒斯坦,就像《圣经》上说的那样:"约瑟和马利亚照主的律法办完了一切的事,就回加利利,到自己的城拿撒勒去了。孩子

---

① 以色列新闻中心:《以色列概况》,以色列驻华使馆监制,2007 年,第 12~13 页。
② 《圣经·马太福音》,1。
③ 圣经上说耶稣曾经在埃及待过一段。耶稣在巴勒斯坦伯利恒降生后,犹太人的王希律因梦生疑,恐惧于自己的位置不保,所以下令把当时降生在伯利恒的男婴杀死。在承蒙上帝使者的警示后,耶稣人间父母约瑟和马利亚带着耶稣逃往埃及,直至希律死亡后才返回巴勒斯坦,并前往其北部加利利地区的拿撒勒。见《圣经·马太福音》,2:13~19。
④ 《圣经·路加福音》,1:26、30、31。

渐渐长大,强健起来,充满智慧,又有神的恩在他身上。"①

伯利恒圣诞教堂

2012年7月,联合国教科文组织通过决议,将伯利恒耶稣诞生地——圣诞教堂——列为世界遗产,此项申请是由巴勒斯坦方面提出的,在表决时以色列和美国投了否决票。

当耶稣三十岁时,他在约旦河接受了施洗约翰的洗礼,从此开始在加利利地区传道、收徒、医治病人等,影响日益渐大。但是耶稣的布道在其家乡拿撒勒并不是太受欢迎,于是他就走向巴勒斯坦其他区域继续自己的拯救人类之旅,并最终来到圣城耶路撒冷。耶稣进入耶路撒冷犹太教圣殿之后,对祭司主导下的神殿状况甚为不满,极力洁净神殿,他赶出殿里一切做买卖的人,推倒兑换银钱之人的桌子和卖鸽子之人的凳子,高声呵斥这些人,说经书言:"我的殿必称为祷告的殿,你们倒使它成为贼窝了。"②

耶稣的布道让犹太大祭司愤怒不已,耶路撒冷犹太教圣殿的主导者们不能容忍耶稣这个加利利犹太人的乱语妄为,于是对耶稣极力打击并妄图置他于死地,"祭司长和民间的长老聚集在大祭司称为'该亚法'的院里。大家商议

---

① 《圣经·路加福音》,2:39~40。
② 《圣经·马太福音》,21:12~13;亦见《圣经·路加福音》,19:45~48;《圣经·约翰福音》,2:13~22。

要用诡计拿住耶稣杀他"①。对犹太教祭司而言捉拿耶稣并不困难,因为身为耶稣十二大门徒之一的加略人犹大见利忘义,有出卖耶稣之心,并且以三十块钱的价码与大祭司达成出卖耶稣的协议。②

在耶稣33岁时的逾越节,他与12门徒相聚于耶路撒冷圣殿山某人家,并且共进晚餐,也就是"最后的晚餐"。在感伤之中结束晚餐后,耶稣和门徒离开圣殿山,前往不远处的橄榄山一个名叫"客西马尼"的地方。深知自己将要大难临头的耶稣忧伤祈祷,不久出卖耶稣的门徒犹大便带领士兵、犹太祭司等一干人前来捉拿耶稣,然后在犹太祭司等人的逼迫下,罗马总督彼拉多不得不下令处死耶稣,而且给予钉十字架的极刑,执行地就是耶路撒冷的各各他(意思是"髑髅地",即目前耶路撒冷圣墓大教堂所在地)。

耶路撒冷圣墓大教堂

耶稣从出生到入死和复活的任何一个时刻,都与巴勒斯坦特别是耶路撒冷息息相关;巴勒斯坦每一个与耶稣有关的地方,也都成为基督徒眼中的圣地或圣址,倍加向往和珍惜。

---

① 《圣经·马太福音》,26:3~5;亦见《圣经·路加福音》,22:1~2;《圣经·约翰福音》,11:45~53。
② 《圣经·马太福音》,26:14~16;亦见《圣经·马可福音》,14::1~11;《圣经·路加福音》,22:3~6。

1.1.3 伊斯兰教视野下的巴勒斯坦

在伊斯兰教与巴勒斯坦的渊源中,"夜行登宵"是一个重要因素。在很大程度上讲,耶路撒冷能够位列麦加、麦地那之后成为伊斯兰教第三大圣城,穆罕默德的这一神迹功不可没。

610年穆罕默德开始在麦加传播伊斯兰教后,遭遇到当地贵族的强烈反对和打压,619年穆罕默德又遭遇到重大的个人变故,一直以来对他给予大力支持和保护的妻子和伯父均撒手人寰,这使得他处于更加不利和危险的境地,本年度也因此被称为伊斯兰教史上的"悲伤之年"。正当穆罕默德走投无路之时,"夜行登宵"发生了。所谓"夜行",是指穆罕默德在一夜之间完成从麦加禁寺到耶路撒冷远寺(即今日阿克萨清真寺所在地)的一次旅行;"登宵"则是穆罕默德在同一晚上升上天际云霄神灵世界,会见众先知并接受安拉关于礼拜的指示。《古兰经》之《夜行》章开篇言:"赞美真主,超绝万物,他在一夜之间,使他的仆人,从禁寺行到远寺。我在远寺的四周降福,以便我昭示他我的一部

作者在耶路撒冷阿克萨清真寺前

分迹象。真主确是全聪的,确是全明的。"①

穆罕默德在人生最为困难的时刻完成"夜行登霄"后,尽管麦加权贵仍然对他施以打压,但是机遇却也悄然降临他身。穆罕默德从耶路撒冷返回麦加后不久,就发生了伊斯兰教史上最为著名的"希吉拉",即622年麦加众穆斯林远赴麦地那,从而为伊斯兰教的顺利发展开启了方便之门,也为阿拉伯半岛的统一和其后阿拉伯帝国的构建打下不可或缺的基础。穆斯林深信"夜行登霄"的存在,所以他们对耶路撒冷、特别是远寺倍加推崇,远寺是仅次于麦加禁寺和麦地那先知清真寺的伊斯兰教第三大圣寺,而耶路撒冷也在麦加和麦地那之后,成为伊斯兰教的第三大圣城。事实上,在迁徙麦地那之后的16个月内,伊斯兰教曾把耶路撒冷作为朝拜的方向,只是因为麦地那穆斯林和犹太人的关系不断恶化,伊斯兰教才又把朝拜的方向确立为麦加克尔白,并且在《古兰经》中加以确定。② 值得提及的是,在今耶路撒冷老城的清真寺区,除了阿克萨清真寺

阿克萨清真寺对面数十米的金顶清真寺

---

① 《古兰经》,17:1
② 穆罕默德·胡泽里:《穆罕默德传》,秦德茂、田希宝译,银川:宁夏人民出版社,1983年,第107页;《古兰经》,2:142~149。

外,在其对面还有一座著名的清真寺,即金顶清真寺。

除了耶路撒冷外,巴勒斯坦还有一座伊斯兰教圣城,那就是哈利勒(即希伯伦)。如前文所述,伊斯兰教也认同易卜拉欣(亚伯拉罕)的先知地位,而且阿拉伯人和犹太人一样,也自认为是易卜拉欣的子孙。《古兰经》提及易卜拉欣达七十次之多,而且明确指出伊斯兰教源于"易卜拉欣的宗教":"你应当遵守信奉正教的易卜拉欣的宗教,他不是以物配主的";"你们应当遵循你们的祖先易卜拉欣的宗教,以前真主称你们为穆斯林,在这部经典里他也称你们为穆斯林。"①在此等情况下,位于哈利勒的易卜拉欣清真寺享誉伊斯兰世界也就易于理解了。②

纵览犹太教、基督教和伊斯兰教的产生或发展史,巴勒斯坦均在其中占据着核心或重要地位。最能体现巴勒斯坦宗教地位的地方,莫过于仅有一平方公里的耶路撒冷老城,在此狭小范围内,三大一神教的圣址随处可见。不过令人遗憾的是,尽管三大一神教都崇尚和平,扬善戒恶,但是作为它们的共有圣地,巴勒斯坦不仅曾经遭遇过严重的宗教矛盾和纠纷,而且还承载了无穷的政治冲突。

1.2 现代巴勒斯坦问题的产生

巴勒斯坦纷争不仅出现在遥远的圣经年代,也不仅发生在历史上的各帝国之间,它亦是今日的客观存在。历数20世纪以来的世界政治难解之题,巴勒斯坦问题必定在列,而且还处于一个相对显要的位置。

现代巴勒斯坦问题源于犹太复国主义运动的开展,骤然升级于以色列国家的建立,焦灼于绵延的阿以战争。虽然20世纪90年代的中东和平进程曾经让巴勒斯坦问题获得解决的曙光,但是其后巴以间的激烈冲突又使得该问题陷入延续至今的僵局。从其产生到现在,巴勒斯坦问题的具体内涵已经发生了很大变化。先是巴勒斯坦人及其近亲阿拉伯人对犹太人重返巴勒斯坦的

---

① 《古兰经》,16:123;22:78。
② 因为阿以政治冲突,如今该寺所隶属的原本一体的宗教圣址被一分为二,分别是穆斯林的易卜拉欣清真寺和非穆斯林进入区亚伯拉罕墓或列祖墓。

排斥，以及由此而产生的冲突；继而是阿拉伯国家企图消灭以色列，让巴勒斯坦重新置于穆斯林掌控之下的战争；现在则是在认同以色列国家合法存在的前提下，巴勒斯坦人针对以色列的持续抗争，以期在一定的地盘上建立巴勒斯坦国。所以，要解读目前的巴勒斯坦困局，就要先从现代犹太复国主义谈起。

1.2.1 犹太复国主义

犹太复国主义是指流散世界各地的犹太人要求回到古代故乡巴勒斯坦、重建犹太国的政治主张与运动；而所谓犹太人流散，是指他们作为群体或整体（被迫）离开曾经建立民族国家的巴勒斯坦，辗转他处艰难生活的历程。

犹太人历史上的第一次流散，就是所谓的"巴比伦之囚"。公元前586年，新巴比伦王国（包括今伊拉克、叙利亚、巴勒斯坦等区域）灭掉巴勒斯坦的犹太王国，之后犹太国王和数万名犹太上层人士和学者被带到千里之外的巴比伦，史称"巴比伦之囚"。不过作为征服者、统治者的巴比伦人并没有对这些远道而来的犹太人施以暴行，而且还允许他们共同生活在相对集中的区域。尽管如此，一些生活在巴比伦的犹太人仍还是非常思念他们的精神家园巴勒斯坦，对圣城耶路撒冷更是充满了向往之情，所以当公元前538年波斯居鲁士大帝征服新巴比伦王国、宣布解放巴比伦犹太人时，一部分犹太人借此返回了巴勒斯坦，并且在波斯统治者的帮助下建立起犹太教第二圣殿。

犹太人历史上影响最大的民族流散发生在罗马帝国征服巴勒斯坦以后。由于信仰和习俗的差异，以及税赋的沉重等因素，犹太人与他们的罗马统治者矛盾越来越尖锐，最终不堪重负的犹太人掀起来了轰轰烈烈的反抗斗争，但是双方的力量相差非常悬殊，犹太人的反抗注定只能是徒劳无功。随着公元1—2世纪犹太人反抗罗马帝国统治的失败，以及他们在巴勒斯坦和耶路撒冷的没落，越来越多的犹太人走上了别离巴勒斯坦的道路。

但是犹太人并没有因为离开巴勒斯坦而获得稳定平和的生活。随着基督教在罗马帝国境内影响力的不断上升，犹太人遭遇到的困难也就日益增多。基督教会认为，虽然犹太人在耶稣降临之前是上帝的选民，但是因为犹太人对耶稣的否定，所以他们已经失去了上帝的宠爱，而基督徒却是紧随耶稣，上帝也因此与基督徒订立新约，并以基督教徒取代了之前犹太人在上帝心目中的位置。此外，耶稣是因为犹太人的背叛出卖而死的思想观念，也越来越深地根

犹太人反抗罗马统治者的最后据点,位于死海对面的马萨达高地

植于基督教徒头脑中,这推动了基督教欧洲对犹太人的排挤和反对。流散中的犹太人在欧洲遭遇到就业、婚姻、穿戴服饰以及居住区域等方面的限制,英、法、德、西等国家和地区还掀起迫害、驱逐犹太人的行径,犹太人的生活大受影响。历史上基督教欧洲是如此反感犹太人,以致哪怕是在大文豪莎士比亚的文学作品中,犹太人的形象也被塑造的龌龊无比。

另一方面,伊斯兰帝国对犹太人和犹太教的政策要温和很多,"在伊斯兰统治下,犹太人被看作是一个'圣书之民',一个同样拥有类似《古兰经》圣书的民族。伊斯兰社会允许犹太人维持犹太人一直具有的社会自治地位和信奉自己固有的宗教"①。法国大革命时期拿破仑也曾经给中西欧的犹太人带来一丝解放的曙光。拿破仑曾经给予法国犹太人平等权,而且随着他对欧洲战争的不断胜利,其征服地上的犹太人状况也获得改善。可是好景不长,拿破仑在欧洲"反法同盟"的联手打击下迅速覆灭,之后他善待犹太人的政策也遭到严重冲击。

到19世纪初期,俄国犹太人成为世界上最大的犹太人群体,但是俄国统

---

① 徐新:《犹太文化史》,北京:北京大学出版社,2011年,第289、47、5142页。

治者对犹太人怀有相当深的偏见与歧视,例如专门给犹太人划出一定的被称之为"栅栏区"的活动区域,直到1881年,亚历山大三世还颁布"临时法令",再次强调禁止犹太人居住在栅栏区以外的地方,规定乡村居民有权力把"有罪的犹太人"驱赶出去。亚历山大三世此时颁布这样的法令也有其特定的背景,那就是当年亚历山大二世刚刚遇刺身亡,而调查的结果显示有犹太人卷入其中,俄国从而产生猛烈的反犹排犹浪潮,犹太人因此掀起了向外移民的高潮。

1894年,法国也因为"德莱斐斯事件"而爆发反犹排犹浪潮。在法军参谋部工作的德莱斐斯因为其犹太人身份而被当作德国奸细判刑,这在全欧洲犹太人中引起了很大震动。"德莱斐斯事件"爆发时,维也纳《新自由日报》驻巴黎特派记者赫茨尔对此给予了特别关注,身为犹太人的赫茨尔曾认为,只要犹太人尽力融入基督教社会,对犹太人的歧视迫害就会消失,可是在就"德莱斐斯事件"采访的过程中,赫茨尔听到看到的尽是犹太人被歧视和迫害的悲愤与泣诉,他也因此改变了自己的想法,并于1896年出版《犹太国》一书,完整地提出了犹太复国主义的思想。

1897年8月29日,在赫茨尔的倡议和主持下,第一届世界犹太复国主义者代表大会在瑞士的巴塞尔举行,本次会议最终确定到巴勒斯坦重建犹太人国家,之后犹太复国主义运动便蓬勃开展起来。1917年11月2日,英国政府推出了"贝尔福宣言",表示"英王陛下政府赞成在巴勒斯坦为犹太人建立一个民族之家,并为达到此目的而尽最大的努力"。经过犹太复国主义者卓有成效的工作,法国、意大利、德国和美国先后表示支持贝尔福宣言,犹太人据此开始向巴勒斯坦更大批地移民,至1939年,移居巴勒斯坦的犹太人总数已增加到44.5万人;而1900年时这里仅有5万名犹太人。

第二次世界大战爆发后,出于争取阿拉伯人支持的目的,英国政府对犹太人在巴勒斯坦移民和购买土地进行了严格的限制,犹太复国主义者期望英国帮助他们在巴勒斯坦建立一个犹太民族之家的幻想破灭了。1942年5月6日至11日,犹太复国主义代表大会在纽约的比尔特摩尔旅馆举行,从此以后,犹太人就把与美国结盟看作是建立自己民族国家的重要保障。1946年10月4日,美国总统杜鲁门公开宣称支持犹太人在巴勒斯坦建立国家的计划;1947年11月29日,联合国大会以美苏等33票赞成、阿拉伯国家等13票反对、英国等10票弃权,以超过2/3的多数通过了巴勒斯坦分治决议,把既有的巴勒斯坦分为三部分——犹太人地、阿拉伯人地和耶路撒冷。

1948年5月14日,英国委任统治宣告结束,以色列国宣告成立,犹太复国主义运动最终实现了在巴勒斯坦建立犹太人国家的目标。

晨练中的以色列特拉维夫市民

1.2.2 阿以战争与和平

伴随着犹太人在巴勒斯坦重建家园的梦想逐步实现,巴勒斯坦人的噩梦来了。

637年,巴勒斯坦被阿拉伯人征服,从此巴勒斯坦与阿拉伯世界的联系日益紧密,其阿拉伯色彩也越来越浓重,最终形成了所谓的巴勒斯坦阿拉伯人,在此后的一千余年中,他们成为这片土地的主人,并成为阿拉伯世界的一部分。阿拉伯人不能容忍犹太人在自己的地盘上建立犹太国家,所以当联合国1947年通过巴勒斯坦分治决议时遭到整个阿拉伯世界的反对。以色列宣布建国后,阿拉伯世界对它采取了拒不承认的态度,非但如此,埃及、伊拉克、叙利亚、外约旦、黎巴嫩等阿拉伯国家还立即发动了对以色列的武装进攻。在从1948年到1973年20多年的光景中,阿以双方仅大规模的武装冲突就有四次之多,其间小规模的冲突更是接连不断。

虽然就绝对力量来讲,阿拉伯一方要远远超过以色列,但是因为阿拉伯世界本身存在一些矛盾,从而造成了阿拉伯人力量的分散甚至是相互间的拆台,再加上美国等西方大国对以色列的大力支持,把以色列从失败乃至崩溃的边缘挽救回来,所以从整体上看,在与以色列的历次战争中,阿拉伯人是处于下风的。结果,阿拉伯人不仅没有收回联合国分治决议所划给犹太人的土地,反而在战争中又失去了今天我们在国际新闻节目中经常听到的约旦河西岸、加沙地带、戈兰高地等大片土地。直到今天,以色列仍然控制着在1967年战争前归属于叙利亚的戈兰高地。

戈兰高地上的标识牌,说明此地距离周边各国大城市的距离

数十年的武装冲突没能给阿拉伯世界带来尊严,也没能为巴勒斯坦人恢复家园。随着战争的一次次失利,巴勒斯坦人也逐渐认识到,不能再把自己的希望完全寄托在已经四分五裂的阿拉伯世界,需要找寻新的道路来维护自己的利益。1988年,以阿拉法特为首的巴勒斯坦解放组织宣布接受此前一直拒绝的联合国1947年分治决议,同时宣布建立巴勒斯坦国,当时这是一个没有国土的"国家"。此后,在阿拉法特等巴勒斯坦温和派的领导下,巴勒斯坦对以

色列的政策由武装对抗为主转移到以政治斗争和外交活动为主。

1991年海湾战争后,马德里中东和会召开,这给了关注阿以、巴以问题的人们无限遐想。在马德里和会之后的一段时间内,因为巴以还处于互不承认状态,所以它们只好通过挪威进行秘密接触。巴以双方从1992年开始秘密接触,结果进展还算顺利,达成了一些协议,巴勒斯坦人也因此获得了对部分土地的自治权,并得到了可以建国的允诺。但是事情的发展一波三折,以色列国内有些人对政府向巴勒斯坦人做出妥协很不满,坚持走巴以和解之路的总理拉宾因此在1995年11月4日惨遭暗杀,成为继埃及总统萨达特之后中东又一位因为主张和平而遭暗杀的领导人。

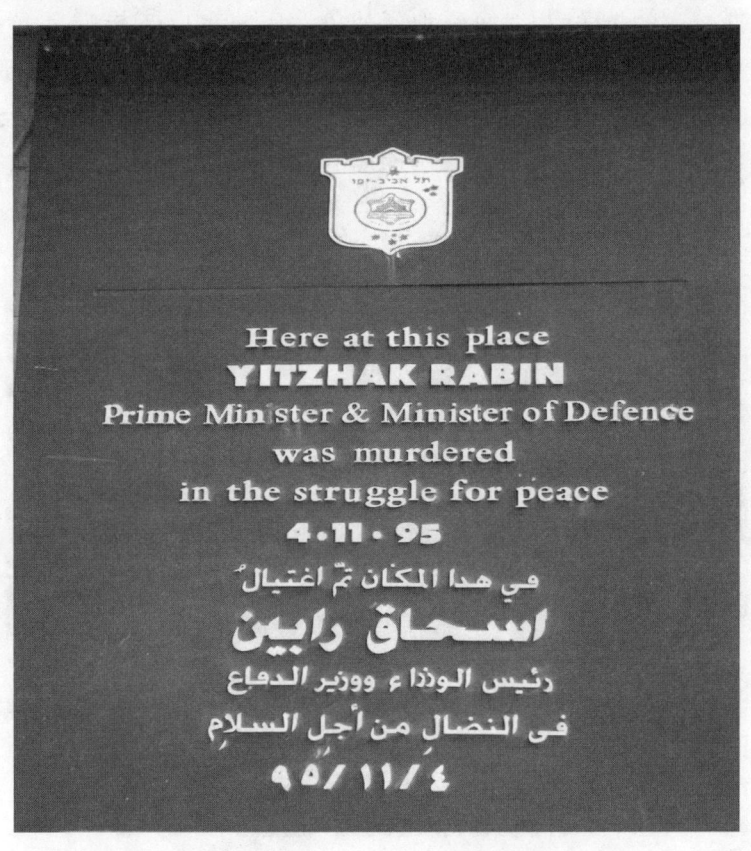

特拉维夫以色列前总理拉宾遇刺处标识牌

1996年,在巴勒斯坦问题上持强硬立场的利库德集团领导人内塔尼亚胡当选为以色列总理,他的上台使巴以谈判陷入停顿状态,由工党政府开启的中东和平进程面临崩溃的危险,巴以冲突亦呈上升之趋势,以色列国内不安全感加强,结果他在1999年被选民赶下台。之后工党领袖巴拉克上台执政,但是他的举措在以色列人看来又太软弱,对阿拉伯人、巴勒斯坦人的让步太多,执政不久又被选民抛弃……以色列选民的这种摇摆心理直接造就了右翼的利库德集团领导人沙龙在2000年的以色列大选中胜出,沙龙是军人出身,他就是以色列1982年攻打黎巴嫩时的以色列国防部长,他上任后的形势发展正如前总理巴拉克所言:选择沙龙就是选择战争。

2000年9月28日,还未出任总理的沙龙突访阿克萨清真寺,导致穆斯林和以色列警方的冲突,影响深远的巴勒斯坦第二次大起义也随之拉开序幕。面对巴勒斯坦人的抗争,以色列采取了战争性质的武装打击,也不再承认巴解组织是代表巴勒斯坦人的合法组织,而是把它视为恐怖主义组织。理所当然,以色列人也就把巴解组织领导人阿拉法特定性为恐怖主义的支持与保护者,从而拒绝与他就巴以问题进行谈判,巴以和平至此走到尽头,阿拉法特也在极度困境中于2004年走完了自己跌宕起伏的一生。当我伫立在西岸城市拉马拉阿拉法特墓地前时,似乎还能感受到阿拉法特的深深叹息。

巴勒斯坦的阿拉法特特型演员

阿拉法特生前的最后几年被以色列和美国视为巴以和平的破坏者,它们期望阿拉法特之后的巴勒斯坦新领导能够就巴以和解达成共识。但形势的发展与以色列、美国的期望正相反,在阿拉法特之后,巴勒斯坦再也没有出现一个具有足够声望的领袖,相反境内派别间的分歧与冲突越来越严重,巴以交恶也不见停息。目前,巴勒斯坦难民、犹太人定居点和耶路撒冷地位等核心难题依然让以色列和巴勒斯坦难言和解。

1.3　巴勒斯坦难民

在困扰巴以和解的诸多因素中,巴勒斯坦难民问题是依然难以逾越的障碍。按照"联合国近东巴勒斯坦难民救济和工程处"(United Nations Relief and Works Agency for Palestine Refugees in the Near East,缩写为 UNRWA,下文以"联合国近东救济工程处"简称之)的定义,所谓巴勒斯坦难民,指的是1946—1948 年间定居在巴勒斯坦,并且由于 1948 年第一次中东战争而失去家园和生活资料的巴勒斯坦人(包括其后代),以及他们合法收养的孩子。① 根据该机构的统计,截至 2013 年 7 月 1 日,其服务范围下的登记巴勒斯坦难民已经多达 4976920 人,由于人口的自然增长,目前巴勒斯坦难民的人数还在增加。

在以色列历史学家 Tom Segev 看来,自犹太复国主义诞生之日起,把巴勒斯坦人驱赶出"上帝应允之地"巴勒斯坦就成为犹太人一个恒久不变的目标。② 在此目标的驱使和其他因素的推动下,犹太人移民巴勒斯坦的步伐不断加快,他们与当地人的矛盾也就自然产生,到 20 世纪二三十年代,巴勒斯坦(阿拉伯)人和犹太人之间的矛盾已经是不可协调,而随着 1947 年联合国巴勒斯坦分治决议的通过和次年以色列国家的建立,以色列与阿拉伯国家便陷入了长期战争之中,并最终导致大量巴勒斯坦人流离失所,沦落为难民。③

---

① 其实对巴勒斯坦难民的界定和认识,巴勒斯坦、以色列、一些阿拉伯和伊斯兰国家以及西方都有自己的看法,参阅 Ella Zureik,"The Palestinian Refugee Problem: Conflicting Interpretations",*GLOBAL DIALOGUE*,Vol. 4 , No. 3, Summer 2002.

② See Tom Segev, "The June 1967 War and the Palestinian Refugee Problem", *Journal of Palestine Studies* Vol. XXXVI, No. 3(Spring 2007), p. 6.

③ 其实在 1948 年阿以战争爆发前,一部分巴勒斯坦人特别是富人,就慑于战争和犹太人的恐怖离开了巴勒斯坦。

伯利恒市某巴勒斯坦难民营里的孩子

1.3.1 巴以在巴勒斯坦难民问题上的纷争

在已经步入21世纪的今天,还有一半的巴勒斯坦人身为难民,这不仅是对国际人道主义原则的漠视,而且也在很大程度上影响了巴勒斯坦—以色列的和平进程。巴勒斯坦难民问题已经存在了60余年,但是现在仍然看不到解决这一难题的有效途径,之所以如此,根本原因在于与难民问题关系最为紧密的巴勒斯坦和以色列二者观点的不可调和。

巴勒斯坦前驻华大使扎卡利亚·阿卜杜·拉希姆在2004年曾就巴勒斯坦难民问题阐述了巴方立场,那就是犹太人和以色列要为巴勒斯坦难民的产生负责,巴勒斯坦难民有权回到1948年阿以战争爆发前的居住地,以色列要为巴勒斯坦难民问题的悬而未决负责,因为以色列政府至今都拒绝承认难民问题的存在,拒绝承认难民的身份,以色列官方不允许难民回归。

以色列在巴勒斯坦难民问题上的看法与巴勒斯坦大相径庭。以色列前驻华大使海逸达亦曾在2004年专门为中国媒体撰写《巴勒斯坦难民问题》阐述以方立场,认为正是阿拉伯国家不接受联合国的相关决议,而且还把战争强加到以色列头上,因此才导致巴勒斯坦难民的产生。在此等认识基础之上,以色列不接受巴勒斯坦难民回归到1948年战争爆发前的原住地,认为巴勒斯坦难民可以在（未来建立的）巴勒斯坦国或者在"相当于以色列领土650倍的21个阿拉伯国家定居"。

巴以的观点是如此对立，也就不难理解双方为什么至今仍还没有在解决巴勒斯坦难民问题上达成共识了。此外，巴以对1948年战争导致的难民数量分歧非常大，以色列认为最多只有40万，巴勒斯坦方面则坚称有80万～90万之多；巴勒斯坦非官方资料认为的数字是75万～80万，以色列学者的研究则称有60万左右。至于对难民的安排，巴勒斯坦和一些阿拉伯国家主张难民的回归权，对此以色列加以拒绝；巴勒斯坦方面还考虑以对难民进行经济补偿或者相关国家给予巴勒斯坦难民公民身份的方式来解决难民问题，但是这在操作上也难度极大。在各方无休止争论中，巴勒斯坦难民不得不继续以卑微的身份生活。

我在以色列、巴勒斯坦进行为期一年的访学期间，走访了这两个国家（地区）的大部分主要城市，发现几十年前自然条件几乎相同的土地上，目前呈现出非常不同的地理面貌——以色列的先进技术和有效治理使得他们拥有了更多的适宜人类居住的土地，但是巴勒斯坦一边的居民却是非常集中地生活在城市及其周边地区，其他地方则多是一片荒芜。比照以色列对国土的改造和规划治理，目前巴勒斯坦境内无人居住的一些土地也是有可能被发展为巴勒斯坦人居住区的。

不过在目前巴勒斯坦还未取得国际社会的普遍承认、巴以冲突依然较为激烈的情况下，以色列方面显然不会帮助巴勒斯坦民族权力机构进行土地改造等方面的工作，但是，假如以色列、巴勒斯坦和国际社会共同努力，通过协商使巴勒斯坦取得独立主权之后，作为正常国家间关系的发展，以色列可以利用自己的移民经验和先进技术，帮助巴勒斯坦进行一些土地改造等有利益于移民安置的工作，这样的话也许一些巴勒斯坦难民就可以获得安置了。

1.3.2 我对巴勒斯坦难民营的考察

自联合国近东救济工程处成立以来，推动并设立巴勒斯坦难民营便成为其工作的主要内容之一。按照联合国近东救济工程处的解释，所谓巴勒斯坦难民营，就是在它的推动安排下，由东道国政府设置的用于接纳巴勒斯坦难民并提供基础设施以满足其所需的地方，其所占地大部分是国有地，也有东道国政府从当地地主那里租借的。虽然很多巴勒斯坦难民营是联合国近东救济工程处推动兴建的，但是该机构的职责却仅限于为难民营提供服务和管理自己的设施，它不拥有、管理和警戒难民营，因为这些都是东道国当局的责任。联合国近东救济工程处在每个难民营都拥有一个服务办公室，居民到此处向难民营服务官更新自己的记录或者提出一些与UNRWA相关的问题，然后难民营服务官再把难民的问题和请求提交给难民营所在地区的管理处。

根据联合国近东救济工程处的统计信息，截至2013年7月1日，依然存在的正式巴勒斯坦难民营有58个，具体分布是约旦10个，黎巴嫩12个，叙利亚9个，西岸19个，加沙8个；在共近500万登记巴勒斯坦难民中，约有150万生活在正式难民营中。需要强调的是，在所有巴勒斯坦登记难民中，生活在正式难民营中的巴勒斯坦难民仅有30%左右，这里重点关注的是难民营内的登记难民[①]。巴勒斯坦难民营是为了临时安置难民而建，再加上所在国家和地区的发展态势并不理想，所以难民营的整体状况一直处于比较差的状态，甚至一些难民营连诸如供水、污水垃圾处理系统和电力等基础设施都不完备。[②]就笔者看来，目前巴勒斯坦难民营普遍存在的几大问题或特征有人口密度过大、失业率过高、卫生和教育资源短缺以及涉入政治程度较深、与以色列对抗烈度更高等。

尽管同为联合国近东救济工程处提供服务的巴勒斯坦难民营，但是由于所在国（地区）的发展状况和对巴勒斯坦难民的态度不同，因此它们对难民营的关注和投入力度也不尽相同，从而造成各地的难民营状况有较大差别，甚至是同一国家和地区内的难民营，其内部状况和面临的环境也有相当差异。总体而言，在难民营治理方面，不像约旦和叙利亚的难民营治理方式较为单一，即政府机构发挥非常突出的作用，巴勒斯坦控制区和黎巴嫩的难民营在治理方面有多重角色发挥作用，包括人民委员会、安全委员会、联合国近东救济工

[①] 难民是自愿向UNRWA的派出机构登记的，他们登记的主要目的是获取UNRWA的帮助与援助。正式难民营中大多数是登记难民，但也有非登记难民。

[②] 笔者尤其需要强调的是，我们这里所言巴勒斯坦难民营的落后是基于与其周边地区的比较而言的，其含义并非是"人间炼狱"的图景。笔者曾经走访过西岸的三个难民营（Shufat、kalandia和Deheisha），发现这里难民的住处并非是破烂不堪的低矮帐篷，而多是多层楼房和院落，只是建得比较紧凑而已，而这种紧凑的建筑在世界上很多地方——包括中国——并不少见。所以，笔者要强调，在很大程度上讲，难民营其实就是一个比周边地区状况差或者类似的普通街区而已（加沙的一些难民营状况甚至并不差于周边地区）。

难民营内倚靠在狭小门口的沧桑老人

程处难民营官员、著名人士、巴勒斯坦政治派别和一些组织等等,在不同难民营这些角色发挥的作用也不尽相同,但"人民委员会"都是发挥最大作用的角色,需要注意的是,它的成员并非由选举产生,在很大程度上讲,它凸显的是某一组织相对他者的力量优势。①

2011年我曾对两个巴勒斯坦难民营进行了实地考察。地处伯利恒城市边缘的德黑舍赫(Deheisheh)难民营始建于1949年,2011年登记难民约1.3万。难民营中的小道狭窄且脏乱,两旁的建筑也多是历经风霜,由于人口的快速增长,这里和很多阿拉伯社区一样,住宅均是上不封顶,随时准备加层。墙壁之上反抗以色列的标语、涂鸦随处可见,让人尤其伤感的是,两位少年和一

---

① See Sari Hanafi, "Governing Palestinian Refugee Camps in the Arab East: Governmentalities in Search of Legitimacy", Issam Fares Institute for Public Policy and International Affairs, American University of Beirut, October 2010, p. 8; The International Crisis Group (ICG), *Palestinian Refugees and the Politics of Peacemaking*, ICG Middle East Report, 5 February 2004, pp. 14~17.

位青年的画像经常进入我的视野——其可爱面容下的那个日期,就是他们的遇难日啊!

我穿行在外人少有踏足的难民营,不时遇到各个年龄阶段的居民。在这里,少年彰显的是冲动,青年体现的是茫然,中年流露的是无奈,老人代表的是沧桑……唯有那孩童,可以在这拥挤的空间绽放出他们天真的笑容。当我慢行至一个拐角时,看到一位正在晒太阳的老妇人,在其身旁则是两个四岁左右的小女孩,其中一位宛若天使般的孩子看到我后径直跑到我身边,让我给她拍照片,拍完后还一直玩弄我的手,就我一只毫无装饰的右手,竟然带给那位可爱的小女孩许久的快乐,她不停弯曲着我的手指,任凭老妇人如何叫她也不回去!

巴勒斯坦难民营里的小女孩

东耶路撒冷舒法特巴勒斯坦难民营始建于1965年,某日上午我去这里探访。在一位热心阿拉伯老伯的帮助下我辗转来到难民营入口处。这里显得相当凄凉,一段高大厚实的隔离墙呆立在那里,旁边是更为高耸的以色列岗楼,在它们下方,则是几乎悄无声息行走的巴勒斯坦人,以及充满冲突痕迹的破旧街道和路障。难民营入口处设有以色列检查站,而且在这里执行任务的以色列全副武装之人还相当多。主道两侧是窄窄的步行通道,我边走边拍照,不一会儿即被以色列检查人员提醒不许拍摄。

在寂静之中我走进舒法特难民营,展现在眼前的景象很是暗淡:在破旧不堪的主街道两旁,是几乎同样破旧不堪的建筑;在尘土飞扬之间,行走着同样希望飞逝的难民;旁边不远处那高大厚重的隔离墙,默默地述说着此地被隔离的特性。我站在难民营内侧,回望那对巴勒斯坦人戒备森严的以色列检查站,仅有一个检查站相隔,内外境况竟有天壤之别。当我对着检查站拍照时,两位巴勒斯坦青年走到我身边,用手势和简单的英语单词鼓动我继续拍摄,而当几十米开外的检查站传来大兵制止拍照的声音时,其中一位青年又对着远处的以色列人竖起大拇指以示配合与支持⋯⋯

我沿街朝难民营里面走——很多巴勒斯坦难民营是沿街而建,面积其实很小,比如我正在探访的这个,才 0.2 平方公里,基本就是一个小长条。崎岖不平的狭窄街道两旁是各式小店。当经过一家水果店时,小伙子店主十分热情地邀我进店看看,之后就积极张罗给我拍照,当他举着我的摄像机拍照时,我分明看到他的双手在相当剧烈地颤抖,我没有用错词,就是"剧烈"——事后当我把照片传到电脑上看时,发现他拍摄时距离近的还好,稍远的一张就已经是非常模糊了。

作者在耶路撒冷舒法特巴勒斯坦难民营

舒法特难民营内的建筑相当稠密,这也是所有现存几十个巴勒斯坦难民营的共同特征。因为人口不断增多,所以舒法特难民营的住宅也越来越紧张,在这种情况下,安全就渐渐被人忽略,在原来仅为建一层、两层打下的地基上,现在建起了三层、四层。这里也有一些新建筑,有几处看样子马上就可以入住了,在周围破旧建筑的衬托下,它们愈发显得卓尔不群——在哪里都是有贫富的分化啊。

1.4 以色列犹太人定居点

所谓以色列犹太人定居点,是指以色列在1967年战争中所占领的土地上建立的犹太平民社区。[①] 犹太人定居点建设在国际社会引起强烈反响,联合国一再申明这是违反日内瓦第四公约之举,国际法院也视之为非法。包括中国在内的国际社会则普遍把以色列继续建设定居点的行径看作是阻碍巴以和平进程之举,因此也没有外国政府支持以色列的定居点建设,即使是与以色列保持"特殊关系"的美国也不例外。但是另一方面,以色列犹太定居点的产生已有几十载,数十万的犹太人对其也倾注了大量的情感,且对很多犹太定居者而言,这里也是其财富和资产之所在,所以对于这些人而言,犹太定居点实在难以放弃。

1.4.1 犹太人定居点的出现和发展

在1967年第三次中东战争中,以色列取得了对阿拉伯国家的辉煌胜利,分别从约旦、埃及和叙利亚手中夺得西岸地区、东耶路撒冷、加沙地带、西奈半岛和戈兰高地,此后一些犹太人陆续来到这些新占领土,开始建设犹太定居点。推动以色列犹太定居点建设的主要是以下这些力量:认为犹太人移民新占领土会增强以色列国家安全的军方人物,宗教复国主义者和其他坚信犹太人有权在从地中海到约旦的地域上建立"大以色列"的人,相信犹太人占领尽

---

① David Newman,"Civilian and military presence as strategies of territorial control:The Arab-Israel conflict",*Political Geography Quarterly*,Volume 8,Issue 3,July 1989,pp. 215～227.

可能多的领土会在未来的和平谈判中拥有更多筹码的政治人物。①

1967年,以色列政府授权兴建了位于耶路撒冷和希伯伦之间的科法·艾特恩(Kfar Etzion)定居点,这是在新占西岸土地上建设的首个平民定居点,但是总体而言,直到伊扎克·拉宾(Yitzhak Rabin)首个总理任期(1974.5—1977.4)结束时,移民至西岸的犹太定居者并不多,总共只有3200人。② 不过梅纳赫姆·贝京政府(Menachem Begin,1977.5—1983.9)上台后,出于对《圣经》关于"大以色列"描述的信仰、对占领土地所有权的追求以及对未来阿以谈判筹码的考虑,以色列加快了在所占领土上的犹太定居点建设。此外以色列最高法院还裁定,凡是基于国土防卫和军事或安全所需而在军方指导下兴建的平民定居点,都是合法的。③ 贝京及其之后的以色列政府采取了向定居者提供政府债券、住房补贴、税收优惠、商业补助和免费教育等方式,这大大推进了犹太人定居点建设,当贝京在1983年离职时,西岸的犹太定居者已经上升到两万多人。④

尽管1967年战争后以色列在西奈半岛、戈兰高地以及约旦河西岸、加沙和东耶路撒冷等地都陆续建立了一些犹太定居点,但是在1979年与埃及签署和平协议后,以色列把西奈半岛的18个犹太定居点陆续撤出,2005年以色列沙龙政府又实施单方面撤离行动,完成了从加沙21个犹太定居点的撤离。时至今日,以色列的犹太定居点仍然存在于西岸、东耶路撒冷和戈兰高地。以色列非政府组织"以色列被占领土人权信息中心(B'Tselem)"的资料显示,截至2011年中,超过30万的犹太人居住在西岸124个以色列犹太人定居点和大约

---

① Donald Macintyre, "The Big Question: What are Israeli settlements, and why are they coming under pressure?", *The Independent*, 29 May 2009.

② Ilan Peleg, "The Legacy of Begin and Beginism for the Israeli Political System," in Gregory S. Mahler, ed, *Israel after Begin*, Albany, 1990, pp. 19~49; Ilan Peleg, *Human Rights in the West Bank and Gaza: Legacy and Politics*, Syracuse: Syracuse University Press, 1995, pp. 22~25.

③ Yvonne Schmidt, *Foundations of Civil and Political Rights in Israel and the Occupied Territories*, Munich: GRIN Verlag, 2008, pp. 361~362.

④ Sasson Sofer, *Begin: An Anatomy of Leadership*, Hoboken: Blackwell Publishers, 1988, pp. 124~166; Ilan Peleg, "The Legacy of Begin and Beginism for the Israeli Political System," in Gregory S. Mahler, ed, *Israel after Begin*, Albany, 1990, p. 31.

100个被称为"以色列前哨(Israeli outpost)"①的犹太定居区内,位于东耶路撒冷的12个定居点生活着超过19万的犹太人。总部位于美国华盛顿的中东和平基金会认为,截至2011年西岸有140个犹太定居点,戈兰高地则有33个。

至于定居点上的犹太居民,除了国内移民外,还有以色列从国外吸收的新移民。尤其需要注意的是,定居点的犹太居民多是虔诚的犹太教徒,甚至有的

以色列正统(宗教)犹太人

① 以色列前哨虽然也是在政府的援助下建立的,但是没有从政府那里取得犹太定居点的认可。

定居点完全是由宗教信仰非常虔诚的正统犹太人组成。定居点的犹太人增长率远高于以色列全国人口的平均增长水平,比如在20世纪90年代,犹太定居点的人口年增长率是以色列全国人口年增长率的三倍。① 特别值得注意的是,在犹太定居点早已成为举世公认的巴以和平障碍以及中东和平进程已经开启情况下,在巴以1993年签署了奥斯陆和平协议后的7年中,以色列的犹太定居点建设反而进入了一个急速发展期,定居者人数猛增了70%,以色列的如是之举表明,犹太定居点已经成为以色列非常倚重的和对手进行谈判的砝码。进入新千年后,定居点人口增加依旧,自2001年以来,西岸定居点人口以年均5%~6%的高速度增长,到2010年,以色列的犹太定居者总数已经高达534224人。②

1.4.2 各方对以色列犹太定居点的看法

深受其害的巴勒斯坦人及其同族阿拉伯人坚信,所有的以色列定居点都是非法的,定居点政策是以色列先发制人甚至是破坏和平之举,它的存在严重阻碍了巴勒斯坦的建国历程。国际社会也普遍认为,以色列犹太定居点是违反国际法的非法存在。日内瓦第四公约明确规定:"凡自占领地将被保护人个别或集体强制移送及驱逐往占领国之领土或任何其他被占领或未被占领之国家之领土,不论其动机如何,均所禁止……占领国不得将其本国平民之一部分驱逐或移送至其所占领之领土。"③联合国安理会仅仅在1979—1980年两年间,就针对以色列所占领土连续通过446、452、465、468、469、471、476、478、484号等9个决议,强调以色列犹太定居点的非法性,要求以色列政府将其撤

---

① Foundation for Middle East Peace, "Sources of Population Growth: Total Israeli Population and Settler Population, 1991—2003", http://www.fmep.org/settlement_info/settlement-info-and-tables/stats-data/sources-of-population-growth-total-israeli-population-and-settler-population-1991—2003,2012年8月9日。

② BBC, "Palestinians shun Israeli settlement restriction plan", 2009年11月25日, http://news.bbc.co.uk/2/hi/middle_east/8379868.stm,2011年10月7日。

③ 红十字国际委员会:《一九四九年八月十二日关于战时保护平民之日内瓦公约(1949年8月12日日内瓦第四公约)》,第三编《占领地》第四十九条,见国际红十字委员会网站http://www.icrc.org/Web/chi/sitechi0.nsf/html/gc4,2012年7月21日。

离,呼吁以色列停止向所占领土移居国民或者改变其人口构成。①

包括以色列最坚定的盟友美国在内的世界各大国也对犹太定居点持否定态度。比如当2012年12月初以色列宣布扩建犹太定居点后,各国纷纷给予强烈批评,在2012年12月18日的新闻发布会上,美国国务院发言人维多利亚·纽兰批评以色列政府在定居点问题上态度强硬,称美国对以色列坚持扩建定居点的"挑衅行为"深感失望。英国、法国、西班牙、丹麦、瑞典等国外交部则分别召见以色列驻当地大使,英国和法国反应最为强烈,它们认为以色列的计划"触及了红线",两国对此感到"非常愤怒",并可能采取包括撤回本国驻以色列大使等进一步抗议措施。澳大利亚也为此召见了以色列大使,之后澳外交部长鲍勃·卡尔在一项声明中表示:"澳大利亚一直反对任何形式的定居点建设,这种行为无助于解决巴以问题,而以色列的安全也无法得到保障。我对以色列的决定非常失望。"

就是在以色列内部,也有声音认为犹太定居点建设不合法,例如早在1967年,针对建设定居点,以色列外交部法律顾问梅伦(Theodor Meron)就对总理政治秘书雅菲赫(Adi Yafeh)直言:"管辖领土之上的平民定居点明显违反了日内瓦第四公约。"② 目前,以色列国内一些非政府组织,例如Peace Now和B'Tselem,也经常对以色列的犹太定居点给予严厉批评。历届以色列政府对犹太定居点的看法是,所有经政府批准兴建的定居点都是完全合法、完全符合国际法。③ 以色列外交部声称,因为一些定居点在建立时并没有可行的外交协议存在,因而也就谈不上违反什么协议了,所以是合法的。

国际社会和以色列在犹太定居点建设问题上态度是如此显著不同,单单法律(国际法、以色列国内法以及二者之间的冲突)一个因素显然是难以给予充分解释的。事实上,犹太定居点早已成为巴以之间非常突出的政治问题。

---

① 联合国文献中心:"安理会决议",见联合国网站 http://www.un.org/chinese/documents/scres.htm,2013年4月14日。

② Gershom Gorenberg, *The Accidental Empire: Israel and the Birth of the Settlements*, New York: Times Books, 2007, p.99.

③ Gregory S. Mahler, *Politics and government in Israel: the maturation of a modern state*, Maryland: Rowman & Littlefield, 2004, p.314. 关于以色列对犹太定居点建设合法性的坚持及其依据,可参阅李兴刚:《阿以冲突中的犹太定居点问题研究》,昆明:云南大学出版社,2011年,第58～89页。

迄今在涵盖西岸和东耶路撒冷在内的以巴勒斯坦人为主的5600平方公里的土地上,在250万名巴勒斯坦人中间,遍布着二百余个犹太定居点或"以色列前哨",有50万名犹太定居者生活其中,可以想象得到,犹太定居点会给巴勒斯坦人带来诸多不便甚至是灾难。另一方面,少数犹太定居者生活在多数巴勒斯坦人中间,自然也会遇到一些困难。而对以色列国防军而言,他们既要防范巴勒斯坦人的潜在攻击,又要面对因为国家整体利益和定居点个体利益差异而催生的犹太定居者的骚动,他们的任务也是非常艰巨。

1.4.3 希伯伦H2区犹太定居点考察

巴勒斯坦西岸城市希伯伦,位于耶路撒冷以南30公里处,2011年时城区内约有17万巴勒斯坦人和几百名犹太定居者。① 在1947年联合国的巴勒斯坦分治决议中,希伯伦被规划给阿拉伯人一方。1948年第一次中东战争后,希伯伦被并入约旦。② 随着1967年以色列在第三次中东战争中取得绝对性胜利,阿拉伯人最终也失去了对希伯伦的掌控。

以色列占领希伯伦的次年,一群犹太人来到希伯伦老城,随后在以色列官方的支持下滞留此城,并且谋求建立定居点。1970年3月,以色列议会批准在希伯伦建立基亚特·阿巴(Kiryat Arba)定居点,次年,第一批50个犹太家庭移居而来,此后不断有犹太人前来希伯伦定居,并不断建立新的定居点。③ 由于一些犹太定居点就建在当地巴勒斯坦人的核心区,自然巴勒斯坦人和新来的犹太定居者会产生矛盾,这也使得希伯伦成为西岸地区巴以冲突最为激烈的城市,也是市区内存在犹太人定居点的唯一巴勒斯坦城市。

---

① 对于希伯伦老城犹太人定居者的数量,因为他们本身的流动性等原因,导致各方面的资料存在较大偏差,比如500、700、800人说等都有,详情参阅 Palestinian National Authority, Palestinian Central Bureau of Statistics: Populations, Housing and Establishments, 2007, http://www.pcbs.gov.ps/Portals/_PCBS/Downloads/book1487.pdf,2011年8月7日; Jennifer Medina, "'Settlers' Defiance Reflects Postwar Israeli Changes", *The New York Times*, April 22, 2007; Yaakov Katz, Tovah Lazaroff, "Hebron settlers try to buy more homes", *The Jerusalem Post*, April 14, 2007.

② Mary Christina Wilson, *King Abdullah, Britain and the Making of Jordan*, Cambridge University Press,1990, pp 181～183.

③ Gershom Gorenberg, *The Accidental Empire: Israel and the Birth of the Settlements*, New York: Times Books, 2007, pp.137ff and p. 205.

1995年9月,巴以签署了关于扩大巴勒斯坦自治范围的协议,规定以军撤出约旦河西岸的7座主要城市,据此以色列应在1996年3月完成从希伯伦撤军的工作,但是以色列以保护希伯伦市内犹太人定居者的安全为由,迟迟不肯撤军。经过7个多月的艰苦谈判,巴以双方终于在1997年1月签署了希伯伦协议,据此希伯伦市被分为H1和H2两部分,H1区拥有12万多巴勒斯坦人,占全市面积的80%,由巴勒斯坦民族权力机构控制;H2区包括希伯伦老城和犹太人定居点,居住着三万多名巴勒斯坦人和数百名犹太人,由以色列军方直接控制,巴勒斯坦权力机构只被赋予针对巴勒斯坦人的民事权力。需要强调的是,希伯伦商业中心和南北交通大动脉均位于老城中。此外1997年希伯伦协议还要求巴以双方履行为全城居民的行动自由提供便利的义务。

1997年希伯伦协议签署后,以色列依约从规定区完成了撤军,希伯伦H1区的巴勒斯坦人也终于迎来了新的生活。但是与希伯伦绝大部分的H1区巴勒斯坦民众不同,H2地带的巴勒斯坦人仍然还要面临来自犹太定居者和以色列军人、警察的种种挑战,尤其是在巴以冲突升级之时,他们面临的情势更是严峻。2011年2—3月间,我受巴勒斯坦希伯伦大学校长的邀请,前往该校

作者在希伯伦大学图书馆与学生交流

进行了为期两周的访学,期间对巴以情势相当严峻的希伯伦 H2 区进行了多次实地考察,这部分内容即是在此次实地调查的基础之上完成的,也是多年来中国学者基于田野调查对希伯伦所做的第一个研究。

我初次去希伯伦老城时有两位当地巴勒斯坦人陪同,一位是希伯伦大学英语系学生 E,另一位是正在德国读书的留学生 F。在老城区入口处是毗邻的巴勒斯坦人商铺,不过顾客寥寥;在这条狭窄的商道上方,是连接两边建筑的铁丝网,网上则是砖头、瓶子等各色杂物垃圾,据说都是居住在上面的犹太人扔的。一些巴勒斯坦人迫于犹太人的压力弃屋而去,所以在犹太定居者的旁临和对过,一些房子是空着的。

希伯伦巴勒斯坦人、犹太人混居区

越过以色列军方检查站,我发现前方一群人正在和几个以色列大兵说着什么,于是走上前去探听,方知那位穿着讲究的巴勒斯坦人想跨越眼前这条街道,但是被以色列士兵拒绝了,巴勒斯坦人只被允许进入街边附近几个生意萧条的商店和靠近检查站的一块小地方。站在这冷清的道路旁,E 告诉我,巴勒斯坦人是不被允许走中间大道的,只能走一侧的狭窄小道。但是后来当我独自再次来到此处时,分明看到也有巴勒斯坦人在大道上行走,不过很明显,走在狭窄侧道上的巴勒斯坦人更多。

顺道再往里走100米处,又有一处以色列军人检查站,巴勒斯坦人是禁止跨越这里的,但是持有国际护照的人士可以进入。从我们抵达此处始,F就显得特别激动,因为他的祖宅就在这里,但目前也只能是废弃在那里。F带领我们,从那条巴勒斯坦人常走的狭窄侧道上来到他的老宅前,这是一幢三层小楼,门窗之上尽是灰尘。环顾四周,发现巴勒斯坦人的窗户上都安装有非常稠密的铁丝网。

又一日,我独自前往老城犹太定居点。经过检查站进入定居点后,发现路两侧的店铺门已是布满灰尘,而且还被涂上以色列的标志大卫星——显然它们的主人都是巴勒斯坦人。前行不久,便来到赫赫有名的舒哈达街,它原本是希伯伦城的主要商业街,连接大市场和巴勒斯坦人口稠密区,但如今舒哈达街早已是风光不再。出于对生活在此处的几百位犹太人的安全考虑,以色列军方已经把此街道封锁了十余年,禁止巴勒斯坦人通行(曾经短暂允许通行),直到现在仍然如此,所以我才会在希伯伦城H1区的很多墙壁上看到"OPEN SHUHADA STREET(开放舒哈达大街)"的红色大印章。

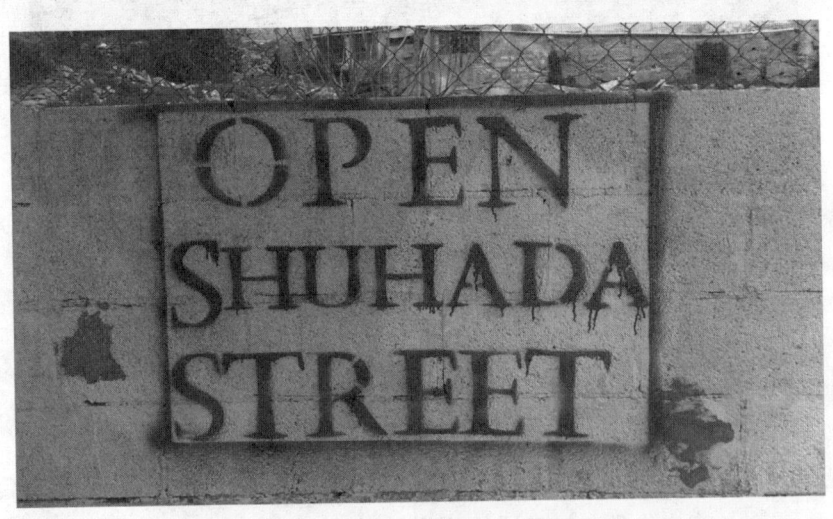

希伯伦市内墙壁上"开放舒哈达大街"的标语

这时展现在我眼前的舒哈达街犹如以色列本土街道一样的清洁，只是路两旁的房门都被焊接死，且大都涂有明显的以色列痕迹，窗户上的玻璃全都支离破碎。在我所走过的并不是很长的一段街道上有三个以色列军人检查处，环顾四周，基本在各个制高点也都有以色列大兵的身影。

空荡的舒哈达大街及破败的巴勒斯坦人房屋

一日傍晚时分，我走出酒店在街上散步，天黑后我也没有停止前进的脚步，而是继续走向老城。夜间的希伯伦街道基本是出租车和零星小贩的天下，而且越是靠近老城，路人就越少，其中有一段竟然只有我一个人。来到那个对我而言标志着老城入口的犹太人定居点时，我顿足观望。在周围巴勒斯坦人破旧建筑的衬托下，夜间灯光明亮的定居点显得更是突出，我拿出手机对其拍照，正要拍摄第三张时，突然有个声音从上面传来，问我是干啥的，我仔细一看，在高处有一个以色列岗楼，一位拿着枪的大兵正在朝我看。

需要注意的是，希伯伦犹太定居者和以色列警察、军队的关系也谈不上非常融洽，这是因为定居者至今仍还试图扩大定居点范围，出于巴以和谈考虑以及所面临的国际社会压力，以色列政府在定居点问题上已经与定居者的诉求出现裂痕。定居者大都是宗教信仰浓厚的所谓正统犹太人，而在当前的以色列社会,那些正统犹太教徒并不是一个很受欢迎的群体。所以,尽管在定居者对抗巴勒斯坦人时以色列警察和军队会站在定居者一边,可定居者与以色列警察和军队之间也存在间隙,有时甚至会发生激烈的暴力对抗。

在希伯伦游学时,我曾问过几位巴勒斯坦人,如果他们在 H1 区看到犹太人会怎么办,我得到的答复是犹太人不敢出现在 H1 区,如果他们真的出现在 H1 区,"我们就会袭击甚至杀死他们"。在特拉维夫时我也曾问一些以色列人是否会去希伯伦,他们均表示不会去,因为那里太危险。巴以之间的裂痕实在是太深了!

1.5　耶路撒冷观察

从政治的角度来看,耶路撒冷是个奇怪的城市——它被两个国家宣布为首都——以色列和巴勒斯坦!这注定耶路撒冷是巴以和平进程中的一个大问题。

耶路撒冷在 1947 年联合国的巴勒斯坦分割决议中被确定为国际城市,它既不隶属阿拉伯人国家也不属于犹太人国家,但是在 1948 年第一次中东战争中,西耶路撒冷被以色列占领,包括老城在内的面积为 6.4 平方公里的东部耶路撒冷被外约旦占领。外约旦接管东耶路撒冷后,立即把辖区内的犹太人赶了出去,并且破坏了几乎所有重要的犹太教会堂,位于橄榄山上的古代犹太墓地也遭到毁坏,墓石被用来搞建设或者铺路。与此同时,东耶路撒冷吸纳了一些来自西耶路撒冷以色列控制区的阿拉伯难民,数千名来奔的阿拉伯人被安置在先前的犹太区。

总体来讲,约旦管辖时期东耶路撒冷的政治重要性大大降低,随着商人和政府部门迁往阿曼,其人口也有下降,不过它的宗教意义仍一如既往。1960年,约旦宣布耶路撒冷为其第二首都,此后耶路撒冷的经济特别是旅游业获得较大发展,越来越多的宗教朝觐者前来此地。

在 1967 年 6 月的第三次中东战争中,以色列不仅占领了先前约旦控制的那 6.4 平方公里的东耶路撒冷,而且还将其周边 64 平方公里的西岸土地据为己有,因此,现在的东耶路撒冷指的就是 1967 年战争后以色列扩大的这 70 平方公里的土地。在1967年占领后,以色列立即合并了东耶路撒冷,因为早在1950年以色列就宣布耶路撒冷是其首都,所以这时东耶路撒冷也成为以色列首都的一部分。但是迄今为止,世界各国仍把自己驻以色列大使馆设在特拉维夫,也就是说,以色列的"耶路撒冷首都梦"并没有得到国际社会的认可。

控制东耶路撒冷后,以色列大力恢复重建老城中的犹太区,为此一些穆斯林家庭遭到破坏,但是老城中的伊斯兰教圣地仍然由穆斯林瓦格夫管理。在2000年巴勒斯坦第二次大起义爆发后,以色列在预防巴勒斯坦人渗透的借口下,决定在东耶路撒冷周边修建隔离墙,东耶路撒冷也因此与西岸地区失去了便利的直接联系。我在耶路撒冷希伯来大学访学期间,曾数次观望不远处的隔离墙及其后面的巴勒斯坦西岸地区。

耶路撒冷希伯来大学附近的隔离墙

1967年阿以战争后,以色列在东耶路撒冷实施了人口普查,并且给予当时登记的耶路撒冷巴勒斯坦人永久居住权,而当时登记时没有在场的那些耶路撒冷人就失去了获取永久居住权的机会。当时以色列还规定,假如东耶路撒冷居民放弃其他国籍并宣誓忠于以色列的话,他们就可以获得以色列国籍,但大多数巴勒斯坦人并没有接受这个条件,到 2005 年底,东耶路撒冷 93% 的阿拉伯人拥有以色列永久居住权,但是只有 5% 的居民申请取得以色列公民权。作为以色列永久居民的东耶路撒冷人有权投票市政选举,并在城市管理中发挥作用,而且他们也要交税,根据 1988 年以色列高等法院的裁定,东耶路撒冷人有权享受社会保障和国家医疗。

1995 年之前,只有那些在国外居住超过 7 年或者获得其他国家居住权或公民身份的东耶路撒冷巴勒斯坦人才会面临丧失以色列定居权的危险,但是在这一年,以色列开始取缔那些不能证明自己的生活中心仍然在耶路撒冷的巴勒斯坦人的永久居住权,这个政策在 4 年后被废除,原因是以色列发现更多的阿拉伯人为了保留自己的定居权而返回耶路撒冷。2000 年 3 月,以色列内政部长宣布,只要能够证明自己每三年至少会到访以色列一次,那么耶路撒冷巴勒斯坦土族人就可以再次获得在以色列的定居权。但是即便如此,东耶路撒冷失去以色列永久居住权的穆斯林也已经是屡见不鲜,甚至有些人在自己还不知情的状况下就失去了以色列定居权。

以色列非政府组织 B'Tselem 的研究报告认为,20 世纪 90 年代以来,东耶路撒冷的巴勒斯坦居民越来越难以获得建筑许可,从而导致这里的住房短缺,这迫使很多人不得不移出东耶路撒冷。此外,如果东耶路撒冷巴勒斯坦人与西岸或者加沙的巴勒斯坦人结婚,那么根据以色列法律,这些人将不得不离开耶路撒冷到他们爱人那里去居住。当然,因为 2000 年巴勒斯坦第二次大起义爆发后,以色列切断了东耶路撒冷与西岸的联系,所以一些东耶路撒冷巴勒斯坦人不得不到国外工作。上述种种情况,使得很多东耶路撒冷的巴勒斯坦人丧失了自己的原居住地定居权。

以色列之所以如此严厉压制东耶路撒冷巴勒斯坦人,原因之一就是企图提高犹太人在这里的存在比例。早在 2007 年,以色列内阁就开始讨论发展东耶路撒冷经济、吸引更多犹太人来此地的建议,为此以色列官方还对东耶路撒冷推出一些方案,比如 57.5 亿谢克的减税计划和迁来一些政府机关等。根据 2008 年底的人口统计,东耶路撒冷有 45.63 万居民,占耶路撒冷总人口的 60%;其中有犹太人 19.55 万(43%),占全市总犹太人口的 40%;穆斯林有 26.08 万(57%),占全市穆斯林总人口的 98%。巴勒斯坦中央统计局 2008 年的一份报告认为,生活在东耶路撒冷的巴勒斯坦人有 20.8 万。

生活在东耶路撒冷的巴勒斯坦人面临着种种限制和挑战,比如在 2006 年

1月25日的巴勒斯坦立法委员会选举中,仅有6300名东耶路撒冷巴勒斯坦人被登记且被允许在当地投票,而其他居民不得不前往西岸的投票点,尽管有以色列方面的大力钳制,但是哈马斯在本城中获得4个席位,而其主要竞争对手法塔赫在这里仅获得2个席位。此外以色列还在东耶路撒冷大力推进定居点建设,不断蚕食巴勒斯坦人的生存空间,对巴以和平谈判造成重大的负面影响,这也是以色列备受国际社会非议以及巴以难以和解的关键问题之一。

事实上,即使是一些犹太人,对以色列在东耶路撒冷的定居点建设也是颇有微词的。当我2011年游学耶路撒冷时,发现在该城东部的加拉赫教长(Sheikh Jarrah)街区,每周五下午都会有一场反对犹太定居点建设的游行,这是一个旨在结束对巴勒斯坦占领和族群平等的社会和政治草根运动,组织者系以色列非政府组织"现在就和平(Peace Now)",参加的主体也是犹太人,当然犹太定居点建设的直接受害方巴勒斯坦人也参与其中,据说这样的活动已经持续多时。

加拉赫教长街区是东耶路撒冷一个非常著名的巴勒斯坦人聚集地,其名称缘于此地的"加拉赫教长墓"。加拉赫教长在阿拉伯历史上可谓是地位显赫,他曾是领导穆斯林反抗十字军东侵的大英雄萨拉丁的医生和重臣,公元12世纪,他于现在的加拉赫教长街区建立了一所学校(或被称之为小型清真寺),死后就埋葬在这所学校地下,此后这里的穆斯林不断增多,到19世纪下半叶,逐渐发展成为一个穆斯林核心区。

不过这个被称为加拉赫教长的穆斯林区好景不长,随着犹太复国主义的发展和阿以冲突的蔓延,在1967年以色列占领东耶路撒冷后,其命运变得跌宕起来,一些犹太人声称此地的某些建筑原本是本族人的,要求生活其中的巴勒斯坦人或者搬走,或者向自己交租金。2001年,几个犹太人搬进一个尘封已久的穆斯林家中,声言这是自己的财产从而不再离开,此后以色列的相关法院和政府部门不断做出有利于犹太人的判决和决定,一些巴勒斯坦家庭已经或正面临被驱赶出这个街区,取而代之的,是犹太定居点在本地的出现。

犹太人在东耶路撒冷建设定居点的行为给一些巴勒斯坦居民带来灾难性打击,也给巴以和平和两族人的和解造成重大障碍,因此它既遭到巴勒斯坦人和很多国际力量的反对,也受到以色列国内很多有识之士的严厉谴责,一些犹太青年自发行动起来,组织"加拉赫教长团结日"的游行活动,每周五下午与巴勒斯坦人一道抗议以色列政府的东耶路撒冷定居点建设政策。

加拉赫教长区团结日活动现场出现的以色列国旗(图右)和巴勒斯坦国旗(图左)

"加拉赫教长团结日"展示了巴以冲突中的温情一面,以色列"耶路撒冷日"大游行就能看到巴以的交恶了。1967年6月7日(犹太教历Iyar月28日),以色列从约旦手中把东耶路撒冷夺了过来,这是自犹太教第二圣殿被罗马人毁坏后,犹太人首次完全掌控耶路撒冷,以色列官方遂把统一圣城的犹太教历这一天定为耶路撒冷日,为国家假日之一。2011年6月1日是以色列(犹太人)的第44个耶路撒冷日,4万犹太人在耶路撒冷举行了声势浩大的游行活动。因为我正居住在耶路撒冷,而且对政治性事件又特别关注,所以对于此次游行,我几乎是全程跟踪,一路下来,感慨颇多。

下午临近5点时分,我走出希伯来大学宿舍漫步街头。当我来到一条宽阔的马路时,发现有很多正统犹太装束的人出现在街头,而且与往常不同,此时的正统犹太人也绽放出发自内心的笑容,对我等外国人也友善了很多。正在感叹正统犹太人的难得表现之际,我走上了马路的最高段,这时眼前的场景把我给震惊了——在一条相当宽阔的马路上,在视野之中的长长路段上,竟然

东耶路撒冷的加拉赫教长区团结日活动现场

图片中的人物大部分是以色列犹太人。

挤满了挥舞着以色列国旗的人,而且服装特别是上衣颜色基本都是白色,再加上以白色为主题的国旗,放眼望去,简直就是条宽宽的白丝带——这就是犹太人为纪念第44个耶路撒冷日而举行的游行现场了。据事后耶路撒冷邮报报道,当天参加游行的人有4万之多,在小小的以色列,这可是大数目。

对犹太人特别是正统或是右翼犹太人来讲,耶路撒冷日有足够多的政治和宗教含义,所以游行者的喜悦与激动是可以想象的。游行队伍中老、中、青、少、幼、婴皆有,尤以青、少年居多,看着一些正统犹太人载歌载舞,满脸欢颜,

犹太人耶路撒冷日活动现场之一

有说有笑,我不得不再次感慨,原来他们快乐的时候也是如此可爱——其实在每周五下午和晚上,这样的场景在老城内的哭墙前也会出现,只是不如现在这样的规模大。来以色列后我一直苦于少有机会轻松拍摄正统犹太人,此时可算逮着机会了,而一贯严肃的他们这时也是积极配合。

游行队伍集中的这个地方靠近正统犹太人街区,所以犹太人在这里庆祝自己的第 44 个耶路撒冷日呈现的是一片祥和,我也能够感受到他们的快乐和节日的气氛,但是接下来的场景,留给我的就是心灵的震撼和对人世的无奈了。在这里停留之后,部分游行队伍在一辆音箱车的导引下开始前行,他们的前方可就是我曾经去过多次的巴勒斯坦人聚集区啊,也就是说,犹太人要到至今仍对耶路撒冷梦寐以求的巴勒斯坦人面前庆祝自己颇具含义的"耶路撒冷日"！这状况只想想就足以令人担心，更何况马上就要成为现实。我于是立马跟上，看看到底会发生什么。

进入巴勒斯坦人聚集区，情势骤然紧张，沿街几乎布满了警察和安保人员，巴勒斯坦人的住所和商铺前更是防范的重点。这时绝大部分的巴勒斯坦人是不会到街上走动的，这样一则会被以色列警察和安全人员阻拦，另一方面，对于他们来讲，此时也不大愿意出来。但即使如此，街边仍还是有一些巴勒斯坦人，而每当经过他们时，犹太游行者就会对着巴勒斯坦人大肆挑衅，在一个我曾经光顾过的巴勒斯坦商铺前面，我看到了几张巴勒斯坦人的铁青的脸！我又注意到，一位双手被捆绑着的巴勒斯坦人被两位以色列警察押解到路边的警车上。

当游行队伍来到巴勒斯坦人的一个中心区域时，尽管有全副武装的以色列警察大力劝阻甚至推搡，但是游行者还是顽固地停顿下来，他们集体转身，面对巴勒斯坦建筑高声喊叫，原来在楼顶上站着一些挥舞着巴勒斯坦国旗的人。于是，在我的镜头中，下方是为数众多的挥舞着以色列国旗的犹太人，上方是与之相对的二十余位巴勒斯坦人，双方就这样展开了激烈地的语言和手势攻击。对于大队人马的犹太游行者而言，对楼顶上的这些敌对者进行攻击显然并不能解气，他们还有距离更近的对手——就在距离他们三米左右的路边，还站着一排巴勒斯坦人。一些尤为激进的犹太人企图摆脱警察和安全人员的阻拦，看那架势是要与巴勒斯坦人来个短兵相接。路边的巴勒斯坦人尽管人数甚微，但也并没有害怕——如果没有足够的勇气此时他们也不会出现在这里。让人非常遗憾的是，表现最为激烈的人均为青年和少年，这还如何让人期待未来？

随着形势越发紧张，以色列警察加大了维持秩序的力度，更加强硬地推动游行队伍前进，这在期间，他们还和游行者发生了冲突，把一位犹太青年直接从游行队伍中给揪了出来，以锁喉之势把他带到路边。以色列警方还有其他驱散人群的措施——两匹高头大马驮着两位虎背熊腰之警察，具有相当大的威慑力。在以色列各工种的集体努力下，游行队伍终于离开了这个巴勒斯坦人中心区域，进入一条大马路。在宽阔的马路上，因为没有了巴勒斯坦人的身影，游行者又恢复了快乐的节日气氛，载歌载舞，有说有笑，一些人还主动配合我拍照。但是这样轻松的时刻并未持续太久——这部分犹太游行者的终点站

犹太人耶路撒冷日活动现场之二
图片中楼下的人是以色列犹太人,楼上是举着巴勒斯坦国旗的巴勒斯坦人。

是他们的宗教圣地哭墙,具体线路是途径老城大马士革门前往哭墙,而大马士革门附近区域则是巴勒斯坦人聚集区,事实上,单单以"大马士革"来命名此门本身,就足以说明这里与阿拉伯人的密切关系。

来到巴勒斯坦人集中地,犹太游行者顿时有了高唱的指向。警察和安全部门显然是百密一疏,让游行者和巴勒斯坦人在这里获得了短暂的小规模打斗机会,之后就是大量警察和安保人员的涉入,把二者强行分开。这时路边的一些巴勒斯坦人商店也已经被要求关门,我亲眼所见,当一家商铺的门被店主打开一条缝隙时,里面的巴勒斯坦人竭力往外冲,外面的同胞则是全力阻止。

犹太人耶路撒冷日活动现场之三

图中的以色列安全人员隔开了刚刚发生冲突的以色列犹太人和巴勒斯坦人。

此地的巴勒斯坦人要比发生对抗的前一处多,面部表情也更为冷峻严肃,从中不难发现其愤怒之色。但是犹太游行者显然很乐意看到这幅场景,一直在对巴勒斯坦人进行嘲讽歌唱,一位激动的巴勒斯坦老爷子则孤单地进行语言对抗……这时一位犹太小伙遇到麻烦,安保人员把他摁在地上,检查他的大背包……在游行中,以色列警察和安全人员最需要面对的并不是巴勒斯坦人,而是犹太人!

队伍终于缓慢来到大马士革门前,平日此时,这里应该是巴勒斯坦人一个非常繁华的小市场,而现在则充满了犹太游行者,他们在这里又唱又跳,还吹起了号角。我好不容易透过一个缝隙,穿越游行队伍进入大马士革门内,这里面也是巴勒斯坦商铺区,此时则全都关了门——但并没有关门大吉,一些游行者或是狠狠地踢踹,或是用木棍击打巴勒斯坦商铺的铁门。旁边二楼的一户巴勒斯坦人家也成为被攻击的对象,游行者对着窗户不停地高声叫喊,而在房顶上,我的镜头捕捉到一位巴勒斯坦少年,他正尽力蹲伏以期不被人发现。

1.6 巴以冲突展望

时至今日,尽管巴以冲突仍还是频频出现在国际媒体上,但是据我观察,媒体的塑造和实际情况之间存有相当大的差距。

在以色列、巴勒斯坦长达近一年的实地考察告诉我,时下的巴以冲突是定时、局部和低烈度的。所谓定时,就是双方的冲突基本是在每年特定的几个日子发生,比如以色列的"耶路撒冷日"和巴勒斯坦的"6·5战争纪念日"等。即使是在那几个敏感的日子,巴以冲突也不是全方位的,而是在特定的几个地点发生并非十分激烈的冲突,一般是手无寸铁的巴勒斯坦人高喊反以色列的口号,间或伴有巴勒斯坦人扔石块和以色列边防警察释放催泪弹。因为以色列对巴勒斯坦实施了多年的严密封锁,以及依照协议巴勒斯坦不能组建正规军队,所以巴以根本形不成真正的对抗。

巴勒斯坦行政中心拉马拉的女学生

在和巴勒斯坦人交流时,一旦论及政治,巴勒斯坦人基本都是愤恨不平,其中有对以色列的仇视,更有对巴勒斯坦领导层和巴内部政治斗争的深恶痛绝;但是在不谈论政治时,生活相当艰苦的巴勒斯坦人基本还是保持较好情绪的。不过,对于未来,巴勒斯坦人普遍表现得十分迷茫。

其实,巴勒斯坦人有足够的理由为明天担忧。在伊斯兰国、伊朗问题、阿拉伯之春、伊拉克和阿富汗战争频出的背景下,巴以冲突在中东诸问题中被逐渐边缘化了,这对巴勒斯坦是极为不利的,因为巴以是一对实力严重失衡的冤家,而且双方的力量差距正呈现出日益扩大的趋势,而自身麻烦不断的阿拉伯伊斯兰世界对帮助巴勒斯坦也基本是有心无力了。

在此等情势下,占据明显优势的以色列在巴勒斯坦问题上也不可悠然自得,毕竟面对风云骤变的新中东,以色列的周边环境存在很大的不确定性。如果巴勒斯坦人长期失望以致绝望,也不能排除再次爆发巴勒斯坦人针对以色列的暴力反抗,就像20世纪80年代和21世纪初期的第一、二次巴勒斯坦大起义那样。这样看来,假如以色列能够在占据明显优势的情况下对巴以和解做出一些妥协,这必然会提升它的地区和国际形象。在很大程度上讲,目前球在以色列一边。

巴勒斯坦,过去和现在,都是那么的不平静!

2. 沙特：信仰与现实

Walking in the Middle East

两圣地监护人，或两圣寺的服侍者、两圣地的管理者、两圣地护卫者、两圣地仆人、两圣寺仆人……这是当今一个国家元首的正式头衔，拥有它们的就是沙特阿拉伯王国国王。两圣地，指的是伊斯兰教的第一、二大圣城麦加、麦地那；两圣寺则是麦加禁寺和麦地那先知寺，这两座清真寺分别贵为伊斯兰教的第一、二大圣寺。

沙特阿拉伯之于世界的意义不仅仅局限在宗教和信仰的层面，几十年以来它还是世界最大的石油生产国和出口国，当然，高额的石油收入也使得沙特成为当今世界最富裕的国家之一。作为阿拉伯、伊斯兰世界和 OPEC 的领袖级国家，沙特阿拉伯王国在当今世界具有不可忽视之地位，因此它也成为我的游学目标国。

沙特阿拉伯王国地处阿拉伯半岛，这个半岛以国际文化和政治主角的身份登上世界舞台时，历史的车轮已经转到公元 7 世纪，其间一个人发挥了关键性作用，他就是伊斯兰教的创始人穆罕默德。鉴于伊斯兰教在沙特阿拉伯王国不可忽视之存在，鉴于伊斯兰教对阿拉伯民族的催生作用，所以若想要更好地理解这个国家,就一定要对伊斯兰教及其创始人穆罕默德有所了解,要对历史上的阿拉伯人有所认识。

2.1　阿拉伯半岛和阿拉伯人回望

在阿拉伯半岛从古至今的居民中,最具影响力的莫过于伊斯兰教创始人穆罕默德了。美国历史学家麦克·哈特所著的《影响人类历史进程的100名人排行榜》一书认为,穆罕默德是当之无愧的第一位,让他深为佩服的穆罕默德究竟是怎样一个人呢?

2.1.1　穆罕默德时代

570年穆罕默德出生于阿拉伯半岛的麦加城,他是作为遗腹子来到这个世界的。穆罕默德的童年很是不幸,6岁时母亲撒手人寰,8岁时又失去了照顾他的祖父,之后抚养他的重任就落在伯父肩上。幼时生活的艰难非但没有让穆罕默德步入歧途,反而塑造了他坚强、和善和吃苦耐劳的个性,并因此而深受人们的喜爱。大概在穆罕默德25岁的时候,一位富有的中年寡妇向他显示了爱意,这位寡妇名叫赫蒂彻,穆罕默德愉快地接受了这段姻缘。这次婚姻不仅使穆罕默德摆脱了贫困之苦,更重要的是使他有更多的时间去思考一些问题,比如阿拉伯半岛的政治危机和信仰分散等。

在穆罕默德诞生的时代,阿拉伯半岛的基本社会形态仍然是以血缘关系为基础的氏族制社会。当时占统治地位的经济是游牧经济,从事游牧生活的则是骁勇善战的贝都因人。因为人口的增长和资源的有限,贝都因人常常互相劫掠,并且把劫掠视作英雄之举,一首阿拉伯诗歌这样来形容贝都因人:"我们以劫掠为职业,劫掠我们的敌人和邻居;倘若无人可供我们劫掠,我们就劫掠自己的兄弟。"[1]大约从5世纪末到7世纪初,阿拉伯半岛上的部落仇杀和战争接连不断,有迹可循的部落战争就有1700多次。[2] 另外阿拉伯半岛还存在一些社会陋习,比如妇女受歧视、活埋女婴等,对此《古兰经》有明确表述:

---

[1]　希提:《阿拉伯通史》(上册),马坚译,北京:商务印书馆,1979年,第26页。
[2]　金宜久:《伊斯兰教》,北京:宗教文化出版社,1997年,第9页。

"当他们中的一个人听说自己的妻子生女儿的时候,他的脸黯然失色,而且满腹牢骚。他为这个噩耗而不与宗族会面,他多方考虑:究竟是忍辱保留她呢?还是把她活埋在土里呢?真的,他们的判断真恶劣。"①

外部因素也不利于阿拉伯半岛的平稳发展。当时对阿拉伯半岛影响最大的外部力量是波斯萨珊王朝和拜占庭帝国,这两大帝国分处阿拉伯半岛的东西两侧,它们连绵不断的争夺给深处中间的阿拉伯半岛居民造成灾难性的影响。无休止的战争、掠夺和仇杀,以及外部敌人的盘剥和挑拨,使得当时的阿拉伯半岛处于严重的政治危机中。

正是在上述背景下,穆罕默德降生于世,承担起了拯救阿拉伯半岛的重任。他的拯救方式就是通过单一的宗教信仰,首先从精神上统一受苦已久的半岛居民。由于生产力水平的低下以及对外界认识的不足,当时阿拉伯半岛上的居民对大自然充满敬畏,认为万物有灵且灵魂不死,这种认识导致多神崇拜的出现,几乎每个部落都有自己的敬仰之神,当时在麦加被供奉的偶像有数百个之多,这当然不利于阿拉伯半岛的统一。这时阿拉伯半岛还有外部传来的两大宗教,即犹太教和基督教,但不管是犹太教和基督教之间,还是基督教内部,都存在较为激烈的斗争,这让阿拉伯半岛居民很看不惯。于是,为了统一信仰,寻求自己的一神教就成为穆罕默德需要肩负的历史使命。

穆罕默德与赫蒂彻结婚后,个人生活非常幸福美满。成家后的穆罕默德利用自己多年以来形成的良好声誉和充实的物质条件,不仅赢得了本族人的赞誉,而且也取得了其他家族的认可,到穆罕默德30岁的时候,他已经成为麦加城中的富家之主了。但是伟大的人物决不会仅仅满足于自己生活的安逸,给他们带来赞誉的是其为解决时代难题所做的贡献。对穆罕默德来讲,如何为阿拉伯半岛创造一个光明的未来,就成了他需要肩负的历史使命。

穆罕默德有时在家中、有时在城外幽静的希拉山洞里静坐沉思。610年,当40岁的穆罕默德又一次在希拉山洞思索时,安拉(真主)的使者吉布利勒(即圣经中的迦百利)出现在他面前,并教他诵读经书,命他为真主的使者以及最后一位先知,而且还赋予他匡正社会、拯救世人的使命。有此经历后穆罕默德惊恐万分,于是疾奔家中,躺在床上并让妻子给他盖上被子,这时吉布利勒

---

① 《古兰经》,马坚译,北京:中国社会科学出版社,1996年,16:58~59。

再次向他传授来自安拉的启示。

穆罕默德得到的这两次启示,被穆斯林看作是他成为圣人的开始,此后穆罕默德就以安拉使者的名义传播伊斯兰教,基本大意是劝诫世人要抛弃崇拜偶像的信仰和做法,转而敬拜独一、普世的真主。穆罕默德曾多次得到真主的启示,在传教过程中,跟随穆罕默德的人不断记下其口述的真主启示,这些启示后来被编撰成册,成为伊斯兰教的经典——《古兰经》。在开始传播伊斯兰教的时候,穆罕默德担心当地人可能会对这一新生事物感到突然从而不愿意接受,同时也为了防备一些顽固派和多神教徒的阻止和破坏,所以采取了秘密传教方式。经过三年的发展,在613年穆罕默德接到真主的又一次启示后,他的传教活动走上公开化。

那时虽然伊斯兰教也赢得了一些人的认可,但麦加的贵族对它充满敌意,这主要是因为伊斯兰教对阿拉伯半岛传统的多神信仰构成毁灭性打击。麦加贵族认为,一旦置于麦加的各部落神被废除,那么麦加就会失去原有的宗教中心和商业中心地位,他们的政治和经济利益也会随之严重受损;再者,伊斯兰教宣扬的"天园"、"火狱"两世说也让麦加贵族不舒服,因为按照这一说法,多行不义的贵族们死后自然会进入"火狱"之中。于是,面临来自伊斯兰教的挑战,麦加贵族们便以打击和迫害来对付穆罕默德及其信徒。

从615年起,麦加贵族对穆斯林的迫害越来越厉害,几乎每个家族都开始折磨本族内皈依伊斯兰教的人,想尽种种办法迫使他们退出穆斯林的行列。穆罕默德本人也多次遭到多神教徒的凌辱,一些诗人诽谤他,他在神圣之地克尔白做礼拜时也会受到阻挠和挑衅,甚至还有些人要暗杀他。穆罕默德开始公开传教的头几年可以说是举步维艰。619年,穆罕默德的精神支柱、妻子赫蒂彻和他的保护人、担任族长的伯父阿布·塔里布相继去世(这一年也因此被穆斯林称为"悲伤之年"),这使得他和新生的伊斯兰教都处于生死存亡的紧要关头,因为此后有恃无恐的麦加贵族加大了打压力度。

穆斯林在麦加的艰难处境迫使穆罕默德要做出新的抉择,思量再三,他决定出走麦加。在寻求塔伊夫城帮助受挫后,终于和来自叶斯里布(即后来的伊斯兰教圣地麦地那)的代表达成协议,这样,在622年6月到9月期间,麦加穆斯林分批离开麦加并抵达叶斯里布。在众穆斯林顺利走出麦加后,穆罕默德本人也于这年的7月16日前往叶斯里布(这一天被后来的哈里发欧麦尔定为伊斯兰教纪年元年的岁首),同年9月24日,穆罕默德以伊斯兰教先知和领袖的身份进入该城。穆斯林的此次迁徙就是伊斯兰教历史上著名的希吉拉,它是伊斯兰教走向胜利的新起点。

随着穆罕默德和伊斯兰教在麦地那地位的不断巩固,麦地那在阿拉伯半岛上的影响也与日俱增,这引起麦加贵族更为强烈的敌视。为了削弱穆罕默德势力,麦加向麦地那派出了一些密探,以联络麦地那对先知口服心不服的"伪信士"和犹太人,企图从内部瓦解麦地那社团。此外,麦加人还鼓动两圣城交界处的一些阿拉伯部落起来反对穆罕默德,他们甚至还直接派出小股队伍到麦地那郊区实施抢劫。

另一方面,当穆斯林在麦地那站稳脚跟后,他们对先前在麦加遭受到的苦难并未忘记,他们也怀念仍然存留在麦加城中的亲人、朋友和财产,而且他们对伊斯兰教的第一大圣地——麦加克尔白(天房)的向往也愈加强烈。所以,返回麦加一直是穆斯林的渴望,但是麦加贵族拒绝他们回归。此外,由于麦地那地处麦加商队的必经之地,麦地那穆斯林也会抢劫麦加的商队。

侯德比叶清真寺原址

这样,麦加和麦地那的矛盾日益尖锐,从624年开始,双方就走上战场。历经拜德尔战役(624年)、伍候德战役(625年)、壕沟战役(627年),麦地那逐渐取得了对麦加的优势,并迫使麦加在628年签订了《候德比叶条约》,规定双方停战10年,并且穆斯林可以在来年到麦加朝觐,这实际上是麦加人的妥协。629年,穆罕默德率领1000余名穆斯林奔赴麦加进行朝觐活动。

630年,麦加破坏了《候德比叶条约》10年不战的规定,进攻了麦地那的一个伙伴,穆罕默德以此为由率领上万名穆斯林大军挺进麦加。麦加贵族们面对气势高昂的穆斯林军惊恐万分,于是出城受降,并且宣布皈依伊斯兰教。随后穆罕默德对接受了伊斯兰教的麦加贵族们实施了赦免政策,鉴于麦加在整个阿拉伯半岛上的突出地位,麦加贵族皈依伊斯兰对这个宗教的发展起到非常大的促进作用。

征服麦加后,穆罕默德把麦加定为伊斯兰教圣地,还对先前阿拉伯半岛居民顶礼膜拜的克尔白天房进行了清理,捣毁了各个部落安放在那里的360尊偶像,宣布天房是伊斯兰教的朝觐中心。接着,穆罕默德又利用和平或战争的方式,把伊斯兰教推广到整个阿拉伯半岛。到631年底,阿拉伯半岛基本上已经统一在了伊斯兰教的旗帜下,穆罕默德也成为半岛当仁不让的宗教、政治和军事领袖,并奠定了以麦地那为中心的阿拉伯国家的雏形。

632年3月,穆罕默德率领数万名穆斯林从麦地那出发,浩浩荡荡的奔向麦加朝觐。在这次朝觐过程中,穆罕默德发表了著名的"辞朝演说",再次强调了穆斯林的行为准则和社会主张:严禁穆斯林互相残杀、掠夺、放高利贷,放弃伊斯兰教兴起以前形成的血债,要坚定信仰,不要因为贪恋女色而行真主禁止之事等。完成这次朝觐返回麦地那后,穆罕默德不久就身患重病,并于632年的6月8日去世。

到穆罕默德辞世时,阿拉伯半岛居民几乎全部皈依了伊斯兰,半岛也初步联合为一个政治实体,并且已经制定了一套适合阿拉伯地理、人文的社会制度,为后世震惊全球的阿拉伯大帝国打下了坚实的基础。而且,随着伊斯兰教的诞生和传播,作为统一民族的阿拉伯人也渐渐形成,但是很不幸,整体来看这个民族的发展可以说是举步维艰。

2.1.2 阿拉伯人的曲折历史

新获统一的阿拉伯人发展并非一帆风顺。穆罕默德逝世后,先前归顺麦地那政权并皈依伊斯兰教的阿拉伯半岛各部落纷纷闹分离,这迫使穆罕默德的继任者不得不四处平叛。再者,穆罕默德生前并没有明确指定继承人,他逝世后留下的权力真空引得各支势力竞相角逐,并因此埋下了分裂伊斯兰教的祸根。经过各支力量的协商与妥协,穆罕默德的经年好友、长期追随者和岳父艾布·伯克尔当选为阿拉伯人的新领袖,掌握了麦地那政权的军政和宗教大权,他也被伊斯兰教逊尼派视为四大正统哈里发的第一位。在艾布·伯克尔之后,欧麦尔、奥斯曼和阿里又相继被遴选为第二、三、四任哈里发,从而形成了广受阿拉伯人缅怀的所谓"四大哈里发"时代(632—661年)。

尽管阿拉伯人在四大哈里发时代对外征服运动进展顺利,伊斯兰教也随之传播到今天的巴勒斯坦、叙利亚、伊拉克、伊朗和北非的埃及、利比亚等地,但不可忽视的是,彼时阿拉伯人的内部冲突已经是屡见不鲜了,四大哈里发中的后三位均被刺杀而死就很能说明问题。特别是第四任哈里发阿里时期(656—661年),阿拉伯人之间的矛盾严重激化,以致爆发了大规模的内战,伊斯兰教历史上的首个分裂教派——哈瓦立及派就是在这一背景下出现的,正是哈瓦立及派穆斯林刺死了第四任哈里发阿里。这样,刚刚在伊斯兰教大旗下获得统一的阿拉伯人,不仅旋即陷入了绵延的政治内斗中,而且他们的宗教也迅速陷于分裂,其中最重要的两大派别是什叶派和逊尼派。

如前所述,伊斯兰教的创始人穆罕默德在世时没有指定继承人,他去世后有一部分穆斯林坚持认为只有穆罕默德的堂弟和女婿阿里才有继承权,为此他们同其他势力进行了激烈地斗争,拒不承认前三任哈里发的合法性,这派力量被称为阿里党人。661年阿里遇刺身亡后,其主要竞争对手穆阿威叶继位为哈里发,并且建立伍麦叶王朝(661—750年,我国史书上称其为白衣大食),这激起阿里党人更大的不满,他们否认穆阿威叶继位的合法性,支持阿里次子侯赛因与伍麦叶王朝继续抗争,不过由于力量相差过于悬殊,结果侯赛因于680年战死于今天伊拉克境内的卡尔巴拉。在持续的斗争中,阿里党人对伊斯兰教有了自己特有的理解,并且形成自己的一套思想体系,逐渐发展成为伊斯兰教的什叶派(在阿语中,"什叶"意即"党人"、"派别")。①

但是在争夺权力的斗争中,阿里党人及后来的什叶派只是穆斯林中的少数,当时大部分穆斯林认为,不仅阿里当哈里发是合法的,前三任哈里发也是合法的;他们对穆阿威叶的继位采取了听之任之的态度,这些穆斯林除了尊崇

---

① 金宜久:《伊斯兰教》,北京:宗教文化出版社,1997年,第171~173页。

《古兰经》外还主张把"圣训(伊斯兰教创始人穆罕默德的言行记录)"作为立法基础,因此他们被称为遵守"逊奈(圣训)"的人,在同什叶派及其他派别的斗争中,也形成了自己特有的思想体系,从而逐渐发展成为伊斯兰教的正统派别逊尼派。在大多数的阿拉伯王朝、国家中,逊尼派是统治者和社会主流,而什叶派则常以反对派的面目存在。

尽管内部问题频出,但是阿拉伯人并没有停止扩张征服的步伐,或者说,扩张和征服本身就被视为是解决内部冲突的一个方式。连续的征战给阿拉伯人带来一个幅员广阔的大帝国,8世纪中期之后的百余年间,也就是阿巴斯王朝(750—1258年,我国史书上称其为黑衣大食)的前一百年,是阿拉伯帝国的强盛和辉煌期,其国力强大足以和我国的唐朝相媲美。不过值得注意的是,随着阿拉伯人的迅速扩张,他们的政治中心已经转移到了阿拉伯半岛之外,历史上赫赫有名的阿拉伯大帝国,是以伊拉克和叙利亚为政治中心的。

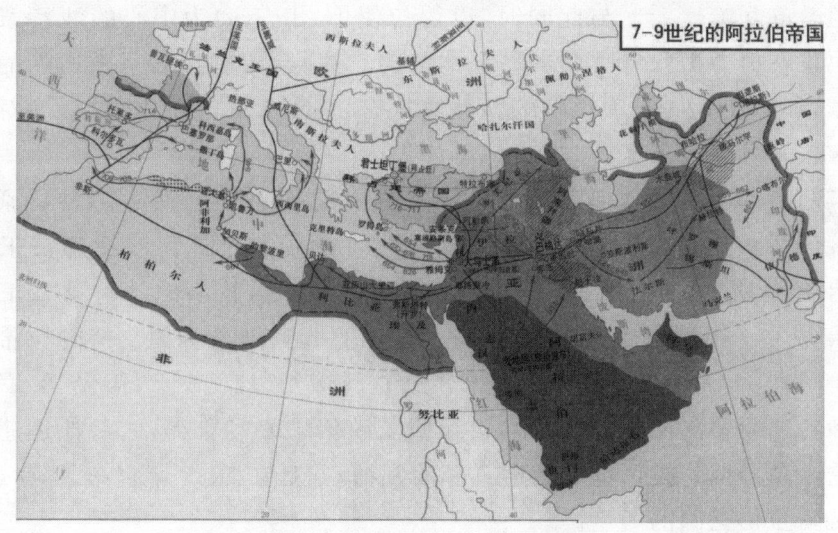

7—9世纪的阿拉伯帝国版图

但即使是在其最为辉煌的这一时期,孕育在阿拉伯人中间的种种矛盾也不断恶化。尤为可悲的是,尽管公元10—13世纪是阿拉伯人历史上的一个危机期,既要面临西方"十字军东征",又要面临东方突厥人和蒙古人的侵袭,但是这并没有唤起阿拉伯人的同仇敌忾,结果早已名存实亡的阿巴斯王朝在1258年被蒙古大军所灭,从此以后一直到今天,阿拉伯人再也没有建立起哪怕是形式上统一的政权。

在阿拉伯帝国之阿巴斯王朝灭亡后,捍卫阿拉伯语世界荣誉的是以今天埃及为核心的马木鲁克王朝,其统治区域还包括叙利亚、巴勒斯坦以及阿拉伯半岛的红海沿岸部分地区,该王朝最终于13世纪末期将残余的"十字军"赶出巴勒斯坦,并在此后的两百年间成为穆斯林的一个重要政治、经济和文化中心。不过随着15世纪奥斯曼土耳其人的兴起,除了北非摩洛哥和西亚阿拉伯半岛内陆及东南部外,几乎所有的阿拉伯人都被陆续纳入奥斯曼帝国的统治之下。

就阿拉伯半岛而言,即使是在奥斯曼帝国苏丹成为"两圣地的监护人"后,君士坦丁堡的统治者们也没能对阿拉伯半岛实施有效管理,彼时盛行于阿拉伯半岛的是一些家族统治,而且还存在驱赶外来势力、力图重获统一的力量。18世纪阿拉伯半岛上兴起了纯洁(复兴)伊斯兰教的瓦哈比运动,并逐渐形成伊斯兰教的瓦哈比派。与此同时,以德拉伊耶(dir'iya)为中心的沙特家族之酋长也正在努力扩张自己在半岛上的势力。这样,希望扩展宗教影响的瓦哈比教派,和希望扩展政治影响的沙特家族在1744年联起手来,以认同对方诉求的方式来发展自己。

1774年以利雅得为首都的沙特第一王国宣布建立。1792年,沙特家族的酋长接任瓦哈比教长职位,实现了政教合一的领导模式。沙特第一王国在1818年被奥斯曼帝国统辖下的埃及的军队灭亡后,较小的沙特第二王国于1824年成立。在第二王国时期,沙特家族一直和奥斯曼帝国支持的拉希德家族斗争,1891年斗争失利后,沙特家族逃亡科威特。1902年,年仅22岁的伊本·沙特率领一支精干的队伍终于夺回了政治中心利雅得,之后他迅速成为阿拉伯半岛乃至阿拉伯世界名声日隆的领袖,并且在1932年宣布了延续至今的沙特阿拉伯王国的诞生。

在沙特阿拉伯王国,国王不仅是世俗的最高领导人,也是宗教的最高领袖,而且还执行相当严格的伊斯兰教法,对人的行为特别是女性的行为举止有不可忽视之约束。尽管沙特在全世界十几亿穆斯林心目中地位显赫,尽管其在世界能源政治版图中占据举足轻重的角色,尽管它也是阿拉伯世界的领袖级国家,但是对绝大多数外国人而言,这个拥有215万平方公里国土、2000万国民和1000万外来人口的国家仍然相当神秘。为了一睹其真容,2014年6—7月,我走进这个地处阿拉伯半岛的西亚大国。

2.2 沙特行纪

2011年初当我还在以色列访学时,就曾想到沙特做短期访问。从以色列到沙特的地理距离很近,当时又想尽可能地多造访一些中东国家,所以我才有了这个念头。为了实现自己造访沙特的夙愿,我很认真地给沙特一所大学写了申请信,在多日等待后收到了表达歉意的回复。事实上在这件事上我的确有考虑不周之处,因为迄今沙特还没有和以色列建交,这个阿拉伯国家仍还拒绝有以色列签证的护照持有人入境,我竟然希望从以色列出发访问沙特,这愿望怎会实现呢?

虽然游学沙特的初次尝试以失败告终,但我对这个国家的兴趣并没有磨灭。2014年初游学埃及时,偶遇造访开罗的朱先生,他已经在沙特经商多年,席间谈起我对沙特的向往,朱先生是极其豪爽之人,当即邀请我到沙特考察。有了朱先生的鼎力相助,我六月份顺利取得沙特外交部的签证证明;在更换了新护照后,又满足了没有以色列签证的条件。终于,我可以叩开沙特的大门了!

2.2.1 飞抵利雅得

2014年6月18日,带着跟随我多年的大黑——黑色行李箱,提前两个半小时抵达厦门机场。不像北京、上海、广州,厦门的国际出发厅旅客并不多,行李托运等一干手续很快就办完了,单此一点就可以说明厦门的城市地位和影响力还相当有限。除了已成自然状态的飞机晚点外第一航段别无他事,顺利抵达首尔仁川机场,在这里并没有身处异域之感,因为汉语声声传来、中文随处可见,而且这里免税店的商品价格也和中国机场的行情类似,都是出奇的贵,甚至比中国的还贵,即使是一个非常普通的烤面包也需要3美金。

在韩国停留四个小时后,又迎来一段更长的旅程,大韩航空用了近11个小时把我带到利雅得的哈立德国王机场,此刻已是沙特时间凌晨三点。之前听说沙特的国际机场出关非常缓慢,经常需要一两个小时甚至更多的时间,这主要是因为负责出关检查的工作人员经常脱岗或干其他什么事儿,所以很让人头疼。我的所见是,虽然也有工作人员出现散漫之举,但是总体而言他们办理出关手续还是比较快的。

其实大部分的阿拉伯人是很友善的,中国那句"你敬我一尺,我敬你一丈"的老话用到他们身上非常恰当,而且他们也和我们一样,喜欢听自己感兴趣的和友善的话,所以当我走到工作人员面前时,主动和他聊天,聊他国家的好,聊有朝一日欢迎他去中国,当然还有时下正进行的如火如荼的巴西世界杯⋯⋯短短几分钟,那位阿拉伯兄弟就友好地为我办完所有手续请我进关了。

我终于走进了沙特阿拉伯!

利雅得的夜晚

在机场出口和前来接我的兄弟汇合后,已经是凌晨三点多,这时室外的温度仍然很高,竟然顿有蒸笼之感。我们驾车前行,利雅得路况比我预想的要好很多,因为半年前我刚刚到埃及考察过,开罗的道路和交通状况很不理想,导致出发去沙特时我没有对交通有太高的期望,但是在随后对沙特的实地考察中发现,这个国家的道路修得相当不错。我俩行驶在奔往利雅得的道路上,路两旁灯光连连,途径的沙特女子大学更是壮观。时间不长,我们就赶到朱先生及其员工的居住处,是一栋颇具阿拉伯特色的两层别墅,相当别致。

入室后稍作洗漱就倒床大睡,不过初到沙特的新鲜感很快就唤醒了我。在他人还未醒来时,我悄然下楼,走进利雅得已经是阳光普照的清晨里。这是一个十分安静的街区,路上少见行人。初步印象,就安静和整洁程度而言,利雅得是相当不错。从第二沙特王国起,利雅得就成为阿拉伯半岛的政治中心,时下的利雅得是沙特的首都和第一大城市,也是利雅得省的首府,人口已经超过400万。

漫步稍许后返回住处,一位和我年龄相仿的和善男人正在厨房做饭,他,就是为我在沙特考察时提供最大帮助的魏哥。魏哥是前文提到的那位朱先生的姐夫,比朱先生晚来沙特几年,他们做塑料生意多年,正在拓展石材生意。在随后和魏哥的旅行中,每到一处相熟之人都称他为姐夫,刚一开始我还以为他的英文名是"Jeff"呢,直到吉达才搞清楚,原来各位都是先认识朱先生,然后就都随着朱先生而称他为姐夫了。

魏哥和我老家相近,他是河南商丘,我是山东聊城,从家乡方言到饮食习惯没啥区别,长途跋涉之后能够吃上一顿颇带家乡口味的早餐,真乃一大幸事!不过更大的幸运,则是在接下来的沙特考察中我能和魏哥行走各地,对这个国家有了多层面的认识。

2.2.2 在沙特谈信仰

沙特阿拉伯是伊斯兰教的诞生地,长期以来一些伊斯兰国家又是大事不断,与伊斯兰有染的国际热点问题也是层出不穷,这一切均推动我去了解沙特的信仰状况;当然,在沙特也是比较容易感受到伊斯兰教气息的。

宗教都有对外传播的内在需求,伊斯兰教也不例外,即使是在沙特阿拉伯这样的伊斯兰国家,也存在专门的国内宣教机构,而且还有不少外国人服务其中,来自中国的张先生即是其中的一位。张先生在国内时是一名阿訇,四年前来到沙特,成为位于利雅得一个宣教机构的工作人员,在魏哥的引见下,我到张先生办公室拜访了他及其同事。

身为回族人的张先生对伊斯兰教和穆斯林当下的国际形象很有看法,认为人们的误解扭曲了伊斯兰原本应有的高大形象,媒体不负责任甚至金钱至上理念的负面报道,使伊斯兰和穆斯林受到进一步误解。国际社会如是,国内亦然,新疆少数极端分子所为,也不能成为界定国内穆斯林整体形象的依据,张先生认为新疆之所以接连发生暴力事件,美国的煽动与资助是主要原因之一。国内伊斯兰教界当然也存在一些问题,包括不同思想间的冲突,但更为突出的问题是规范的伊斯兰教育不足,以及随之而来的对伊斯兰教认识的偏差和浅薄。

张先生对国内状况的见解我亦深有体会,在多年的大学授课过程中,有很多穆斯林学生走进我的课堂,但即使是来自新疆、宁夏、甘肃和青海等地的穆斯林学生,也有很多不了解伊斯兰教的来龙去脉,他们对宗教的认知主要来自身边小环境的身口相传。其实不仅仅是伊斯兰教,国内的基督教教育也很薄弱,前些年我国北方一些省份"基督教"大肆扩张,当我到某乡村近距离观察后得知,那里被传播的所谓基督教,和学理上的基督教相差甚远。其实很多看似是由宗教引起的问题,实际上恰恰是因为偏离宗教而导致的。

客观认识宗教的确势在必行。沙特是伊斯兰教诞生地,宗教氛围相当浓厚,还有必要在这里设立专门机构进行传教吗?张先生认为这是必然之举,不然他也不会加入其中。该机构的基本使命之一是向来沙特的外国人传播伊斯兰教,让更多的人感受到安拉(真主)的仁爱与伟大。我笑问张先生华人是不是其工作目标,答曰虽然是,不过利雅得的中国人多是忙于生意,很难见到踪影,所以在这方面的成就感不大。张先生所在的宣教机构一般是向非穆斯林宣讲或发放材料,至于对方是否皈依则不强求。

其实沙特本国的宗教信仰也出现了一些问题,比如日渐增多的青少年对宗教的叛逆。近年来沙特社会的宗教气氛有较为明显的稀释,很多教界人士和学者认为这是媒体的错误引导所致。据张先生介绍,利雅得一些显要人士刚刚开了一个会,要求关闭一位王子所拥有的电视台,原因是该台播放了一些丑恶的来自外国的作品,导致越来越多的沙特人深受毒害,从而滋生了前所未有的罪恶,一位拥有大量粉丝的宗教人士还发出号召,呼吁拒绝购买在该电视台做广告的商品……这样看来,沙特宣教机构的工作量会越来越大。

在当今世界,不管是国内还是国外,与宗教和民族相关的问题层出不穷。伊斯兰教的两个最主要派别——什叶派和逊尼派——之间的冲突是近些年来国际政治中的一个显要问题。针对什叶派和逊尼派之争,我曾请教过一位在伊朗教界中享有很高威望的阿亚图拉,他答复说天下穆斯林皆兄弟,所谓什叶派、逊尼派冲突是西方大国杜撰出来的,目的是想要破坏天下穆斯林的团结。在埃及时我曾把这个问题提给一位阿訇,那位卢克索教界人士没有直接回答我,而是说读更多的书就可以理解这一点。作为逊尼派国家和麦加、麦地那两圣地之所在,沙特又是如何看待这个问题的呢?

还是先看看历史和现实的客观存在吧。当怀有逊尼派原教旨主义思想的塔利班在20世纪90年代主政阿富汗后,沙特是仅有的三个给予该政权外交承认的国家之一(另外两个是阿联酋和巴基斯坦);当2014年以建立政教(逊尼派伊斯兰教)合一政权为目的的"伊拉克和黎凡特伊斯兰国(ISIS)"狂烈冲击伊拉克时,针对什叶派国家伊朗有意出兵对其打压的传言,沙特官方明确表示反对外国(伊朗)军队进入伊拉克,据利雅得宣教机构的张先生介绍,沙特官方甚至决定,只要伊朗出兵帮助伊拉克现什叶派政权,那么沙特也将出兵伊拉克!

时至今日,什叶派伊朗和逊尼派沙特之间的关系仍然很不理想,教派分歧是不可忽视的因素。当我和另外一外国宣教人士交流时,他的观点更是偏激,认为什叶派已经严重偏离了伊斯兰教的基本原则,所以其信仰者已经很难再归类为伊斯兰教信徒了——他这是要把什叶派开除出伊斯兰教的节奏啊!更有甚者,游学以色列时偶遇我国两位均在海外留学的基督教家庭教会的成员,其中一位男士直言佛教不是宗教,就是基督教的其他教派也是不可信赖的……宗教本应倡导与人为善,但非常令人遗憾的是,跨教、跨派的矛盾和冲突并不鲜见,在过去的这些年中,我和犹太教、基督教、伊斯兰教都进行过对话,尽管三大一神教都声称自己具有包容之心,但对话结束时我却总能感受到它们彼此间存在着难以消除的隔阂。

其实,即使按照经书来理解,God(耶和华、上帝、安拉或真主)也不是某个人、某个教所专有的,但现实是,有太多的教徒认为自己才是某宗教的真正维护者,他们因此也就太容易把其他信徒的行为视为异端,此观念不除,天下教界就难获安宁。宗教如是,国家民族亦然,游学中东诸国很容易发现广泛存在的国家和民族隔阂。拥有古代文明的埃及说沙特没文化,拥有巨额石油收入的沙特人说埃及人没教养;创建了第一个世界性大帝国的波斯人说阿拉伯人没底蕴,阿拉伯人说自己改变了波斯人的历史;土耳其人说自己是本地区发展的榜样,犹太人则说伊斯兰国家并不值得期待……

一种宗教,一种文化,一旦是被宣传而非交流与他人,那么它就往往会忽视自己的不足,而且还难以看到他者的长处!

2.2.3 从纳吉兰到吉达

沙特南部重镇纳吉兰是个边境城市,位于沙特和也门的交界处,几十年前才从也门转移到沙特。而红海之滨的吉达则是沙特的经济之都,也是与非洲往来的主要港口。为了加深对沙特的认识,游学沙特期间我亦到这两个城市去调研考察。

6月22日早晨八点半，我和魏哥从利雅得启程，驶往沙特南部城市纳吉兰（Najran），全程有一千公里。因为这天并非沙特周末，利雅得的交通有些拥挤，不过相比较其他地方的阿拉伯人，总体而言沙特人开车已经算是温和的了。

出城后我们驶上开往纳吉兰的高速公路，这条路修在平地上，既没隧道也无高架桥，对向马路中间有较为宽阔的隔离区，但是路两边都没有护栏，即使开出柏油路面也是平地，这自然会提高过往车辆的安全系数。目前沙特仅有利雅得—达曼一条效率很低的铁路，汽车是长途运输的绝对主力军，这也导致沙特各个高速路上大货车相当多，但是由于这里的人口有限，再加上纳吉兰不是沙特的关键性城市，所以这条高速路很是畅通，路上小汽车时速下限也会在120公里。

沙尘袭来的沙特高速公路

驶上高速公路后不久，风沙渐起，能见度忽好忽坏，偶尔甚至会接近为零。魏哥是为了企业的拓展，我是为了对沙特的认知，出于对事业和理想的追逐，我俩就这样奔驰在骄阳下的沙漠公路上。沿途皆是沙漠或戈壁滩，只有在经过城市时才会有些许绿色，所以很容易造成视觉疲劳。由于路况很好车辆不多，魏哥问我要不要享受下驾驶的乐趣。尽管我还从未开过自动档的车，但还是受不了在沙漠区开车的诱惑,于是毅然坐到驾驶座上。因为是首次走这条路开这辆车,所以我没敢开得太快,只是很谨慎地把时速保持在160~180公里之间。

经过八个多小时的跋涉,我们终于完成一千多公里的行程,所有交通费用仅仅是一百二三十元人民币的油钱!抵达纳吉兰后魏哥迫不及待地奔赴他正在建设中的石材加工厂,犹如要见离别甚久的孩子。中国的发展的确需要感谢敢打敢拼的民营企业家们,他们在海外赚的每一分钱都是自己的辛劳所得!

离开工厂后我们驶向纳吉兰市区。这座沿主干道而建的狭长城市是沙特南方重镇,也是纳吉兰省的首府,其实本地区的原主人是也门,只到1934年它才归属于沙特。在伊斯兰教诞生前的时代,纳吉兰是阿拉伯半岛的文化交流中心,犹太教和基督教皆曾发展于此,但是在公元525年这里发生了惨剧,信奉犹太教的国王要求当地基督教徒加入到自己的信仰行列,遭拒后犹太教国王就把成千上万的基督教徒赶到深坑里活活烧死,这一惨剧就发生在今天名为奥克杜德(Al-Okhdood)的古城遗址。

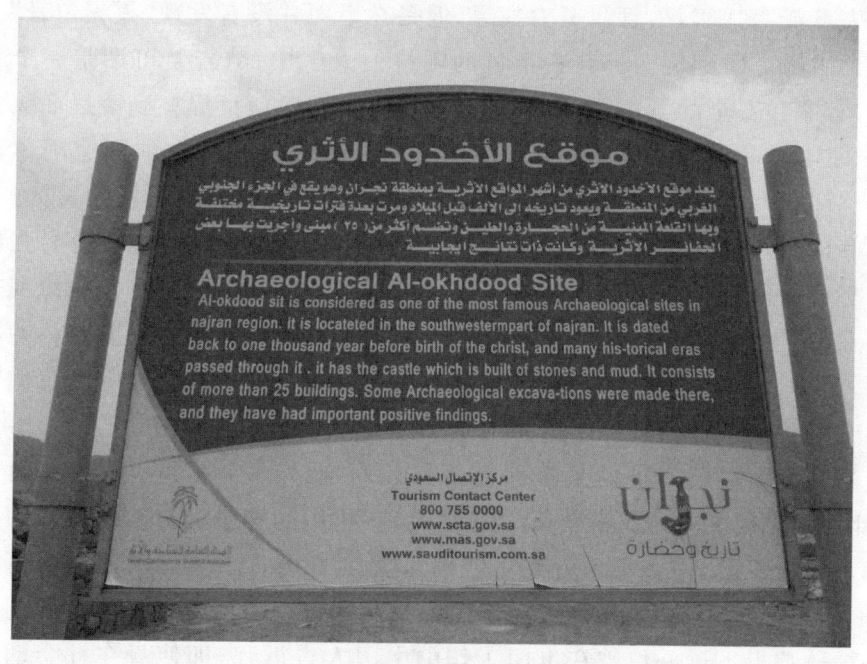

奥克杜德遗址标识牌

奥克杜德的历史可以追溯到公元前1000年，在公元前7或6世纪建为城市，并成为阿拉伯半岛的交流中心，甚是兴旺。阿拉伯人和伊斯兰教兴起后征服此地，命名为奥克杜德，目前该地已经成为沙特重要的历史文化遗址，也是纳吉兰最重要的历史文化遗产和博物馆所在地。

沙特当地时间2014年6月25日上午，我到奥克杜德考察，因为新博物馆还处于施工建设阶段，所以只能参观奥克杜德古城遗址。常特立独行的国内某报曾载文说："参观古城遗迹和博物馆都必须先申请许可证，获准参观的基本上仅限于与沙特政府相关的考古和文化交流活动。"还说："稍微留心就能发现至今在遗迹的地面和墙体里还散布着累累白骨。尽管许多白骨历经岁月变得细碎，但仍清晰可见，令人在40℃的高温下依然感觉到脊背发凉。"

这篇报道几乎让我放弃了考察奥克杜德，因为根据沙特阿拉伯人的散漫作风，如果真需要提前申请的话，这就需要时日了，我等不起，那天我们也是抱着试试看的心态去的，工作人员很简单地查看了一下护照后就让我进入其中。但是一位同行的朋友显然受惊于报道中令人"脊背发凉"的"累累白骨"，坚持不进去参观。其实，尽管我努力找寻，但是在里面并没有发现"累累白骨"。

走出历史回到现实。在我走过的阿拉伯人区中，纳吉兰可谓是一个相当清洁、有序和安全的城市了，我们可以在咖啡馆看巴西世界杯到凌晨而无须担心什么，唯一的遗憾是来自东亚的韩国2∶4惨败给了阿拉伯国家阿尔及利亚——那些兴高采烈的阿拉伯球迷不会把我们当成韩国人吧？唉，再怎么说人家韩国队在这个夏天出现在巴西了，中国男子足球队竟然连被世界强队蹂躏的机会都没有。即使是在多年以后，当回忆起这次沙特之行时，我想我也会记起在纳吉兰时，和魏哥、武总、庆哥天天晚上去咖啡馆看巴西世界杯的美妙经历，当然也不会忘记，因为沙特有礼拜时间停止营业的规定，所以我们去看球时一定要先查知礼拜何时开始与结束。

其实上面提到的国内某报那篇稿件还写道："纳吉兰是沙特南部山区边城，此地和也门北部地区相连，那里是'基地'组织的老巢，当地人提醒，切勿开车深入山脉腹地，稍有不慎就有可能落入虎口。"我向当地人求证是否真的如此，他们大都付之一笑，这也可能是因为我和那位记者问到了经历各异的当地人的缘故吧。不过一位曾在也门工作的中国人告诉我，即使身在社会动荡不堪的也门，当地人对中国人也是很友好的，那里并不是暴徒满街的国度。

作者在沙特也门边境城市纳吉兰的老建筑区

在纳吉兰停留数日后,我和魏哥又踏上征程,驶向800公里开外的沙特第二大城市、位于红海之滨的吉达。

沙漠中的清洁小镇

在人们的印象中，地处沙漠区的沙特本应是黄沙漫天才对，但是在从纳吉兰启程后的最初两三个小时内，魏哥和我几乎始终处于惊讶之中——沿途绿色片片，小山连连，公路洁净，城镇精致，空气清新，天高云淡。面对如此景况，怎会有身处沙漠之感？

正在感叹之余，路边又生出新景象——独处或结伴的猴子；路况也开始变化，进入复杂的山路，就在悬崖边上行驶，过往车辆都相当谨慎。怀着释然的心情来到平整直行路段后，空气中开始飘荡着沙尘的气息，沙漠风情随之而现。就在我们刚刚欣赏与体验完沙漠的美丽重新出发后不久，漫天黄沙扑面而来，并成为之后两个多小时行程的主旋律。

途径一片广阔沙漠区时，我和魏哥特意离开公路，直接开向沙漠，并且下车与沙漠来了个零距离。终于，中东的沙漠让我不再认为是国内的戈壁滩了，这里是细沙，狂风来临会风卷沙浪的那种沙。我俩走出汽车，在四十多摄氏度的高温下漫步于沙漠，旁边孤零的小树下站或趴着几只骆驼，它们很是好奇地望着这东方来客……

在树下乘凉的骆驼

奔驰十个小时后我们终于进入吉达，刚一入城便感知到它的确是一个大都市——车堵的厉害。吉达和途经的沙特其他城市一样，也正在进行道路施工——来到沙特后终于知道，时下大兴土木的不只是中国。在吉达的滚滚车流中,我们来到武先生居住的国际社区。武先生是在吉达经商的中国人,相熟于一直与我同行的魏哥,几天前在纳吉兰首次见到他,并且热情邀请魏哥和我到吉达后住在他家。

武先生所在的这个国际社区由军方负责安保,被高墙环绕,高墙之外还有隔离区。在这个国际社区内,外国人尤其是外国女人无须遵守沙特的着装之道,穿衣相当随意,而且这里还有公共游泳池,也正因为国际社区内外此等之巨大差异,所以基本禁止沙特人尤其是沙特女人入内。社区内绿树成荫,同周边相比环境相当宜人。房屋是一排排的平房公寓,也就是国内时尚人士推崇备至的Villa。为了方便女性居民,社区还开通了购物巴士,这样就部分解决了她们不能开车外出的苦恼。

吉达市内的一个外国人居住区

安顿下来后我就开始品味吉达。这是一个位于沙特西海岸的中心城市,也是中东地区著名的海港之城,早在公元7世纪就开启了自己的海港之旅,并逐渐发展成为重要的文化交流中心,特别是沙特与非洲往来的最主要海上通道,它的这一发展特征至今仍清晰可见——吉达城内有大量黑色皮肤之人。吉达的建筑以多层为主,虽然人口众多但并不拥挤,而且街道相当整洁,夜晚的海景亦是十分迷人。

老实说，行走吉达时我常有身在以色列之感，事实上这种感觉在利雅得、纳吉兰及其通往吉达的路上都曾产生过。每当有此感觉时，我就祈祷并期待沙特、以色列能够尽快消除隔阂，实现两国关系的正常化，然后以色列把自己先进的治理荒漠的技术运用到沙特……同样的期待我在巴勒斯坦也产生过。虽已年近不惑，可我总还是充满幻想！

吉达街景

2.2.4 沙特的女人和男人

沙特阿拉伯王国是伊斯兰教的诞生地，其国王也是宗教领袖，宗教对社会具有相当强的规范性，所以沙特的风土人情非常别致，女性、男性和家庭的角色也有其独特之处。作为一个徒步游走他国的男子，观察异乡女子自然是我的一大爱好；当然在这样一个男女日益平等的时代，我也不能不观察他国的男人。现在就说说沙特的女人和男人。

从在公共场合的着装来看，沙特本地成年（甚至年龄稍大的少年）女性皆是黑色长外衣，是一拖到地的那种长，而且还一律要戴头巾，至于蒙不蒙面则不强求。也有极少数女性在工作区域可以不穿戴传统服饰，但是一到公共场合她们就必须严格规范自己的衣着。其实沙特女性的爱美之心是显而易见的,在年轻女子的黑色长袍里面,大都是五颜六色的时尚服装;商场的服装区,我还看到有为数不少的女式晚礼服,也是上身布料不多的那种,据朋友介绍,专门做此等生意的一家中国公司获利颇丰。爱美之心人皆有之,人性使然。

利雅得商场内的沙特女子

沙特不仅对本国女性在公共场所的着装和行为举止有严格规定,对外国女子也有一些约束。外国女子在进入沙特后也被要求戴头巾穿长袍,没男人陪伴的单身女子还不被允许入境,不过目前这些规定有所放松,比如虽然外国女子上街时仍然要穿黑长袍,但是她们也可以不戴头巾了。在很多穆斯林眼中,头发也是女人的羞体,不知他们看到不戴头巾的女人会做何感想。

正因为沙特对女性着装有特殊规定,所以也就可以看到一些能给人留下深刻印象的事物。在利雅得一家大超市内的电吹风货架,我看到一个很有意思的场景——很多商品包装盒上的美女眼睛被宽宽的胶带给遮蔽住了;在纳吉兰一个大超市里面的墙壁上,有一幅超大的女人图,不过没有面部形象。看来时尚性感的女人做广告是被很多人否定的。但是也不尽然,在吉达的一些商场超市,我就看到商品外包装上有靓丽女性存在,她们并没有受到骚扰。相比较利雅得,作为经济之都的吉达要自由宽松一些。

利雅得某超市内的商品包装盒

　　传统上沙特成年女性更看重妻子和母亲身份，外出工作的只占很少数，即使要进入职场，也要有丈夫或父亲的同意。在大部分有女性工作的地方，男女也往往会分开，还要有女性专用通道和安保力量，而且因为沙特禁止女性驾车，所以还需解决好女员工上下班的交通问题。当然在一些特定的地方男女也有混合的工作区域，比如医院和一些商店。由于进入职场的本国女性有限，沙特一些对女性需求高的岗位还要从国外引入职员，比如护士，中国就是沙特医院女护士的重要来源国之一。

　　沙特地处沙漠地带，骄阳似火酷热难耐，再加上国民相当富裕，所以它是一个汽车上的国家。不过沙特国土上的女性享受不到驾车的乐趣和便利，迄今她们仍被禁止驾驭汽车，据说是担心女士会驾车去做不好的事儿。不能驾车的规定让沙特女性在出行方面特别依赖丈夫、父亲和兄弟，所以在沙特各大超市等公共场所，基本都是家人们在一起，而且时常是一个男人身边有几个女性。当然也有一些男人在门口处等待在里面购物的家人，他们就纯属是车夫和陪伴了。

说到在沙特购物,一些商场有时候会禁止没有女人陪伴的男人进入,也有商店甚至在入口处直接标识"只许家庭进入",或者"只许女士进入",据说这是保护来此地的女性不受骚扰之举。唉,男性就这么不被信任吗?我们投向女性的目光只是赞许她们美丽的表达而已嘛。

正在购物的沙特女子

身处当下这个崇尚男女平等的时代,如果在沙特女人之后不聊聊沙特男人,那就有逆时代潮流之嫌,再者很难说女性读者对沙特男人不感兴趣,还是简略认识一下他们吧。

因为沙特女人活动领域的相对狭窄,所以沙特男人需要承担更多抛头露面的任务,这样,在白天的街头、公共场所和办事机构,看到的多是男人。沙特男人的着装和这里的女人一样有特色,很多都是一袭白色长袍,红白相间的方格头巾和保持其稳定的黑色头圈。当然,在世界如此互联的今天,穿牛仔装等现代西式服饰的沙特男人也为数不少。

和其他国家的男人一样,沙特男人也是性格多样行为各异。和朋友去一个沙特人家里洽谈生意合作事宜,那位中年男主人从始至终都面无表情,坐在那里说话也很少,与来访者进行交流的是为他工作的印度经理人,不懂英文的他只是偶尔说几句。据介绍他在沙特警察系统工作,个人拥有大量资产,而且他说自己的公务身份可以为个人的生意创造一些便利条件。和这位沙特老兄交流,会感觉沙特男人相当明显的傲气和优越感。

又一日，和朋友去其沙特担保人家里办事儿，这位沙特中年男子是名军医，能讲一口流利的英文，而且性格开朗，期间来他家的一位邻居也是豪爽之沙特男人，刚刚结束中国之行，开玩笑之能力更在担保人之上。不过总体而言，相比较埃及、巴勒斯坦和以色列等地的阿拉伯人，沙特人似乎不怎么主动和我等外国人交流，可是一旦有事儿请他们帮忙，他们也是非常的和善与热情。

作者在沙特友人家

尽管沙特是富裕的石油之国，但是需要提及的是，在这里生活的男人并非都是有钱的主。沙特是一个劳动力非常短缺的国家，来自埃及、也门、印度、巴基斯坦、孟加拉、尼泊尔和菲律宾等国的劳工充斥了这里的劳力、服务甚至是管理行业。据沙特中央统计局公布的数据，沙特人口到 2013 年已经达到 3000 万，其中外籍劳工占了近 1/3，高达 970 万。沙特的苦力活基本都由外籍劳工承担，所以沙特国民劳力者甚少，这很容易培养出沙特国民的某些自豪甚至是高傲心理，比如当我行走在沙特时，明显感受到沙特人对埃及人观感很差，认为后者相当刁蛮。

吉达建筑工地上的外国劳工

巧合的是,当初我在埃及考察时,也非常明显地感受到埃及人对沙特人的轻视,认为阿拉伯半岛上的这些人没文化,无法和拥有灿烂文明的埃及相比;而当沙特人听到我转述的埃及人的如此观点时,直言这是埃及人嫉妒沙特的财富。

因为女人不能驾车和男人白天要外出工作,所以晚上就是沙特举家外出的时刻。我尤其喜欢城市的夜晚,因为此时能充分感受到沙特人浓浓的家庭情怀。在沙特很多(休闲)餐饮地,均设有家庭专属区域,单身人特别是单身男人不应该进入。事实上当我在中东诸国游学时,很容易发现当地人家的浓厚情义,这常让我赞美人世间的美好。但是另一方面,我在沙特也看到很多外籍劳工人家相当不理想的生存境况。

在沙特,男人和女人,国民和外来人,都有自己的生活轨迹!

仅供家庭享用的沙特餐厅

2.2.5 沙特斋月体验

游学沙特期间恰逢伊斯兰世界的斋月,在这个月中有条件的穆斯林要履行斋戒的宗教义务,而斋戒是伊斯兰教的五大功课之一。能在当今伊斯兰教氛围最浓厚的国家体验斋月,机会真是难得。

宗教一般都有巩固信仰、磨炼意志的功修,伊斯兰教也不例外。伊斯兰教的五大功修是:诵念清真言和作证词、礼拜、斋戒、缴纳天课、朝觐,中国穆斯林一般把其简称为"念、礼、斋、课、朝"。每年伊斯兰教历的九月是斋月,即莱麦丹月,这是一个尊贵的月份,按照伊斯兰教的说法,真主正是在此月份开始向穆罕默德传示古兰经条文。在斋月中,成年且有条件的穆斯林有履行斋戒的宗教义务,即从黎明到日落禁绝饮食,这是斋戒最直观的形式,此外还有精神层面的斋戒。

2014年6月29到7月29是沙特的斋月。到沙特后不久魏哥就告诉我,斋月里沙特的生活工作节奏与平常很不一样,即使是非穆斯林,在公共场合也要遵守斋戒的规定。之前我只是在耶路撒冷经历过斋月,尽管这座圣城里生活着很多穆斯林，但是同样也有大量的犹太人居住于此，所以就饮食而言，斋月的耶路撒冷并没有什么不方便之处。但是在沙特就不一样了，这个国家的国民基本是单一的信仰和民族，外籍劳工也多来自伊斯兰国家，再加上政府相关政策的管制，所以斋月一旦来临，在沙特的非穆斯林就要经历一段"奇妙"的生活。

我是在沙特三个不同的城市经历斋月时光的，分别是利雅得、纳吉兰和吉达。在利雅得和纳吉兰时，因为住处可以做饭，所以还没有感受到斋月对我等非穆斯林饮食产生多大的影响，可在吉达时做饭不方便，这下可充分体会到沙特斋月的特色了。为了解决早餐问题，我们需要在前一天晚上采购好；午餐则要仰仗许先生公司的工作餐了，由设在住宅内的中餐馆提供；晚餐是我们最期待的，因为随着当日斋戒的结束，餐馆就可以陆续营业了。对我等非穆斯林很不利的是，各餐馆营业者一般都是用完开斋饭才开始营业的，所以很有意思的是，每当我们外出用晚餐时，都要提前看看当天开斋的具体时间，然后再推迟一会儿才去餐馆，如果不这样而早去的话，就需要饥肠辘辘地在餐馆门前等待了。

也有开斋时刻我们恰巧在街头的，这时就很容易收获到福利了。因为开斋之时一些富人会在街头提供免费饮料食物，不止一次，我和魏哥驾车行至路口时被赠予盒装饮料、矿泉水和椰枣等简单的解渴充饥之物。开斋时清真寺也会提供免费餐，有些人领到免费餐后就聚集在一起享用，当然也有人领回家去吃。看到此等光景，我的思绪一下子就飞到伊朗。2013年游学伊朗时，恰逢什叶派非常看重的阿舒拉节，当时伊朗也有一些富人提供免费餐，我们也曾受邀品尝过一顿正宗节日餐，在很有冷意的晚上漫步街头时，还享受到了热乎乎的免费伊朗茶，感觉相当之温馨。

中国有句老话，叫入乡随俗，这其实涉及一个尊重他人文化的大道理。尽管我等是非穆斯林，但是在斋戒时间内，仍还是要避免在日间的公共场合饮食，即使是口渴难耐也要钻进汽车里喝水，在这方面魏哥堪称典范。彼此尊重方能交心，在中东国家游学时，我对"你敬我一尺，我敬你一丈"有了更深的体会。

除了饮食不方便外，斋月期间购物也是极具特色。这时商店的营业时间非常特殊，白天只在特定且很短的时间内营业，晚上一般到22点各大卖场才陆续开门迎客。有好几次，我和魏哥因为没搞清楚卖场营业时间而吃到闭门羹，或者在商场门口久久徘徊。

不过实话实说，沙特的确是个购物的理想之地，也许是这个石油国家太富有的缘故吧，该国的进口关税极低，几乎可以忽略不计，所以在这里购买一些世界知名品牌商品很是划算。我出国一向是没有采购欲望的，可这次沙特之行打破了这个惯例，在吉达时选购了数件阿玛尼服装，和国内相比这里便宜的太多！

因为斋月期间大卖场晚上十点才开门营业，因此可以想象得到，它闭门谢客会是下半夜的事儿了，凌晨一点关门算是正常。即使是此时，当我们驱车回住处时，街上仍然是车来车往。不要说商场，就是利雅得的国家博物馆，斋月期间开放时间也是很特别，晚间九点半才开放，十二点关门，尽管那个晚上我和魏哥是第一批进去、关门时才出来的，但是短短两个多小时怎能细致回味一个国家的历史？但愿此生还有机会再次参观那个博物馆。

2.3　沙特的中国元素

这几年我日益关注在中东的中国企业。随着国内市场的日渐饱和、国际竞争的驱动和巨额外汇储备的存在，中国"走出去"战略应运不生。当初这一战略首先着眼于大型企业、特别是大型国有企业的外延发展，以国有资本对外投入。但是历来敢为天下先的中国民营企业和资本不甘落后，它们也纷纷走出国门，谋求海外利益。作为阿拉伯世界大国，沙特是中国企业走出去的一个重要目标国，在沙特访学期间，我对那里的中资企业多有关注。在沙特，中国最官方的存在当然是大使馆了，游学利雅得时我也专程前往拜访。

2.3.1　中资企业年会

为了更好地携手前行，在沙特阿拉伯的中资企业设立了年会制度，每年都要举行大规模的在沙中资企业年会。2014年的年会于6月20日举行，那日早上八点不到，我和魏哥便驱车赶到中国驻沙特大使馆经商处，随后一辆又一辆的小汽车接踵而至。令人遗憾的是，这里的中国人也秉持着相当矜持的作风，不认识的人大都不愿意主动迈出与同胞交流的第一步，所以尽管聚集的华人为数不少，但基本都待在汽车里——他们宁愿仅仅透过那狭小的车窗而不愿走到宽阔的街道来观察这个世界!

二十几分钟后,在活动主办方大巴车的引领下,由十几辆车组成的中国车队浩浩荡荡地奔向一百余公里外的会场。因为这天是周五,也就是沙特的周末,所以利雅得早上八点多的街道很是空荡。利雅得虽然贵为沙特阿拉伯王国的首都,但这个城市多是低矮建筑。相比较埃及首都开罗,建立在沙漠之中的利雅得要洁净很多,我想这不单单是因为人口少的缘故吧,沙特的财富和政治社会的相对稳定肯定也是重要原因。

周五早上寂静的利雅得街头

我们沿着利雅得—吉达高速公路疾驶。离开市区后,尽收眼底的是土(黄)之色,除了有戈壁滩黄沙漠等地貌外,还有一片很美的红沙漠。我们还经过一个落差非常大的路段,当汽车爬到最高处下行时,我的听觉产生些问题,类似飞机起降时的耳鸣,起初我认为这只是自己的问题,当同行者说和我有相同的感觉时,我们才意识到这是道路极大的落差所致。如果是在中国,这样的地况多半是要开山洞的。不得不说,在周末的上午,这个十几辆汽车组成的中国车队甚是惹人注意,当我们转向到另一条道路上时,原来那条公路上的车流量有明显下降。

大概九十分钟后,目的地终于呈现在我们眼前。这是一个以非洲庄园为主题的类似国内度假村的地方,其主人是沙特一位王子。这里面积超大,方圆28平方公里,有会议室、住宿地、跑马场、高尔夫球场、大片绿地,更令人惊奇的是,还有大片高低起伏的沙漠,以及多种沙漠动物,比如骆驼、羚羊、鸵鸟、长颈鹿、斑马,还有多种不知其名的动物行走或奔跑在沙漠上。当然,这里并非所有动物都是自由的,比如经过多只豹子跟前时,我就欣慰地看到它们被关在大笼子里——自由,终归是有限度的。

沙漠中的动物

进入中资企业年会大厅,发现尽管除了几个服务员外其他百余号人都是来自祖国的同胞,可说实话我还是立刻产生了陌生和距离感——那一个个的西装革履怎能让我心生亲切之意?这让我想起另一个经历,当初在以色列访学一年,参加活动多个,唯一被要求穿正装的是中国驻以色列大使馆主办的一个活动,到后发现不穿西装的以色列人比比皆是。在异国他乡开中国企业年会,放眼望去大都是衣装革履之正装人士,之所以有这么多人在极其炎热的沙特还身着正装,可能是因为有中国领导与会吧,中国驻沙特大使以及经商处参赞等也出席了此次年会。

中资企业年会的流程大致如下:全体起立奏唱国歌;来自国企的中资企业协会主席做年度工作报告,其中对在场官员表达了无以复加的敬意;给获奖人员(除一位华为员工外,其余全部来自国企)颁奖;让先进企业做经验交流,全部是国企；中国驻沙特大使馆的诸位官员讲话。虽然主办方口中的中资企业指的是所有在沙特投资经商的中国企业，但是在整个会议进程中，当下更具活力的在沙民营企业竟然少有登台的机会。最有意思的环节出现在经验交流上，因为向与会者介绍成功经验的国企领导们，很多是来自亏损严重的企业。中国铁建的一位领导畅谈甚久，但恰恰是这家国有企业，创造了中国在沙特单个工程亏损41.53亿人民币的记录！这个工程就是麦加轻轨项目。

对于全世界有条件的穆斯林来说，一生中至少要去伊斯兰教圣城麦加朝觐一次，而且是有特定时间的，要在伊斯兰教历12月的8日到12日，每年的这个时候麦加都要迎接数以百万计的世界各地朝觐者，这使得麦加朝觐路线非常关键，沙特遂有建朝觐轻轨的计划。当初沙特一家公司报价27亿美元，中国铁建报价22亿美元，而最终的结果则是，中国铁建在2009年2月签订了金额仅为17.7亿美元的合同，而且该合同还规定，中国铁建要在次年的11月13日前完成这个长约18公里的工程建设并通车。即便价格如此之低完工时间如此之短，但当时的中国铁建仍然认为这将会是一个可以赢利的项目。

可现实是残酷的，签下合同后，中国铁建面临的难题接踵而至。尽管铁建是施工方，但工程设计有一些是沙特请其他公司做的，所以中国铁建不得不尽力适应之。中国铁建对当地的风土人情也不是太熟悉，尤其是对麦加伊斯兰圣城的特性了解不深，也没有估计到沙特白天四五十度的高温对人的巨大影响，再加上沙特方面诸多的特别要求，这一切均增加了施工难度。

在面临工程不能按期完成的情势下，铁建又从中国增派大量工人来此，一时之间工地上全是人，据曾在那里工作过的庆哥介绍，当时有上万人集中在仅18公里的施工现场，单单有效和无效的人力费用就多了去了。此外，麦加城还有不允许非穆斯林进入的规定，但是前来施工的中国工人基本都是非穆斯林，这就需要采取一些临时或突击措施。那一时期在麦加时常可以见到散步的中国人，并且由于不懂宗教禁忌或是其他原因，还滋生了一些问题。据说也就是从麦加轻轨项目起，麦加人再遇到中国人也就见怪不怪了。

为了赶工期，中国铁建几乎不计成本地推进工程建设，在惨遭四十多亿元的亏损后，终于按期完成了麦加轻轨项目。中国铁建是上海、香港两地的上市公司，不知在它做此项目的时候，是否把支持它的股民利益放在眼里。更为遗憾的是，我在沙特调研时，曾听到不同的人说了同一件事情——麦加轻轨项目让一些人发了财！再联想到其他有关海外国企和机构的一些传说，不得不承认,有关部门对它们的监管存在相当大的疏漏。

其实在沙特亏损的中国国企不仅铁建一家,沙特的中国民营企业家普遍认为,能在这里赢利的国企也就20%左右;也有人认为中国国企在沙特就根本没有盈利的。据一位在沙特多年的建筑类央企项目经理介绍,(基建)央企在沙特是大项目大赔,小项目小赔,而且各大公司之间的竞争还相当激烈!另一方面,据介绍在沙特盈利的中国民营企业有70%甚至更高。我在埃及调研时也曾看到或听到中国国企在那里的暗淡光景,海外国企和私企的差别实在是大,这值得有关部门深思,并且要尽快拿出应对的举措来。如果不以市场而是以行政为导向来做企业,这样的企业难有光明的未来。

2.3.2 尴尬的中资企业

吉达是沙特的经济中心,中资企业为数不少,在吉达时恰逢它们举行庆祝建国六十五周年系列活动之文艺会演,我特去观摩。本次会演的地点是中国铁建沙特分公司总部,一个十分高大上的地方。跨进院落,首先进入眼帘的是其中央的游泳池,十二栋相当精致的联体别墅分列游泳池两侧,而地下室则提供了在闹市区不会干扰到邻居的娱乐场所。本次会演就在地下室举行,节目单上有歌曲、朗诵、戏曲、相声等,看来同胞们对此次活动是相当期待并做了充分准备。

演出现场张贴的新中国历任领导人画像

在中国驻吉达总领馆诸位领导入座后,中国铁建领导发表了热情洋溢的讲话,然后各国企领导落座评审席,演出正式开始,理所当然地,主旋律节目首当其冲。凡是有中国官员参加并由官方（参与）主办的活动,从形式上讲基本都是大同小异。此外,在中国铁建领导讲话时,我总是不由自主地想到该公司在麦加轻轨项目上亏损四十多亿的事情。

中国大批央企,特别是基建企业开进沙特是有原因的,那就是沙特目前对基建有非常强烈的需求。在沙特时我和魏哥驱车3000公里,看到道路、房屋等建设工地比比皆是,不是住房建设就是交通建设,在我有限的国际游历中,在这点上还没见到哪个国家能比沙特更像中国！沙特政府不缺钱,人口的增长也需要更多更好的基础设施与之相适应,因此目前的沙特是比较理想的基建市场。但非常非常遗憾,即使是在如此良好的市场环境下,中国国企在这里竟然还少有盈利。

其实,因为有近千万之巨的外籍劳工存在,沙特的用工成本是比较低的,比如我专程考察过的一个中国公司承担的铁路基建项目工地,在那里工作的外籍劳工月工资仅为1500沙特里亚尔,也就是2500元左右人民币（在同一项目的中国工人月工资要高达1500美金,即9000多元人民币）。中国企业之所以盈利不理想,可能与自己的操作思路和方法有关,中国公司内部的激烈竞争甚至是互相拆台使竞价难以提升上去,沙特对基建的近乎苛刻的监理,也杜绝了偷工减料的可能。说实话,每当我目睹沙特的房建工地时都会感慨连连——即使是只有两三层的别墅,也使用大量高规格的钢筋,钢筋那个密集那个粗啊,可以与国内高层的钢筋用料有得一比！中国"走出去战略"还有很长的路要走。

走出去的中国企业,国企有国企的问题,私企也有私企的烦恼。某天深夜,我与魏哥、在吉达经商的许先生进行了一次长谈,他们二位在沙特日久,也都历经了创业的酸甜苦辣,再加上沙特严格按照伊斯兰教法运转的社会生活,所以谈及自己的工作和生活感慨多多。沙特是一个相当难以进入并站稳脚的市场,从它对外国人来本国投资的严格限制、对企业招聘员工的配额控制、各种审批手续的时间漫长,到其社会运转节奏的缓慢、工作时间的支离破碎、娱乐活动的极度匮乏,都是中国人特别是中国非穆斯林在短时间内难以适应的。即使你适应了沙特的规制,也还有自身企业所可能会面临的一些问题,诸如资本积累后的继续发展、合伙人的有效合作、理想员工的匮乏等。

尤其值得提及的是,在沙特的中国企业中,央企的中国员工众多,比较容易形成一个相对完善的生活圈子,但是私企的中国员工不是太多,而且家属也因为女性在沙特生活的诸多不便而少有随行的,所以员工的业余生活很令投资者头疼,毕竟这和工作效率息息相关。通过对埃及、沙特等中东国家的实地考察,我越来越明显地感受到,中国民众和媒体看到的多是私企财富的日益增多,但是对它们的辛苦付出却没有给予充分客观地认识,或者说中国私企还没有得到应有的尊重。

2.3.3　造访麦加轻轨

来沙特后常常听人提及麦加轻轨,我很想去看看它,这样的工程出现在沙漠地带,本身就是个不大不小的奇迹,我们理应为中国公司承建此项工程而感到自豪。另外,我也想看看究竟是什么样的工程,竟然单个项目就亏损了四十多亿。到吉达后不久,我的参访麦加轻轨的愿望就实现了,在武先生的安排下,在吉达工作的白先生陪我去麦加轻轨和中国铁建项目营地参访。

白先生曾在麦地那大学苦读九年,专业是宗教学原理,虔诚的穆斯林身份和多年的宗教学专业教育,使其怀有浓浓的伊斯兰情节。白先生显然没有料到我对伊斯兰还有一定深度的了解,当他听说我去过耶路撒冷远寺、希伯伦易卜拉欣寺和伊斯坦布尔蓝寺后有些惊讶。我和白先生就伊斯兰教和穆斯林事务多有交流,从中我收获颇多,特别是进一步加深了我对国内穆斯林的了解。但是坦白地讲,白先生中国式的虔诚信仰和对伊斯兰教本身的深深专注,以及我本人对各个宗教之向善精华的集体信仰,令我俩的交流少有学术性。

说来有意思,这些年来和穆斯林交流时,他们常常惊讶于我对伊斯兰教的认识比很多穆斯林还要深入广泛;在和基督教徒交流时,则常被认为已经深受基督爱之精神的沐浴;在和佛教徒交流时,他们也常常认为我应该加入到他们的行列。其实我始终相当顽固地认为,信仰就是个内心的东西,信与不信,无须经过什么外在的认证,如果太执迷于形式,有可能是因为内心不够强大。再则,我坚定认为,宗教并非人之善、爱基因的唯一催生因素,即使没有宗教信仰,也不影响我能够做一个善良、博爱的人。

其实各个宗教引人为善、容爱他人的教导都是我推崇的,而我信仰的核心是中国优秀的传统文化,我绝对相信她的无穷力量。当一位以弘扬伊斯兰教为己任的沙特人听我如此申明自己的信仰后,直言相信自己的文化是应该的,但是宗教信仰还是要有的。还是这位先生,他问我为什么要游学中东数国,我说是为了加深对这个地区的认识,推进中国读者对该地区的了解,他说如果游学能加深我对宗教的信仰就更好了——我的世界常常不被别人懂！

在中东太容易思考信仰问题了，以致差点儿冲走我对麦加轻轨的记述！书归正传。经过几重检查站（事实上我们没接受任何检查，对正常行驶车辆而言，检查站基本就是个摆设）后我们来到麦加轻轨的终端站阿拉法特山1站，因为有中国铁建在麦加轻轨项目上的巨额亏损，所以当登上这个车站时心情稍有起伏。麦加轻轨也许是世界上最奇特的交通设施，它在每年的绝大部分时间内都是停运的，只有在麦加朝觐的几天中运行，它是专为穆斯林每年一度的麦加朝觐而修建的。那么何为朝觐？

623年，穆罕默德在麦地那宣布麦加天房为穆斯林礼拜的朝向，中国穆斯林称之为天房的麦加克尔白是伊斯兰教最神圣之地，628年穆罕默德宣布到天房朝觐是穆斯林的主要功课之一。每年伊斯兰教历的十二月来自世界各地的穆斯林都会汇集于麦加。伊斯兰教认为，凡是身体健康、财力充足的穆斯林，在路途平安的情况下，一生中必须去麦加亲临克尔白（天房）向真主安拉表示敬畏之意，并且要在那里完成一系列的宗教仪式，之后就会获得尊贵的称号——哈吉。

一千多年来，穆斯林朝觐时都是徒步在各宗教活动地点来回奔波的，活动地点的分散和朝觐者人数的增加，愈发使朝觐的安全和交通成为备受关注的

麦加轻轨之阿拉法特站

问题,中国铁建承建的这条全长 18.45 公里的轻轨线,把各个活动场所连接起来,大大方便了来自世界各国的朝觐者。麦加轻轨共设九个站,但是目前并不是所有朝觐者都能享受到它的便利,由于中国朝觐者驻地距轻轨比较远,所以就不能便利地乘坐。据说今后麦加轻轨会建成环行线,那样的话它就能服务于各个营地的各国朝觐者了。

我独自一人静静地站在轻轨站上。因为是停运期,所以阿拉法特 1 站显得相当凄凉,停留期间我只看到 3 个工作人员:一个来自中国的门卫,一个外籍维修工和一个在控制室工作的沙特人。中国铁建希望能够尽快把运营交给沙特管理,但是沙特方面相关专业人员的匮乏延缓了这项计划。轻轨运行已有几年,中国铁建麦加轻轨项目的总部仍还继续存在,里面停放着一排的列车。麦加轻轨项目让中国铁建在沙特赢得一片掌声,不管是十几个月的短工期、高大上的外观还是 18 亿美元的超低合同价格,都让沙特人啧啧赞叹。

但是从中国铁建自己公布的账目上看,它在这个项目上亏损了 41 亿多元人民币,作为上市公司的国企,中国铁建起码也应该对证券市场上的投资者和中国纳税人说声对不起。由于有了巨大付出,所以现在中国铁建在麦加影响很大,即使是在麦加禁区检查站很少见地遇到盘问,但只要说是去 CRCC(中国铁建)也会被放行,中国改变世界的能力太强大了。希望并祝愿中国铁建能够把自己的影响力尽快转化成企业盈利。

2.3.4 拜访中国驻沙特大使馆

我对沙特和中国的文化教育交流很感兴趣,了解这方面情况的最佳渠道莫过于中国驻沙特大使馆文化教育处了,于是在做好沟通后前去拜访。

中国驻沙特阿拉伯王国大使馆位于利雅得的外交使馆区,该区就在沙特家族的发源地德拉伊耶(al-Dir'iyyah)附近,不知沙特阿拉伯把使馆区设在此处是否与此有关。驶进使馆区后不停张望,不久就看到熟悉的汉字,旋即五星红旗和国徽也出现在眼前。下车步入大使馆,外籍雇员显然对中国人充满信任,不检查我的背包就让进入,哪怕是出来迎接的小张提醒他们检查,都被坚定拒绝。但愿中国人能够得到更多外国人的信任!

步入使馆大厅,当地盛行的地毯铺地,甚是漂亮,房屋挑高也非常让人羡慕,一言以蔽之,大气!负责文化教育事务的丁先生在会客厅等候,我们一跨进门便受到他的热烈欢迎。丁先生是来自新疆的穆斯林,曾在新疆伊斯兰教协会工作多年,现为中国驻沙特大使馆的文化参赞,落座后我们便开始了朋友式的私人聊天,就像丁先生说的那样,我们之间的聊天是非官方的,他代表他,我代表我。

虽然沙特是伊斯兰世界的大国,可是中国人对这个国家的认识很有限,沙特人对中国的了解也不深,双方交流显然还存在很大的提升空间。丁先生提到一个我深为赞同的观点,那就是目前中国太过于关注发达国家和地区,而对与中国发展阶段相类似或更低的一些国家重视不够。中国当下的这一特点可以说体现在方方面面,比如中国高校,就普遍存在渴求甚至祈求与欧美等发达国家的大学合作,而对有(强烈)意愿与自己合作的发展中国家的大学不够热心,这难说是一个明智之举。

发达国家的科学技术和社科研究水平高,当然是我们学习和借鉴的榜样,但万万不能忽视的是,中国的发展与崛起需要与各地区(大国)进行密切互动,如果眼光仅仅局限在欧美发达地区,那么中国注定不能成为具有全球影响力的世界性大国。而且就政治和社会发展而言,中国和中东的几个国家有很多可比较之处,所谓"阿拉伯之春"就可以为中国提供一些借鉴。志在崛起的中国一定不要忽视包括中东大国在内的非欧美发达国家的影响力,不然的话,中国终将为此付出代价。

中沙两国文化交流显然离不开年轻人的参与,互派留学生就是一个非常好的方式。近些年来沙特相当积极地推进年轻人到中国留学,几年前在一位王子已经办好赴美留学手续的情况下,国王让这位王子改变计划,转而到中国留学,说沙特王室需要有了解中国的成员存在。2014年那位留学中国的王子已经本科毕业,接下来还要在北京待下去,因为他的研究生阶段即将开始。沙特政府向留学海外的年轻人提供丰厚的奖学金,足够支付学费、旅行费、生活费,所以学生不必为自己的留学开支忧虑。

近年来中国虽然公派沙特的学生不多,但是个人联系来沙特读书的为数不少,其中多为穆斯林。之所以有中国学生自己联系来沙特读书,除了宗教信仰的因素外,一个非常关键的原因是沙特政府提供相当可观的资助,学生不必为自己的留学支付费用,学费、住宿费全免,还提供国际旅行费和生活费——在观察他人时的确应该注意到对方的长处,我们一定要相信,哪怕是再卑微的人也有可供他人学习之处!

中国驻沙特大使馆办公楼

图中右下角为中国驻沙特大使馆牌匾。

就中沙关系而言,两国不存在重大现实利益的冲突,所以双边关系还比较理想,国家主席胡锦涛就曾两次造访沙特。但是中沙之间也并非没有问题,比如 2011 年 10 月和 2012 年 2 月,中国两次在联合国安理会投否决票,反对向叙利亚现政权施加摧毁性的打击,这在世界上引起强烈反响,阿拉伯人更是义愤填膺,第一次投反对票时我正在中东游学,对此感受颇深,因为很多阿拉伯人追问我中国为什么投反对票,为什么不和阿拉伯人民在一起。就国家而言,沙特阿拉伯相当不满意中国在叙利亚问题上连续投反对票的举动,并因此对中国产生了一些负面看法。

某些阿拉伯国家不喜欢中国"支持"叙利亚现政权,很大一个原因是叙利亚现总统巴沙尔来自伊斯兰教的阿拉维派,该派系什叶派的一个分支,因为教派分歧等原因,逊尼派的沙特对什叶派的叙利亚现政权是不喜欢的。在沙特谈论伊斯兰教问题时,当地人甚至是一些外来的逊尼派穆斯林对什叶派的反感溢于言表,这也是沙特和什叶派大国伊朗关系至今无法改善的重要原因。中东诸国之间的关系真是错综复杂啊。

近年来在中东各国游学时,我感受到当地较为浓烈的汉语需求氛围,也相当关心沙特的汉语教育状况。目前沙特的中文教学还十分薄弱,仅有利雅得国王大学开设此类专业。但这并不是说沙特人对中文没有需求,中国大使馆经常收到沙特人希望学习汉语的咨询,吉达的几位中国人也正在计划开办汉语培训班。中国投入巨资进行的汉语推广项目——国家汉办的孔子学院在沙特没有用武之地,因为作为相当保守的伊斯兰国家,沙特认为孔子学院是传播意识形态的工具,再加上中国"无神论"的思想状态,所以断然拒绝孔子学院的进入。如何在沙特进行汉语教育,中沙两国应该尽快找寻出一个合适的办法,因为沙特汉语人才的缺口正在逐步加大。

聊中沙交往,宗教和中国穆斯林是绕不过去的话题。作为伊斯兰教的诞生地和两圣地的所在国,沙特自然会认为它对全世界的穆斯林怀有某种责任,所以当中国穆斯林地区发生重大事件的时候,它也会发出一些声音,但并非都是一味地批评与指责,比如2013年新疆"5·22"爆炸发生后,沙特官方也给予谴责。每年的朝觐是全世界穆斯林非常关注的大事,近年来中国伊斯兰教协会也都积极组织中国穆斯林赴麦加朝觐,但是由于名额有限,所以仍然有很多的穆斯林不能如愿,这也造成一定时期内中国穆斯林私自朝觐现象较为突出,不过相比较之前,现在私自朝觐人数逐渐递减。

与国内一些人的认识不同,事实上参加过朝觐的中国穆斯林会更以宽容的心态看世界,因为他们与两三百万来自世界各地的朝觐者在一起时,会看到多样的行为,即使是在麦加禁寺,也会看到不一样的礼拜。遥想国内仅仅因为礼拜细节的不同,穆斯林之间就衍生出一些矛盾,我想历经麦加朝觐的中国穆斯林很难不对其进行思考和反思。

在中国大使馆内我们畅快地交流着,不觉间已经到了要说再见的时候。我非常喜欢这种与外交官交流的方式,看得出来,丁先生对此也很有热情。我始终坚定地认为,学者和外交官联手,可以大大增强我们对世界、对中国的认知能力。

2.4 阿拉伯民族性和沙特稳定性

沙特阿拉伯王国所在地是阿拉伯语和伊斯兰教的诞生地，语言和宗教的传播催生了新的民族——阿拉伯人，沙特之于阿拉伯人的意义自然非同一般。尽管目前有两亿多人被称为阿拉伯人，阿拉伯国家联盟也有二十多个成员国，但是从民族性上来看，阿拉伯人的凝聚力是非常弱的。而在 2010 年爆发的"阿拉伯之春"中，沙特虽然总体保持相对稳定，但是它也存在一些安全隐患。

2.4.1 阿拉伯民族凝聚力匮乏

游学沙特强化了我的一个既有认识，那就是阿拉伯人相当缺乏民族凝聚力。沙特有很多打工者来自埃及等周边阿拉伯国家，经济和社会地位的严重差异，造成沙特人对这些外来者及其代表的国家有较差的观感。同样，在埃及考察时，我也能感受到一些埃及人对沙特人的不屑一顾。

纵览阿拉伯民族、国家发展史，在极其短暂的帝国荣耀之外，阿拉伯人面对的几乎是一个又一个的挫折与失败。阿拉伯人遭此不幸有他们不可掌控的外部原因，也有他们本可应对的内部因素，其中之一就是民族凝聚力的缺失。伊斯兰教诞生以来阿拉伯人 1400 年的发展史清晰表明，这个民族缺乏足够和持久的凝聚力；而凝聚力的缺失使其一再自陷困局或者自取其辱。

如前所述，随着伊斯兰教创始人穆罕默德在 632 年的逝世，刚刚统一起来的阿拉伯半岛就陷入分裂，虽经首任哈里发伯克尔的四处征讨重获统一，但是各势力的激烈角逐却已经是一个既成事实。在阿拉伯人的历史上，激烈的内部冲突一再上演，这往往又会引来外部势力的干涉，所以，在阿拉伯人的历史上，我们又可以一再看到，一部分阿拉伯人与外部势力联手对抗本族的另一部分人。在现代阿拉伯国家诞生后，我们看到的则是阿拉伯国家之间的纷争不休。

就给阿拉伯人带来奇耻大辱的系列阿以战争而言，在对抗以色列时阿拉伯国家是否做到协调一致？特别是 1948 年阿以进行的第一次中东战争，当时处于襁褓之中且武器、人员、物资均奇缺的以色列能够取胜，这是因为"犹太人国家"军事力量太过于强大？还是阿拉伯国家的军事力量原本就不堪一击？

都不是！根本原因在于当时阿拉伯各参战国的态度，它们对这场战争的准备太过于仓促，对这场战争的投入力度太过于有限，而与此同时，它们对这场战争的收获则又太过于期待！尊严维护般的仓促出战，承诺参战的兵力不至，基于私利追求的互相防范，阿拉伯国家行为至此，还何言战争胜利？此次战争后埃及对加沙的占领、外约旦对西岸的吞并，直接剥夺了联合国在1947年赋予巴勒斯坦人的建国权利。

阿拉伯人凝聚力的缺失，或者说他们广泛存在的分裂，除了在与以色列进行的屡次失败的战争中显露无遗外，其痕迹在其他很多问题上也是清晰可见，比如20世纪60年代沙特和埃及在北也门的军事对抗，复兴党主政时期伊拉克和叙利亚的长期不和，阿拉伯国家联盟（阿盟）在1979年因为埃及与以色列达成和约而中止其成员国资格，1990年伊拉克对科威特的军事入侵，当然，还有最不能不提及的多个阿拉伯国家在巴勒斯坦问题上的意见分歧，等等。

面对2010年年底以来的"阿拉伯之春"，对于解决地区问题历来很不得力的阿盟尽管频繁现身，但其工作成效甚微，在这之中，2011年11月它对叙利亚阿盟成员国资格的中止显得异常醒目——埃及和叙利亚这两个阿盟的创始国竟然都有被开除之经历！尤其不能让我忘怀的是，一些沙特人对包括阿拉伯国家在内的什叶派穆斯林的愤恨态度，更是彰显了所谓阿拉伯人的分裂。

时至今日，在国际社会我们看不到清晰的阿拉伯形象，听不到响亮的阿拉伯声音，阿拉伯人依然处于分散与割裂之中，这实乃民族之灾难。

2.4.2 沙特有稳定隐患吗

2010年12月突尼斯爆发"茉莉花革命"，并且很快就把担任总统多年的本·阿里赶下台，这一突发剧变迅速引爆席卷西亚北非诸国的"阿拉伯之春"，在突尼斯、埃及、利比亚、也门、叙利亚等共和制阿拉伯国家的（前）领导人或者被推翻，或者陷入极度困境的情况下，以沙特阿拉伯为代表的阿拉伯君主制国家也备受关注。如果说共和制阿拉伯国家的民众都高唱"民主自由"之歌揭竿而起，那么生活在君主制下的阿拉伯人不是离"民主自由"更远吗？他们的不满与愤怒不是会更激烈吗？

的确，在这一轮的阿拉伯政治动荡中，沙特、巴林等君主制阿拉伯国家也有反映，特别是巴林，局势严峻到需要沙特出兵帮助其稳定的程度。但是沙特、阿曼、卡塔尔、阿联酋等这些海湾君主制阿拉伯国家也有应对危机的手段，那就是利用王室掌控的大量石油美元,向民众发放福利,以此来缓解民众对政府的不满。另一方面,大部分的沙特国民对当时的国王评价很高,认为国王相当仁慈和亲民,而且近些年来沙特政府投入巨资进行国家基础设施建设,国民的福利也非常优厚,医疗、教育均是免费,还有多种补贴,再加上沙特国内基本不存在民族、宗教纠纷,所以衣食无忧的沙特国民难以产生高昂的"革命"情怀。

尽管沙特平稳度过"阿拉伯之春",但是这个王国也存在危及国家稳定的隐患。沙特现任国王是生于1935年的萨勒曼·本·阿卜杜勒-阿齐兹,他是现代沙特阿拉伯王国缔造者伊本·沙特的儿子,2015年1月去世的前国王的兄弟。事实上在开国之君伊本·沙特国王逝世后,沙特王位均是在他的儿子间传递的,但是随着第二代的渐渐老去,王位传至第三代的脚步已经是越走越近了,这对孙辈队伍庞大的沙特王室而言也许会是一个问题,而且会是一个有可能会影响到国家稳定的问题。

众所周知,沙特阿拉伯是当今世界上最富裕的国家之一,也身在福利最优厚的国家之列,这个沙漠地带居多的国家何以至此?因为石油!石油给这个国家带来巨量的财富,沙特王室从而获得一个稳定国家的有力武器。当国内出现不满情绪时,王室和政府可以用发放福利的简单办法摆平之;当面临诸如1990年伊拉克萨达姆那样的外部威胁时,沙特又可以出资并让美军进驻以获得安全。不过,如果一个国家把自己的稳定和安全都建立在财富上,这可能并不是一个长期有效的方式,而且石油财富也不是无限制可得的,储备的减少和油价的降低都可以危及石油财富的获取。

再者,沙特国内也的确存在一些不满的声音。沙特互联网是完全开放的,而且使用互联网的国民为数众多,外面的世界对沙特人来讲已经不再陌生,在此等状况下,一些基于伊斯兰教法的严格社会规范已经遭遇到越来越大的挑战。在沙特考察时,不管是在首都利雅得还是在经济中心吉达,我都曾看到一些青年的惊险刺激之举,比如利雅得街头的汽车漂移,比如吉达购物广场上的高难度摩托车飞驰,这固然有个人爱好的因素,但是娱乐活动的缺失可能也是一个原因。一个值得提及的现象是,每逢周末,沙特通向巴林的大桥前就会排起长长的车队,相比较沙特,同为伊斯兰国家的巴林少有宗教约束,对一些沙特人而言,到巴林寻求更多的快乐是一个不错的选择。近些年来,围绕女性在沙特开车的话题也是接连出现。

显而易见，目前沙特正面临着较为突出的宗教传统与现代社会的融合问题，尽管这里的转型氛围不像埃及等发生"阿拉伯之春"国家那般的浓厚，但是埃及等国的社会政治转型压力也不是一朝一夕形成的。民众，民众的意愿，是不能够被忽视的！

3. 埃及：阿拉伯转型的缩影

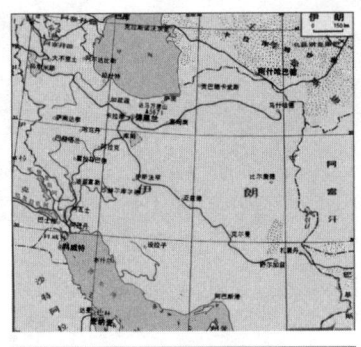

Walking in the Middle East

金字塔、木乃伊代表着它远古的辉煌；苏伊士运河体现了它现在的价值；阿拉伯、中东和非洲领袖级国家的地位，则充分彰显了它的区域大国地位。它，就是时下简称为埃及的阿拉伯埃及共和国。

若论历史文化的久远，埃及的早期文明是同时期的中国所不能比的，远在四五千年以前，古埃及就已经建造了金字塔，就已经能够完好地保存尸体(木乃伊)，这是当时中国所没有的发展高度。但是在度过远古时期的历史辉煌后，埃及就沦为了他国他族的治下之地，曾被波斯帝国、亚历山大帝国、罗马帝国、阿拉伯帝国、塞尔柱帝国、贴木尔帝国、奥斯曼土耳其帝国统治，近现代又被英法特别是英国奴役，直到1922年，英国才在保留大量特权的情况下勉强同意了埃及的独立。

开罗附近的金字塔

1952年,以纳赛尔为首的"自由军官组织"发动革命推翻法鲁克王朝,并于次年建立了延续至今的阿拉伯埃及共和国。在矛盾重重的中东地区,埃及扮演着非常重要的角色,所以当2011年爆发"1·25革命"后,埃及立即成为世人关注的焦点。非常遗憾的是,那些怀揣美好的"民主"愿望发动革命的埃及人,在把穆巴拉克总统赶下台后并没有迎来理想的结果,相反,他们和自己的国家一道,陷入了持续的彷徨和动荡。

3.1 埃及"1·25革命"及其后的动荡

在"茉莉花革命"迅速推翻突尼斯前领导人的鼓舞下,埃及在2011年爆发了"1·25革命",这次没有成熟预案的突发革命虽然把穆巴拉克总统赶下台,但是却没有构建出一个行之有效的新制度,国家也随之陷入了持续且激烈的动荡中。

3.1.1 埃及"1·25革命"

尽管"1.25革命"的对象是穆巴拉克总统,但是需要为革命爆发负责的绝不仅仅是他一位,因为埃及的政治危机也有一个逐步积累的过程。

纳赛尔领导"自由军官组织"在1952年推翻法鲁克王朝后,他带领埃及走上一段较为快速的发展之路,特别是他成功地使苏伊士运河国有化,在当时阿拉伯世界最为关注的巴勒斯坦问题上也勇于担当,而且还高举不结盟运动大旗,这使得纳赛尔总统不仅成为埃及本国毋庸置疑的领导者,也被视为阿拉伯世界的领袖和国际舞台上的政治明星。不过总体来看,纳赛尔也是一位非常强势的领导人,他给予反对势力残酷镇压,这必然会给他带来负面影响。1967年纳赛尔发动了第三次中东战争,结果阿拉伯人再次惨败给了以色列,这进一步减损了纳赛尔及其代表的政权的合法性。

1970年纳赛尔逝世,萨达特继任埃及总统。作为纳赛尔总统的长期左右手,萨达特对接管的埃及状况了如指掌,所以出任总统后他对埃及的内政外交进行了极具广度和深度的改革,例如加大对民生的关注力度、实施经济开放政策等。在外交领域,萨达特总统的举措更是惊人,上任不久就下令驱逐苏联军事顾问和专家,断然中止了与苏联较为密切的双边关系,转而与美国交好。为了挽回摇摇欲坠的阿拉伯世界的民族士气,萨达特总统与叙利亚总统阿萨德一道,在1973年毅然发动对以色列的"十月战争",也就是第四次中东战争。这次战争的局部胜利部分雪洗了阿拉伯人在1967年战争中遭受的民族和国家耻辱。之后萨达特总统不顾绝大多数阿拉伯国家和国内某些势力的强烈反对,坚定地走上了与以色列的和解之旅,并于1978年签署了标志埃以结束对峙、建立双边和平的《戴维营协议》。

萨达特总统的和平精神的确值得尊重,1978年度的诺贝尔和平奖授予他就是一个明证。但不可否认的是,在当时阿拉伯世界视与以色列"单独媾和"为对巴勒斯坦事业背叛的政治气候下,萨达特总统与以色列的和解必定会给埃及带来巨大冲击,1979年阿拉伯国家联盟(阿盟)将埃及踢出该民族区域组织就突出说明了这一点。萨达特总统本人为埃以和平付出的代价更是高昂——在1981年于开罗举行的庆祝十月战争胜利8周年的阅兵式上,他被本国的激进分子刺杀身亡。中东的和平之路的确不好走!

1981年穆巴拉克接任埃及总统之职,他虽然很快就收获了萨达特以鲜血换来的馈赠——埃以和平条约,并且拜此条约之赐,埃及于1982年收回了在1967年战争中被以色列占去的西奈半岛。但是穆巴拉克总统也不得不面对前任遗留下来的残局——埃及经济的不景气,在阿拉伯和伊斯兰世界的严重孤立,以及因为长期实施强力压制而带来的国内政治发展的桎梏等。穆巴拉克总统着意树立和维护自己的权威,为此他一再对潜在挑战势力实施强力打压。随着权力越来越集中在穆巴拉克一个人身上,他所承担的责任自然相应增大;在反对派和民众的诉求日益不被满足的情况下,国家最大权势者穆巴拉克当然成为第一被问责人,并最终成为2011年埃及"1·25革命"的对象。

"1·25革命"是在突尼斯"茉莉花革命"的背景下爆发的。2010年12月17日,北非小国突尼斯的民众走上街头,迅速把担任总统长达二十余年的本·阿里赶下台,这场运动也被西方一些人视为所谓"颜色革命"的蔓延。受邻国民众此等胜利的鼓舞,2011年1月25日,有超过百万的埃及民众也响应来自互联网的号召,在多个城市走上街头,要求穆巴拉克总统下台。抗议民众最不满的是政府腐败、物价上涨和失业率高等问题,有超过9万的埃及网民在社交网站Facebook上留言,声称"为了终结贫穷、腐败、失业和折磨,拼了"。因为在担任总统30多年后,82岁的穆巴拉克有意传位给儿子,所以抗议民众也把怒火烧向穆巴拉克之子贾迈勒,高呼"贾迈勒,告诉你父亲,埃及人都恨你们!"几乎在一瞬之间，埃及民众压抑已久的抗争热情被点燃了。

埃及人在国内展开大规模反政府活动的时候，他们远在美国的亲友和支持者也走上街头，聚集在纽约的联合国总部前，示威者还将埃及驻华盛顿大使馆前的街道挤得水泄不通，呼吁穆巴拉克总统下台，旧金山、西雅图、洛杉矶、芝加哥和马萨诸塞等地均爆发了类似的抗议活动。自萨达特总统以来，埃及官方走的可是亲美外交路线啊，就是穆巴拉克总统本人也没少出台符合华盛顿意愿的举措，在自己身处危难之际，美国多个城市竟然出现反埃及总统的抗议活动，这不仅令穆巴拉克，也令很多国家的领导人感觉不爽，因为按照他们的秉性，诸如此类的活动政府是完全可以控制的——三十多年前被伊斯兰革命推翻的伊朗巴列维国王也曾经这么认为！

面对民众持续的抗议示威，无奈的穆巴拉克总统也被迫做出一些改变，比如1月29日晚，他破天荒地任命情报局局长奥马尔·苏莱曼担任副总统，这是其执政30年来首次设立副总统一职，外界视此举为让苏莱曼接任总统的信号。行伍出身的苏莱曼参加过1962年也门战争，1967年、1973年的第三、四次中东战争，1989年出任埃及军事情报部门负责人，到1993年又担任埃及情报局局长。苏莱曼是穆巴拉克时代后期埃及政坛的一位显耀人物，基本是一中间派人物，因反对宗教极端分子的恐怖行径而受到美国政府欢迎，被美国媒体喻为"埃及政府处理与美国、以色列关系的最佳人选"，2010年维基泄密网站曝光的美国国务院外交密电显示，美国驻埃及大使曾在2007年向华盛顿汇报，称苏莱曼在埃及的执政阶层和普通民众中都有很大的影响力。

尽管穆巴拉克任命了较得人心的苏莱曼为副总统，但是这并未阻止当晚国内多处骚乱的发生。面对埃及乱局，穆巴拉克总统的几位欧美老朋友开始对他喊话。29日晚，法国总统萨科齐、德国总理默克尔和英国首相卡梅伦发表联合声明，呼吁埃及各方尽全力避免暴力，这三位在声明中还感谢了穆巴拉克多年来对中东局势所表现出的克制精神，希望他在目前埃及国内局势的处理上也能够保持同样的克制——这话说得颇有临别赠言之味道。当天美国总统奥巴马也与副总统拜登、国务卿希拉里等政府要员就埃及局势进行紧急磋商，之后除呼吁各方保持克制外，还敦促埃及政府采取具体措施推进改革——老大一出马就带有命令的意味啊。

虽然民众要求穆巴拉克总统下台的呼声日益强烈，但是他迟迟不宣布辞职，这着实令美国总统奥巴马左右为难。"变革总统"奥巴马既要显示自己对改变的支持,又要向其他阿拉伯盟友表明他不会轻易抛弃老朋友,还要尽量避免埃及动荡向其他中东国家蔓延,毕竟白宫还是非常担心不安分的伊朗这时会浑水摸鱼的。权衡再三,到2月上旬,美国总统奥巴马向埃及总统发出越来越明显的暗示:希望穆巴拉克尽快下台。但是温和的阿拉伯国家如约旦和沙特阿拉伯则就此警告美国,如果穆巴拉克总统迫于示威者的压力而立即下台,这很可能会助长激进势力的嚣张气焰,从而会使中东局势更加混乱。

可是时不待人。随着埃及抗议民众队伍的日益扩大,多个阿拉伯国家内部要求改革的呼声日趋响亮,在此等情势下,华盛顿高调敦促中东国家要顺应民意进行改革。美国此举不仅愈发让包括约旦和沙特在内的盟友深感紧张,也让以色列心惊胆战,就像前以色列驻埃及大使马兹尔所言:"我们前景不妙,伊朗和土耳其的反以立场会更加巩固。忘掉以前的埃及吧,现在是全新的现实,情势未卜。"

埃及动荡的加剧使得华盛顿再也难以顾忌穆巴拉克总统的个人感受了,也不能再为约旦、沙特和以色列等国的担忧而多虑,奥巴马当局日益明确地向外界传达出要求穆巴拉克下台的信息。埃及的事态发展很清楚,这位82岁高龄且执政已有30多年的总统不立即辞职,就会有越来越多的民众走上街头,如果美国站到民众的对立面,这会严重影响到未来的美埃关系。

我想此时的奥巴马总统一定想起其前辈卡特总统在1979年初的经历,那时的卡特总统也面临一个类似的艰难抉择——是与伊朗伊斯兰革命者作对还是放弃多年老友巴列维国王?卡特选择了任凭美国经年老友巴列维国王雨打风吹去,但最终还是收获了一个至今仍还反美的德黑兰现政权。在32年后,又一位美国总统面临又一位来自中东老朋友的挑战,虽然斗转星移,但选择未变,和卡特总统一样,奥巴马总统这次也是选择了站在埃及人民一边,不知他在做出这一决定时,是否也担心今后的埃及会出现一个像伊朗伊斯兰共和国那样的反美政权。不过看看现在伊朗的窘况,我想埃及新领导层也不会轻易步伊朗对抗美国的后尘。

在立场确定后,奥巴马当局就时时期盼穆巴拉克总统辞职的消息传来,当2月10日穆巴拉克总统并没有像美国情报所预料的那样宣布辞职,而只是把部分权力让渡给副总统时,美国总统的失望一览无余:

埃及人民已被告知权力的过渡,但是目前尚不清楚这一过渡是否是即时的、有意义的或充分的。众多的埃及人仍然不相信政府对向民主过渡是有诚意的,因此向埃及人民和全世界清楚地表明态度是埃及政府的责任。埃及政府必须提出一条走向真正民主的可信、具体和明确的道路。迄今,他们尚未抓住这个机会。

如同我们在这次动荡爆发之初所说,埃及的未来将由埃及人民来决定。但是美国也已清楚表明,我们支持一套核心原则。我们认为埃及人民的普世权利必须得到尊重,他们的愿望必须得到满足。我们认为这个过渡必须立即展现不可逆转的政治变革,协商确定走向民主的道路。为此,我们认为紧急状态法应该解除。我们认为,与广泛的反对派以及埃及公民社会进行有意义的协商应解决埃及未来面临的关键问题:保护所有公民的基本权利;修改宪法和其他法律以展现不可逆转的变革;并为举行自由、公平的选举共同制定明确的路线图。因此,我们敦促埃及政府尽快采取行动说明已经做出的变革,并且以清晰、不含糊的语言说明如何一步一步地走向埃及人民所追求的民主和代议制政府的过程。

在向前迈进的道路上,埃及人民的普世权利得到尊重是至关重要的。有关各方都必须保持克制。暴力必须被摒弃。政府绝不可用镇压或暴行来回应人民的呼声。埃及人民的呼声必须被听到。埃及人民已清楚地表明,不能再走回头路;埃及已经发生变化,埃及的未来掌握在人民的手中。那些行使和平集会权的人们反映了埃及人民的伟大,广泛地代表了埃及社会。

我们已经看到埃及人民聚集在一起,不分老少贫富,也不分是伊斯兰教徒还是基督教徒,通过他们用非暴力方式发出变革的呼吁赢得了世界的尊重。在这项努力中,年轻人站在最前列,新的一代已经奋起。他们清楚地表明,埃及必须反映他们的希望,实现他们的最高愿望,并挖掘他们无穷的潜力。在这艰难的时刻,我知道埃及人民将会坚持不懈,他们必须知道,美利坚合众国将继续是他们的朋友。

这时的穆巴拉克总统可以说是众叛亲离,国内外反对派的合力已经让这位82岁的老人无力再坚持什么了,所以在令奥巴马总统深感失望仅一天后,穆巴拉克终于被副总统宣布辞职。奥巴马总统闻之欢欣鼓舞,他立即兴高采烈地做了回应:

埃及人民发出了呼声,他们的呼声被听到了,埃及永远不可能再回到原状。埃及人民通过非暴力抗争,要求更换本国的政府,使全世界受到鼓舞。在埃及向更民主的未来过渡之际，美国随时准备提供帮助。

埃及正处于过渡的开端，今后将面临艰难的日子，很多问题尚无答案，但埃及人民将以和平和建设性的方式，本着在过去几个星期中展现出来的团结一致的精神决定自己的未来。埃及军队在示威活动期的表现值得赞赏。埃及人民清楚地表明，不实现真正的民主绝不罢休。

美国将一直是埃及的朋友与伙伴。我们愿意提供一切必要的和要求提供的援助，争取以可信的方式向民主过渡。埃及人民给我们以启迪和激励，他们的行动表明，追求社会正义无须通过暴力手段；在埃及，是非暴力的道德力量——不是极端主义，不是滥杀无辜，而是非暴力和道德力量——再一次使历史的轨迹转向正义。今天属于埃及人民。美国人民为开罗和全埃及展现的景象深深感动，因为这正是美国人民的诉求，也是我们希望子孙后代生长于斯的世界。

埃及的年轻人在最近几天所表现的聪明才智和创业精神同样可以用来创造新的机会、就业岗位和新企业，让这一代人非凡的潜力得到腾飞。一个民主的埃及，不仅可以在本地区，而且可以在全世界发挥负责任的领导作用。

奥巴马政府对穆巴拉克总统的态度再次印证，在国际关系中，国家利益和私人感情之间存在巨大的、不可逾越的鸿沟！值得注意的是，在奥巴马总统就穆巴拉克总统下台向埃及人民表达敬意的同时，西方其他国家领导人也都称赞穆巴拉克总统下台是人民力量和民主的历史性胜利。

从推翻穆巴拉克总统对埃及的长期主导层面上讲，"1·25"革命取得成功，之后每年的"1·25"也被当作国家节日来庆祝，特别是作为游行示威大本营的开罗解放广场，也已经成为埃及的革命圣地。另外，穆巴拉克的下台还曾让埃及内外的民主爱好者欢欣鼓舞，认为埃及从此就可以踏上自由、民主、幸福的康庄大道。

埃及抗议民众的成功对阿拉伯世界的刺激尤为明显，巴勒斯坦西岸一人士激动地说："埃及发生的事情，不仅攸关埃及人民，也攸关整个阿拉伯。整个阿拉伯世界就要改变了！"加沙地带对穆巴拉克下台表现得更为兴奋，控制此地的哈马斯发言人说："我们认为穆巴拉克总统辞职是埃及人革命成功的开始，对此革命我们全力支持，提供后援。"哈马斯对穆巴拉克不满很容易理解，因为这位埃及总统和以色列一道，把加沙封锁的严严实实，简直成为人间地狱。在埃及

开罗解放广场

民众抗议期间我正和一位以色列的巴勒斯坦人在一起,而且一连五天朝夕相处,问他对穆巴拉克的看法,那兄弟连说"很不好很不好,他还是尽快下台吧"!

在此以一个我经历的事例说明穆巴拉克下台后埃及人发生的即时变化。我有一位埃及外交官朋友,2007年初相识于美国。此次埃及政治变革前,这位老兄在脸书(Facebook)上极少留下踪迹,可是随着埃及民众抗议活动的日趋激烈,他在互联网上就越发活跃;到穆巴拉克下台后,他更是直接欢呼起来。在和他聊天时,我问他对埃及的新时代感到高兴吗,他兴高采烈地回复说当然,并自豪地宣称这是埃及人民的自我发现!

可惜这位老兄高兴得太早了。

3.1.2 革命后的持续动荡

古今中外的政治发展史早已证明,革命的参与者虽然在推翻旧势力方面具有共同目标,但是在选择新的发展方向问题上却常有分歧,有时候这种分歧足以能够埋葬他们曾经为之共同奋斗的革命果实。埃及"1·25革命"也具有这样的特点,被革命激发出无限政治参与热情的埃及民众虽然激动万分,但是却没有找寻到实现自己理想的可行之道,于是,群情激昂和方向迷失就成为这个革命后国家的突出特征了。

穆巴拉克总统主政时期,执政党之外的其他党派力量相当有限,难以肩负起即时领导国家的重任。组织最严密、力量相对较大的穆斯林兄弟会,在埃及政治发展中又常处于被打压的地位,其政治理念也难以得到世俗和自由派的认同。所以,在各派力量基于对旧统治的共同愤怒而推翻穆巴拉克总统后,难以产生一个有足够声望和实力的新的领导力量。在此等情势下,埃及军方接管了对国家的主导,而且一管就是一年半,我想这肯定不是追求民主的"1·25革命"参加者的初衷。

埃及的困境不仅仅出现在政治层面,还有经济和社会发展的停滞不前甚至是倒退。就在各派力量围绕国家权力结构的重建展开激烈辩论和斗争的时候,埃及的经济也是每况愈下,旅游收入是埃及外汇的四大来源之一,国家局势的动荡严重挫伤了埃及的旅游业,毕竟,对于旅游者而言,安全是首先要考虑的。不言而喻,国家的持续动荡也影响到外国对埃及的投资,而国家动荡滋生的纠结和阴暗心理也给埃及带来了不容忽视的发展障碍。在埃及游学期间,针对社会存在的种种恶习,我经常听埃及人说的一句话就是——"革命以前不是这样的!"这简单的一句话充分说明了"革命"给埃及带来的深刻变化。

在政治混乱和经济恶化的窘况下,在"1·25革命"过去17个月之后,埃及终于迎来2012年6月的总统大选。革命后的埃及人曾经把希望寄托在总统选举上,他们期待新总统能够带领国家走出困境。可是希望越大失望也就越大,在走向总统选举的过程中,埃及各派力量之间的矛盾和冲突愈演愈烈,导致军方对埃及政治发展进行了直接干预。这时也缺乏深孚众望的候选人,这一切都大大降低了埃及民众的选举热情。结果,面对这样一次富有重大意义的总统大选,历经革命洗礼的很多埃及选民却选择了回避,其投票率不足五成,代表穆斯林兄弟会自由与正义党的候选人穆尔西获胜。

就埃及局势而言,穆尔西的上台绝不意味着和平稳定的降临。在总统首轮选举中,穆尔西仅以24.4%的多数票进入次轮选举,之后穆尔西又仅以51.73%(1323万票)的多数赢得与沙菲克的两人对决,如此低的投票率和得票率,显示了穆尔西的群众支持基础并不牢固。沙菲克是被推翻的前总统穆巴拉克任命的最后一位总理,若再考虑到沙菲克因为与穆巴拉克的牵连而丧失的选票,更能凸显埃及选民选举穆尔西的无奈,毕竟很多选民不愿意选举一位刚被推翻的穆巴拉克总统的人!

穆尔西在美国取得博士学位并曾任教于美国,他也成为埃及有史以来第一位没有军方背景的总统,2012年6月30日宣誓就职。这个选举结果与2006年初的巴勒斯坦立法委员会选举有可类比之处:两个选举走的都是欧美化的"民主"程序,两个选举结果都是被欧美视为"恐怖组织"——巴勒斯坦哈马斯和埃及穆斯林兄弟会——的力量赢得胜利。不难理解,埃及大选的结果一经公布,对穆斯林兄弟会心存疑虑的国内外势力就顿感不安,这也为新总统的执政埋下隐患。

长期以来,穆斯林兄弟会在埃及政治发展中扮演的是被打压的角色,而且自1952年以来直至穆巴拉克倒台,埃及总统都是由军方人士担任,这决定了穆尔西总统和埃及军方的关系非常难以协调。为了更好地贯彻自己的执政理念,穆尔西总统需要更多更大的权力。2012年11月下旬,穆尔西颁布了赋予总统新权力的法令,这引起许多埃及人的示威抗议,穆尔西也被迫于12月8日宣布废除了上述总统扩权令。穆尔西执政后,埃及外交也有明显变化,他上任后首次国外出访选择了沙特,之后又成为35年来首位访问伊朗的埃及总统。与此同时,穆尔西领导下的埃及召回驻叙利亚大使,关闭叙利亚驻埃及大使馆,公开站在叙利亚反对派一边对抗阿萨德政权。穆尔西的内政外交均招致很大非议。

穆尔西总统在国内遭遇到越来越严峻的挑战,这与其上台后穆斯林兄弟会的日益活跃也有关系,当然经济和社会状况的持续恶化亦是不可忽视的原因。结果,推翻穆巴拉克总统的埃及革命者们不断把怒火撒向了穆尔西总统,埃及爆发了越来越多的要求他下台、重新选举总统的游行示威。面对日益频繁的反穆尔西游行,穆斯林兄弟会也不断组织支持穆尔西的街头活动。埃及伊斯兰派与自由派之间的分歧愈演愈烈,政局再次陷入困境。

2013年6月30日,在穆尔西总统上台执政一周年之际,支持与反对穆尔西的力量都走上街头,埃及局势非常紧张。在这种情况下,7月3日,埃及军方首脑阿卜杜勒·法塔赫·塞西将军宣布暂停宪法,推翻穆尔西总统,成立过渡政府。作为民选的总统,穆尔西总统竟然被军方强行废黜,如果单单从法理和民主的角度看这显然是不合适的,所以穆尔西的支持者指称这是一场军事政变并拒绝承认其结果,起初美国媒体也以政变的字眼来报道这一事件。

但是穆尔西总统黯然离去已经是一个不争的事实,就像他的上台没有消除动荡一样,其下台也没有带来稳定。随着穆尔西总统的下台,其支持者掀起了连续不断的游行示威,并且制造了一些暴力事端。面对此景,埃及军方禁止穆尔西及穆斯林兄弟会数名高层出国,警方也下令逮捕数百名穆斯林兄弟会领导人及成员。2013年10月9日,穆斯林兄弟会被埃及当局正式解散,也就是成了非法组织;12月24日,埃及临时政府总理又宣布穆斯林兄弟会为恐怖组织。当局的上述接连举措彻底引爆了穆斯林兄弟会的抗争,埃及治安状况急剧恶化,整个社会基本陷入了无序之中。

就是在这样的氛围下,为了能够对当下的埃及社会政治状况有一个基本、客观的了解,我在2013年12月29日登上了飞往开罗的航班,奔赴埃及进行实地调研。

3.2　开罗首日

这次中东之行我选择的是埃及航空,从广州直飞开罗。尽管是二十三点五十分的航班,尽管厦门直飞广州仅需一个小时,但我还是预订了十七点四十分厦门飞广州的航班,这并非是我无所事事,而是我对中国航班的准点率实在没有信心。抵达广州白云国际机场,我舍弃摆渡电瓶车,徒步赶往国际出发厅。当我独自走过长长的寂静通道时,每一步都仿佛要震落那摇摇欲坠的幻觉泪滴。这几年每次离国都让我无限伤感,这究竟是为身后的故土,还是为身前的他乡？我不得而知,也许,这只是为了自己！

简单用餐后赶到埃及航空服务区。放眼望去黑人满目。开罗是从中国前往非洲其他国家的重要中转站,所以在这个区域看到此等光景也就不足为奇了。中国商品对非洲朋友显然具有不同寻常的吸引力,不带几个大箱子回国就不算到过中国,当然他们也因此会面临行李超量超重的苦恼,所以,他们一旦发现有行李少的乘客出现,就立刻上前询问能否帮忙捎带行李事宜。在此友情提醒,可别轻易答应别人捎带行李的请求,因为一旦被查出行李中有违禁品,那就要吃不了兜着走了。

经过12个小时的连续飞行,30日清晨六点降落在声名显赫的开罗机场。

走出机舱,首先看到的是并不纯净的天空,当然,对于来自连遭雾霾侵袭之中国的我来讲,开罗的这种大气状况只能增加我的熟悉感。走到接人区,为我们安排此次埃及之行的陈哥已在等候,尔后我们在对中埃天气和环境的对比中顺利抵达住处。初来乍到一切都是那么的新鲜,所以尽管坐了一夜的飞机,但仍然没有丝毫的疲惫,于是稍作停留我们就走上街头,开始了在开罗的参访考察。

3.2.1 埃及国家博物馆

开罗的城市交通真是拥挤,道路本来就不宽阔,而且没有划车道线,所以本应两个车道的马路,在这里基本就成了三车道。阿拉伯人办事散漫、时间观念不强是举世皆知的,但他们偏偏在驾驶汽车时是另一个性格,每个人都不甘人后,急速驾车任意超车现象非常普遍,因此这里的汽车刮擦是家常便饭。因为车辆磕磕碰碰的实在太过于频繁,所以只要是人没有受到伤害,即使发生刮擦碰撞也少有赔付纠缠,而是各自开车走人。游学中东时,我发现很多国家在发生这样的状况时基本都是如此。

就在开罗如此糟糕的交通状况中,我们乘车前往举世闻名的埃及国家博物馆。车行不久,发现路边一个街道入口处架着防暴铁丝网,数位警察站立其

开罗街头的驴车和老旧汽车

旁，当地人称之为旅游警察，看起来和国内的武警差不多。再往街道里面看，眼前的图景让我一惊，因为我看到一个长长的装甲车队列，每辆装甲车上方还都有一个似乎随时准备射击的军人。向导说进去就是我们要造访的博物馆。

作者在埃及国家博物馆前面布满装甲车的街道

我们下车缓行，穿过街道入口处来到装甲车前。装甲车虽然显得很暴力，可是上面的大兵兄弟却很友善，互动之后还可以对着他们和装甲车拍照留念。在博物馆大门对面的小街道，我看到还有一些防暴车和几十位安全人员。显然，装甲车、军人、警察出现在这里，并不是这个世界闻名的博物馆需要如此等级的常规保护，而是因为时下埃及特别是开罗的政治社会局势非常不稳定。

通过安检进入博物馆大院，发现这里的游人并不多，即使如此，中国人占的比例也很高。在埃及如此动荡的时刻，中国普通游客还有如此之热情，但愿埃及能够记住中国人民的此等情义，当然还有勇气。

就在旁人大都对着博物院主楼拍照时，我注意到附近有一幢被大火烧过的大楼，仍还污点斑斑的该楼距离博物馆大楼也就三十米左右。埃及人也太冲动了，当初烧大楼时，大火要是殃及珍藏着记载埃及这片土地历史的价值无比的文物，纵火者岂不成了千古罪人？显然，大楼被烧成那样绝不会是偶然失火，肯定是有意而为之。冒着损害博物馆的危险火烧该幢大楼，纵火者与大楼拥有者的仇恨该有多么的深啊！这大楼原来是做什么用的？又是谁把它给烧了呢？

在"1·25革命"中被焚烧的前执政党总部

被烧的这幢大楼原本是穆巴拉克总统时期执政党民族民主党的总部，在2011年"1·25"革命爆发后不几天，愤怒的抗议者就纵火烧了它。埃及民族民主党也被翻译为国家民主党或全国民主党，是由已故总统萨达特在1978年组建，1981年穆巴拉克继任总统后就一直领导该党，他执政后期其子对这个党也具有非常大的影响力。2011年4月，埃及最高行政法院做出裁决，解散在埃及执政30多年的民族民主党，并没收其所有资产。联想到"1·25革命"期间埃及民众对穆巴拉克及其家族的愤恨，民族民主党总部大楼被烧也就易于理解了，只是，它距离国家博物馆是如此之近，以致让人看到其满目疮痍后不禁心生后怕。

带着对"肮脏政治"的深深厌恶，我进入了记载着古埃及荣耀的博物馆展厅。这里的文物除了一个仿制的石碑外，其余都是原件。因为古埃及和现代埃及存在较为明显的文化断层，所以也有很多人说这里的文物及其代表的文明和现在的埃及人其实并无多大关系。老实说，对这个说法我很是疑惑，文化断层再怎么存在，可当下的埃及人仍然视古埃及文明为自己的骄傲，上层统治者的交替毕竟不能抹杀普通民众世代生活于此的事实,怎么能说人家和之前没有值得重视的联系呢?

埃及国家博物馆展厅正面

就文物和考古而言我是外行,只能看看热闹,即便如此,我仍还是被一再震惊,很多文物的做工之精细优美,绝非同时期的中国文明可以相比。说实话,游走在中东大地,我很难再体会到中华文明的历史悠久,因为谈起早期历史上的辉煌,中东人的底气更足。古埃及文明、古巴比伦文明,甚至是居鲁士、大流士、薛西斯时代的波斯帝国文明,它们中的任何一个都是同期的中国文明所要仰视的。

在这个博物馆中,带给我最大震撼的是木乃伊。当我充满敬意地走进布满木乃伊的展厅时,几乎屏住了呼吸。几千年以前的诸位前辈,现在仍然静静地躺在专为保护他们而设置的透明罩内,尽管身体颜色已经成为炭黑色,但是他们的面目特征仍然清晰可见,甚至可以说是栩栩如生。因为游人极少,所以这个空旷的展厅显得非常寂静,进而产生一种历史穿越感。就在这布满干尸的房间,我感受到了历史的呼吸!我小心翼翼地在木乃伊面前缓慢挪移着脚步,生怕自己的不小心会惊醒梦中人……

怀着对古埃及人民的无限尊敬,我们告别给人印象深刻的博物馆展厅。穿越防暴警察和装甲车队列,埃及国家博物馆被留在了身后——历史与现实并不总是存有遥不可及的距离。

听说2011年"1·25革命"的发源地解放广场就在博物馆附近,我实在难以遏制前往造访的冲动,希望能够尽早一睹其容。但是,解放广场虽然没有了大规模的聚集民众,但仍还不是一个可以彻底放松游览的地方。出于安全考虑,在抵达开罗的首日,组织者"无情"地拒绝了我们造访解放广场的请求。不过没关系,来日方长,我终将会在埃及这个"革命圣地"留下自己的足迹。

开罗解放广场,正前方低矮建筑即是埃及国家博物馆

3.2.2 造访开罗会议原址

某日我们前往一家与中国有些关系的酒店参观,这就是1943年11月中美英三国领导人举行开罗会议的米纳酒店,当时美国总统罗斯福、英国首相丘吉尔、中国领导人蒋介石曾在这里会晤。对中国而言开罗会议意义重大,它是近代以来中国首次以世界大国身份参加的国际会议,它大大提升了中国的国际地位和威望。开罗会议还产生了包含维护中国主权内容的《开罗宣言》,宣言明确规定,日本必须将窃取于中国的东北、台湾及澎湖列岛归还给中国。

我本来就对国际关系史情有独钟,前不久又刚在课堂上讲过这段历史,所以抵达埃及后一直想去开罗会议旧址看看,而当初会议开幕的地方,就是当下的开罗米纳酒店。进入酒店园区,向一位工作人员问起开罗会议的事,对方茫然,但是当我说出蒋介石的名字时他顿时醒悟,说当年蒋介石、丘吉尔、罗斯福曾经来过这里。

开罗会议举行的时间是1943年11月22—26日。21日清晨,蒋介石夫妇一行抵达开罗,稍后不久丘吉尔亦抵达,当晚蒋氏夫妇前去拜访住在附近的丘吉尔。次日清晨罗斯福亦来到开罗,丘吉尔亲自到机场迎接美国总统,并同车去了罗斯福下榻的美国驻埃及大使的别墅。二战时期英国在埃及享有极大的影响力,不仅驻有重兵,而且还在很大程度上左右着埃及的政局,几乎可以说,丘吉尔是开罗会议的东道主。

22日备受瞩目的开罗会议在位于金字塔对面的米纳酒店召开。这个会议其实是美、苏、英、中四大国会议的第一部分,27日丘吉尔和罗斯福就飞离开罗前往德黑兰,到那里与苏联领导人斯大林举行二战爆发后的首次"三巨头"会议,也就是著名的德黑兰会议,时间是11月28日到12月1日。事实上,罗斯福原本是想邀请蒋介石一起参加美苏英中四大国会议的,但是此计划遭到斯大林的反对,再说蒋介石当时也不愿意见斯大林,于是罗斯福不得不做了变通,在德黑兰会议前先在开罗举行美英中三国会议,然后再赶到德黑兰参加美苏英三国会议。

在开罗会议期间,罗斯福夫人没有前往,身体状况不好的丘吉尔由女儿陪同,宋美龄是唯一现身的领袖夫人,她也赢得英美媒体的高度赞赏。《纽约时报》选取了她与三国领导人的合影做头版报道,英国媒体则说她"虽然不是代表,但是却参与了大部分重要会议并担当翻译"。开罗会议期间宋美龄女士的确非常辛苦,她本来就是抱病与会,而且虽然中国代表团基本都能讲流利的英语,但她总是担心给蒋介石翻译的不到位,所以常常是亲力亲为,事无巨细地给蒋介石翻译。

不过参加会议的英国参谋总长布鲁克将军则有不同看法,他说开罗会议本是男人的会议,可是当三领袖正在开会时,宋美龄却突然进入其中,声称她要给蒋介石当翻译,所以务必要参加。对于蒋介石与会,丘吉尔是心有担忧的,因为当时占据英国首相头脑的,是如何推动美国把战争资源更可能多地投放在欧洲,可是蒋介石却在游说罗斯福要注意亚洲战场,而罗斯福对蒋介石的计划也颇为认同,这着实让丘吉尔非常不悦。

开罗会议还给丘吉尔和宋美龄提供了一个化解个人恩怨的机会。1943年上半年丘吉尔访美期间宋美龄也在美国,并且已经刮起了一阵猛烈的"宋美龄旋风",期间罗斯福问丘吉尔要不要见宋美龄,对于当时在华盛顿大红大紫的宋美龄丘吉尔当然是想一睹芳容,于是罗斯福就和宋美龄联系,邀请和丘吉尔共进午餐,但是宋女士说丘吉尔不亲自给她打电话她就不去。

当时不仅是宋女士,我想很多中国人都不怎么喜欢英国的代表丘吉尔,因为丘吉尔是相当轻视中国的,甚至认为中国没有资格加入世界四大国俱乐部。这样,因为个人和国家双重层面的问题,罗斯福建议中的丘吉尔、宋美龄午餐最终泡汤。不过在开罗的相见,使丘吉尔与宋美龄一笑泯恩仇,而且丘吉尔对宋美龄的印象还非常好,即使是在蒋介石失势后,丘吉尔也还特别珍藏着开罗会议期间的四人合照。

作者在米纳酒店的草坪上

正当我在草坪上想象开罗会议的盛况时,被告知我们可以进入酒店内部参观。通过安检进入酒店大堂,一位中年男士邀请我们到楼上的房间参观。这位酒店大哥边走边讲解,一时之间,感觉这里仿佛不是酒店而是博物馆。当来到酒店二层时,我发现过道的墙上挂着几张照片,正是参加开罗会议的中美英领导人以及宋美龄的照片。进入照片对面的宽敞套房,发现丘吉尔的照片赫然挂在办公桌的后面,再环顾四周,蒋介石夫妇等人的照片也在其中。酒店大哥说,这个房间之所以挂有丘吉尔和蒋介石夫妇的照片,是因为他们都在这里住过。但这一说法是不正确的,开罗会议期间丘吉尔和蒋介石都没有下榻米纳酒店,而是分别住在附近的别墅里,而罗斯福则住在了美国驻埃及大使的豪华别墅内。即使是英美两国领导人与斯大林开完德黑兰会议返回开罗后,丘吉尔入住的仍然是之前下榻过的别墅。

尽管开罗会议期间没有领导人住在我面前的这个米纳酒店套房,但是显然它也因为此次会议而被纪念。套房生活起居设施一应俱全,推开落地窗可以走到外面的大平台,站在平台向对面看,就是近在咫尺的金字塔。这环境,再加上它有开罗会议和一干名流入住的显赫背景,其房价自然也就高得惊人,一晚竟然要过千美金!

作者在米纳酒店阳台上

带着对开罗会议的回味,我离开酒店前往金字塔和狮身人面像参观。尽管是首次与这个"世界奇迹"亲密接触,可是金字塔并没有唤起我多大的热情。这些年我不停地在国内外游走,真正吸引我的是各地的人及其行为,而不是所谓的景点,在金字塔下我也是如此,我更关注的是那些不依不饶向游客兜售商品的小贩们,他们的坚持已经到了让游客产生不安与恐惧的程度!埃及朋友告诉我,在"1·25革命"前不是这样的,但是革命后一切全乱了。

"1·25革命"既给了埃及人无限希望,也让他们体会到了无尽的绝望。登上高地平视金字塔,身处撒哈拉大沙漠中的它们和周边的环境一样,彰显着无尽的沧桑和凄凉!

3.3 宗教与社会观察

随着"1·25革命"后穆尔西总统的上台,穆斯林兄弟会成为埃及政治舞台上的显要角色,一时之间埃及的宗教和社会状况再次引起世人关注。

3.3.1 开罗宗教区考察

中东是宗教气息非常浓厚的地方,众所周知,埃及是伊斯兰国家,但是其他宗教在这里也有自己的生存空间,比如犹太教与基督教。

犹太教与埃及的关系可谓源远流长。根据圣经旧约记载,当初犹太人祖先亚伯兰(后来上帝令其改名为亚伯拉罕)在上帝耶和华的指引下迁徙至迦南,也就是巴勒斯坦地区(含今以色列、巴勒斯坦和约旦一些地区)。那时的迦南资源相当有限,而且当地人对这群新来的人充满戒意甚至是敌意,恰好那时迦南又发生了严重饥荒,于是亚伯兰不得不带领族人迁往埃及。后来,犹太教先知雅各之子约瑟被卖往埃及,在获得很好发展后,约瑟把在迦南生活困顿的族人带到埃及,从而开启了犹太人在埃及长达四百余年的生活。因为不堪忍受新法老的压榨迫害,犹太人在伟大领袖摩西的带领下逃出埃及,并且在今隶属于埃及的西奈半岛之西奈山上,接受了犹太教的律法"摩西五经"。

基督教认同犹太教的经典,也就是圣经旧约,自然它也就认同亚伯兰、约瑟、摩西等人和埃及的关系。除此之外,埃及对于基督教还有其他意义。根据圣经新约记载,耶稣曾到埃及避难。当耶稣在巴勒斯坦伯利恒降生后,恰巧来到巴勒斯坦的东方三博士拜见犹太希律王,并且问刚出生的犹太之王在哪里。东方三博士的这一问题让希律王非常不安,为了消除未来犹太之王对自己地位的威胁,希律王下令把所有新出生的犹太男孩都杀死。事先得到屠杀消息的耶稣人间父母约瑟和玛利亚赶紧带上儿子逃往埃及,直到希律王死去才离开埃及返回故土。

因为圣经有上述记载,所以即使是在今日奉伊斯兰为国教的埃及,也不难看到犹太教和基督教的痕迹。抵达开罗次日，我们前往老城区的悬空教堂和犹太会堂考察。埃及的基督教是隶属于东正教的科普特教派，因为教堂建在古罗马时代的防御堡垒上，故得名悬空教堂，据说始建于公元 4 世纪。步入悬空教堂，有关耶稣及其父母的壁画和模拟场景一再显现，教堂内的大石柱则彰显着古罗马文化对这里的深远影响。

悬空教堂内的圣经故事布景

就在距离悬空教堂不远的一个小巷子里，有一座开罗最古老的犹太教会堂，据说始建于公元 9 世纪。很不凑巧，当我们走到犹太会堂门口时，却被告知有以色列官员正在里面参观，暂时不对公众开放。

千余年来，伊斯兰教、犹太教和基督教就如此紧凑地共存于开罗老城这个狭小的区域。宗教自然有其和谐的一面，但是在开罗的某些区域，我却能感受到气氛几乎凝固式的紧张。

某日下午，我到开罗著名的哈里里市场去领略最纯粹的阿拉伯风情，临近目的地时，被告知著名的艾兹哈尔清真寺及艾兹哈尔大学就在附近。结果还没到哈里里市场，我就把这个阿拉伯世界最著名的大市场给丢在脑后了，在我的意念中，艾兹哈尔大学才是我出行的重点。

在哈里里市场稍作停留后,我就向艾兹哈尔大学走去。奇怪,怎么有很多的防暴车和大量全副装备的警察存在？一打听才知道,自从2013年7月3日穆尔西总统被军方拿下后,穆斯林兄弟会及其支持者就发起了连续不断的抗议活动,9月份埃及高校开学后,如此这般的活动逐渐转向校园,导致埃及各高校成为最不稳定的地方。众所周知,穆斯林兄弟会的伊斯兰背景显而易见,而艾兹哈尔大学恰恰被很多人认为是伊斯兰世界规模最大、地位最高、享有盛名的宗教性大学,这所大学自然也就成为埃及校园动荡的核心区。

艾兹哈尔大学校门口的紧张形势

临近艾兹哈尔大学校门,发现有几十位防暴警察涌进校园,不一会儿,另一批防暴警察则走了出来,这显然是在换岗。我环顾四周,看到众人的表情基本是整齐划一的紧张之色。我拿出相机拍了几张照片,然后继续在校园周围观察。当感觉氛围日益凝重时我就往回走,但走到哈里里市场的一个路口时遇到了状况——我被一个保安叫停,过了一会儿又上来一个穿便装的警察,他们要检查我的相机。在中东这已经不是第一次了,想当初在耶路撒冷老城,以色列警察也如此对待过我。我只是在大街上正常拍摄,但还是在这么短的时间内就被人盯上了,可见附近的暗探便衣为数不少。正当和他们交涉时,我的埃及司机走了过来,这下我可脱身了,赶紧趁机走开,留下司机和他们交涉。

回到哈里里市场,我立即点了一杯芒果汁给自己压惊,隐约之中我预感拍照这件事儿还没完。果不其然,当我要乘车离开时,司机告诉我待会儿警察还会来检查我的相机。我十分坦然地等来便衣警察,让他们检查我的照片。检查完毕没有问题,我们顺利驾车驶离哈里里市场区。这个小插曲突出说明,深处动荡之中的埃及对外部世界是多么的敏感!

开罗哈里里市场的咖啡区

这是我和艾兹哈尔大学的第一次近距离接触,但却落了个如此下场,悲剧啊。更悲的是,当几天以后我造访艾兹哈尔大学的另一个校区时,又被几乎没有理由的检查了,当下的埃及对外国人真是戒备啊。当然,在除高校、政府机关附近和曾发生过集会的广场等之外的大部分地方,气氛还是比较平和的,也可以随意拍照而不被检查。

3.3.2 卢克索对话

凌晨四点多爬将起来,准备五点半出发去埃及古城卢克索。清晨的尼罗河仍然处在睡眠中,街道也有着不同寻常的宁静。飞驰的汽车很快驶离开罗市区,但是我们并没有因此就迎来一望无际的旷野,因为大雾突然从天而降,并且越来越浓,这使得我们无须再急着赶到机场,天气状况如此,飞机显然无法起飞,结果原定七点的航班一直延迟至八点半才起飞。更悲催的是,当天返程时,尽管天气状况非常好,但我乘坐的航班再次晚点近一个半小时。在中国航班晚点已被视为理所当然的情况下,本想在他乡可以准时一回,但我的这一梦想在埃及被无情地击碎了。

看来中东真不是我圆梦的地方。在国内饱受不能自由使用脸书之苦,当启程奔赴伊朗时,我满怀在国外畅游脸书的期待,可抵达后才发现,时下伊朗也是一个需要通过翻墙软件才能使用脸书的国度!

书归正传。在晚点一个半小时后,我们终于在九点五十分沐浴到卢克索灿烂的阳光,两位帅气的当地小伙子前来接机,汇合后我们就奔驰在了绿色的田野间。这天考察的第一个地方是帝王谷,接下来是两个神庙。帝王谷颇有我国北京十三陵、陕西唐代诸帝之陵的风范,但又具备他者所无法比肩的特征。古埃及的法老们对自己的身后事是如此上心,以致不管是从外部地形地势的选择,还是内部结构的设计,都是独具匠心。想想当初一具具木乃伊从这深居地下之处被移出,法老们是否有重见天日之感慨?

老实说,相比较这些所谓的旅游点,真正能让我产生更大兴趣的还是当下的埃及人,正因为此,随后我才放弃已经安排好的某些景点参观,独自一人走上卢克索街头,去观察体验埃及人的生活。

卢克索市中心广场

卢克索是一个仅有20万人的小城,这里和伊斯兰世界的大部分城镇一样,人们也大都喜欢外出,所以街头行人不断。在城市中央地带的一个广场上,家人或朋友席坐于草坪谈笑风生,见我一个外国人从旁边经过,两个孩子略带羞涩但又充满快乐地向我打招呼。当我坐在条凳上休息时,一位老伯也走过来坐在我身边,友善地和我交谈,他对自己家乡的怡人天气大加赞美。

当然,在卢克索这个广场也能清晰看到生活的艰辛。当我漫步其中时,不时有人邀请我坐他们的观光马车,而且价格好商量,当看到我实在无意乘坐时,一位面色憔悴衣衫褴褛的车主直接问我能不能给他两美元,因为他要吃饭,这时之前曾与我简单交流过的小伙子也走了过来,说车主很穷,就给他两美元买食物吧。对于他们的说辞我予以拒绝,因为根据我在中东游学的经验,在这种情况下你一旦给了他一个,那么就自有其他人也会有此等要求。我又不是中国慈善大王陈光标,哪有那么多钱啊。其实我拒绝他们的最根本原因,是我向来认为,人不能把贫穷作为给自己谋求特权的当然理由!

正当我沿街行走时,坐在路边的几位男士微笑着向我打招呼,他们正在一个清真寺门口聊天。我顿足友善回应,这四位男士着装各异,一位四十岁左右,穿夹克长裤不戴帽;一位二十五左右,穿长袍戴白帽;一位五十岁左右,穿长袍缠头巾,这两位显然是清真寺的教职人员;另一位则是穿传统阿拉伯长袍缠头巾约五十岁的普通市民。

得知我是中国人,那位普通市民立即说中国好,非常好,美国不好,当说到美国不好时,他做出一个砍头的手势。看到这位五十多岁的长者竟然还有此等激情,其他三位和我都笑了。开局不错,交流自然容易进行,于是我和那位对美砍首者一样席地而坐,我们五人遂展开了一场中埃民间对话。

我对两位教职人员兴趣更大,询问得知那位年轻的教职人员在这座清真寺已经三年有余。当我问起那位年长教职人员的情况时,四十岁大哥充满敬意地告诉我,教长已经在这里住了二十五年,闻听此言我立即对教长说你一定拥有非常丰富的知识,教长很是谦虚地摇摇头,而且还面露不好意思之色。四十岁大哥又说,教长曾在坦桑尼亚待过很长时间,以致被认为长了一张坦桑尼亚人的脸。闻听教长在这个对中国有特殊意义的非洲国家生活过,我条件反射般地提到中国人在那里修过铁路,几位埃及人对中国的这个善举并不陌生。

这几位埃及兄弟显然对我也很感兴趣,当他们获知我任教于中国大学时,我明显感受到来自对方的尊重——大学老师在埃及是享有很高社会地位的职业。为了能够找到更多的话题，我告诉他们我对伊斯兰教和穆斯林事务十分关注，并且还给学生讲授伊斯兰教知识。此言一出，几位埃及朋友果然兴趣盎然，为了满足他们的求知欲，我不断给他们答疑解惑，介绍说中国有两千多万穆斯林，当然也有很多的清真寺，还有几所专注于伊斯兰教育的大学，而且也能够公开谈论伊斯兰教。

在回答了他们的问题后，我的求知欲也不断攀升。我问教长什叶派和逊尼派到底有什么区别，教长对此并没有给予我正面回答，而是说有非常多的书可以读，看了那各式各样的书后，我应该能够对伊斯兰教有更好的了解。我曾把同样的问题两次提给伊朗阿訇和阿亚图拉，并且都得到了正面问答，说二者之间本没有什么大不同，天下穆斯林本来就是一家的啦。当然，埃及这位教长的说法也是一种解答，那就是好好读书自悟答案。在教长阐述完毕后，我开玩笑说教长你今天就是我的教授，他们听后哈哈大笑，并且又很认真地邀请我来埃及学习。在我谢绝了他们为我提供茶饮的好意后，礼拜时间亦将至，于是我们握手道别。

3.4 阿拉伯国家为什么存在反美情绪

在和埃及普通民众聊天时，能够明显感知到他们对美国的愤恨和反对，事实上这种感觉在游学阿拉伯诸国时我会经常产生的，因为阿拉伯人的反美情绪并不是个新生事物。2002年初，美国著名舆情调查机构"佐各比国际（Zogby International）"针对7个阿拉伯国家做的一个民意调查，结果显示，对美国不满的比率分别是科威特48％、约旦61％、埃及76％、沙特阿拉伯和阿联酋87％；2004年"皮尤全球态度民意调查"（Pew Global Attitudes poll）也表明，受访者中约旦有93％、摩洛哥有68％对美国怀有消极态度。[①] 那么，阿拉伯反美主义是怎样滋生的呢？美国对此又作何反应？

---

① Gregory Gause III, "Can Democracy Stop Terrorism?", *Foreign Affairs*, September/October 2005.

3.4.1 阿拉伯人为什么反美？

阿拉伯人对美国的反感既源于近现代以来西方各国对自己家园的践踏，也源于美国当下的中东政策。

历史上的中东不仅有建立大帝国的辉煌，而且也有屡次遭受外敌侵略、殖民的屈辱。特别是近现代以来，英、法等西方大国对中东展开了长期的侵略、殖民活动，给当地人带来深重灾难，理所当然，外部势力成为中东各民族的反对目标。二战结束后，美国逐渐取代欧洲传统强国，成为对中东拥有最大影响的外部国家，华盛顿也深深卷入中东事务之中，这对刚刚获得民族解放、国家独立的中东大部分民众而言无疑是一个刺激——他们把美国的干涉视为近现代以来外部大国主宰自己事务的继续。于是，中东对外部侵略的愤怒就转嫁到美国身上，中东国家的反西方主义也就过渡到反美国主义。实际上，这也是一种因为曾遭受惨痛的外部压榨而自然形成的对外警惕、排斥之心理。

但是中东反美主义最根本的原因还是在于美国自身，正是美国的中东政策播下了"仇恨的种子"，招致了那里强烈的反美主义情绪。2003年初，"佐各比国际"和马里兰大学安瓦尔·萨达特和平与发展委员会（Anwar Sadat Chair for Peace and Development）针对6个阿拉伯国家做的民意调查显示，有5个阿拉伯国家的大多数受访者认为，在更大程度上他们对美国的态度是由华盛顿的某些政策所决定的，46%的埃及人把美国的政策看作是他们反感美国的根源，在约旦、黎巴嫩、摩洛哥和沙特阿拉伯，有不少于58%的受访者强调他们最不满美国的是其推行的中东政策。①

就美国的中东政策而言，最让阿拉伯人不满的是华盛顿在巴勒斯坦问题上的"不公正立场"。考虑到阿拉伯人在历次中东战争中的惨痛失败，不难想象阿拉伯人对长期在阿以、巴以冲突中一味偏袒以色列的美国会是一种什么样的态度。《纽约时报》曾在2002年9月载文指出："（阿拉伯世界）对美国的愤怒根植于这一观点：布什政府以牺牲巴勒斯坦人的利益为代价，给予以色列

---

① Gregory Gause Ⅲ,"Can Democracy Stop Terrorism?", *Foreign Affairs*, September/October 2005.

无限制的支持。这样的愤怒在整个阿拉伯世界已经高涨到空前的程度。"①

美国对阿拉伯专制政权的支持也是导致本地区出现反美主义的原因。冷战时期及其后,美国在中东的主要诉求之一就是维持亲美政权的稳定,基于此等考虑,美国对独裁的伊朗巴列维国王和阿拉伯诸国王室给予大力支持。但不幸的是,得到美国大力支持的中东各独裁政权都没能实现国家经济的健康发展,人民生活水平自然也就难有根本性改善,民众产生挫折、沮丧之感也就不可避免。对独裁政权的支持会加重生活其中的民众的苦难,自然也会加深他们对独裁政权外部支持者的痛恨,伊斯兰革命中伊朗民众强烈的反美情绪和时下一些阿拉伯专制国家民众的仇美心态就印证了这一点。

阿拉伯滋生反美情绪和美国对阿拉伯世界的负面认识也有一定的关系。受政府某些政策的影响,美国一些媒体对阿拉伯世界做了大量的片面报道,正如我国学者周烈指出的那样:"在目前,无阿拉伯世界事件报导的新闻已不成为新闻。然而这些新闻报导的不是阿拉伯世界的振兴与发展,不是阿拉伯国家的和平与繁荣,不是阿拉伯人们的幸福与安宁,而是阿拉伯世界的分裂与争斗,是大国的控制与干预,是接连不断的战争与暴力,是关于恐怖主义活动的议论与传言,是阿拉伯人民所遭受的种种不幸与苦难……"②在这种舆论的引导下,阿拉伯和穆斯林的整体形象受到严重的损害,阿拉伯民众的尊严也受到相当大程度的触动,再加上"好莱坞"文化与伊斯兰自身文化的一些观念冲突,这一切都助长了中东对美国的反感情绪。

当今阿拉伯存在反美情绪还有一个原因——"9·11"之后美国主要针对中东伊斯兰国家的反恐战争以及"民主改造中东"计划。在2001年历经"珍珠港袭击"以来本土遭受的最严重攻击后,华盛顿迅速把恐怖主义列为国家安全的最大威胁,而历来动荡不安的中东则被美国视为是反恐斗争的核心区域,正是在这样的背景下,阿富汗塔利班政权和伊拉克萨达姆政权相继被推翻。美国对伊拉克的军事打击尤其遭到阿拉伯世界的广泛置疑和反对,埃及《金字塔报》主编更是明确指出:"美国发动伊拉克战争的最终目的就是要击垮阿拉伯民族的意志,分化阿拉伯国家阵营,根据美国的利益重组地区格局。"这一观点

---

① Jane Perlez, 'Anger at U. S. Said to be at New High', *The New York Times*, 11 September, 2002.
② 周烈:《全球化浪潮对阿拉伯世界的冲击》,《国际论坛》2005年第1期。

也代表了为数众多的阿拉伯人的看法。

美国推翻塔利班政权和萨达姆政权当然是华盛顿的战争目标之一,但是它的更大目标则是"民主改造中东"。在遭受"9·11"惨剧的美国人看来,中东是反美情绪的集中地,那里盛行的恐怖主义是导致反美的主要因素,而不民主的政治体制则是滋生恐怖主义的温床,所以要消除中东反美情绪,就要改变那里不民主的政治制度,在这种思路下,美国制定并逐渐实施了"民主改造中东"政策,希望以中东的民主化来遏制和消除中东的反美情绪。

"民主改造中东"计划遭到绝大多数阿拉伯国家的反对,此计划刚出炉,埃及、约旦、沙特、卡塔尔、巴林、黎巴嫩等国就先后表态,反对美国强加给阿拉伯国家的"民主改革"。阿拉伯民众的反对之声更加激烈,激进的学者认为这是美国干涉阿拉伯国家的内部事务,是赤裸裸的侵略。此外,在反恐战争中,美国对穆斯林进行了公然的侮辱,就像"美国虐囚事件"和"美军亵渎《古兰经》事件"所显示的那样。既然有这样的行为存在,那么阿拉伯世界存在强烈的反美情绪也就不难理解了。

3.4.2 西式民主是消除阿拉伯反美情绪的良方吗?

阿拉伯世界的反美情绪的确存在,美国如何看待这一问题呢?先看看伊拉克的例子。萨达姆政权倒台后美国并没有赢得伊拉克和其他阿拉伯国家人民的普遍好感,相反,阿拉伯人对美国发动伊拉克战争的动机却是多有质疑。考虑到美国为伊拉克战争所付出的巨额费用以及人员伤亡,华盛顿对如此结果当然是心有不甘和充满委屈。在华盛顿的决策者看来,萨达姆是一个置民众利益于不顾的独裁者,是一个对地区安全和稳定有相当威胁的暴君,用民主政治来取代"无恶不作"的萨达姆政权,对伊拉克民众、对中东特别是海湾地区的国家而言都是一个非常理想的结果。这样看来,推翻萨达姆政权的美国理应受到伊拉克人民和中东国家的顶礼膜拜才是,怎么还反而被质疑连连呢?

美国对自己在伊拉克经历的困惑很有代表性。事实上,在看待阿拉伯世界较为浓厚的反美情绪问题上,美国人的视角存在严重偏差。华盛顿倾向于把自己置于造福于他人的地位,认为自己的中东政策不存在对当地人利益的侵犯,而只会给他们带来全方位的利益,例如政治的进步、经济的发展和社会的稳定等,从而会在美国和中东国家之间出现"双赢"的局面。正因为对自己的政策有此等的双重获益界定,所以,美国对中东出现的反美情绪难以接受,认为是事出有因,是中东各种势力为谋私利而加罪于美国,让美国成为"无辜"的替罪羊,就像以色列中东问题专家巴里·拉宾(Barry Rubin)所认为的那样:

> 反美主义已经成为十分有用的工具。激进的统治者,各种不同的革命运动,即便是温和的政权,都能利用反美主义来凝聚国内的支持和追求地区目标,而且还无须付出任何重大的代价。事实上,作为一种战略,反美主义似乎为所有人提供了他们需要的东西……反美主义对压迫性的阿拉伯政权也有价值,因为这使它们可以把民众的注意力从它们的很多失败之事上移开……抓住反美主义这张牌,各阿拉伯政府就可以确保其反对派不能再使用这张牌来攻击它们……就是对公众而言反美主义也被证明是有用的,让美国来为他们生活中的一些错误负责,有助于说明世界运行方式和他们生活从未改善的原因。①

美国人对中东反美情绪的片面认识自然会模糊他们的视线;戴着有色眼镜,他们制定出来的中东政策自然难以恰当反映那里的政治现实。美国决策者的特长之一就是对于概念的偷换,当针对美国的"9·11"袭击发生后,美国立即做出声明,坚称这是恐怖主义对全世界的明目张胆的袭击,是对整个人类犯下的滔天罪行,因此,一切正义的国家和人民都应该紧跟美国的步伐,投入到反对恐怖主义的战争中去。这样,美国就完成了从"反美"到"反人类"、"反世界"的概念扩张,把自己描述为全世界悲剧的承受者。同样,在面对中东的反美情绪问题时,美国人把那里广泛存在的反美情绪简约为"恐怖主义",从而实现了从"反美主义"到"恐怖主义"的概念偷换,为自己在中东的争议性政策增添了一块遮羞布。

总而言之,希冀以西方式民主政治来消除中东反美情绪的举措难以奏效,这仅仅是治标不治本之举。美国不恰当地把中东这种普遍的意识存在有意地和恐怖主义联系在一起,这实际上否认了中东反美主义和极端恐怖主义的本质区别,开脱了美国自身政策不利的责任,增添了美国在中东动武的正义性。相对于中东的恐怖主义,那里的反美主义更应该受到美国决策者的关注,因为中东的反美主义和恐怖主义根本就不是一个层次的问题——针对美国的恐怖

---

① Barry Rubin, 'The Real Roots of Arab Anti-Americanism', *Foreign Affairs*, Nov./Dec. 2002, pp. 80~81.

主义仅仅是宽泛的反美主义的具体表现之一,反美主义是恐怖主义产生的土壤。美国如果把目光过多地投向恐怖主义而不注重修正自己带有争议性的中东政策的话,那它在中东还会继续遭遇很多麻烦。

3.5 动荡埃及的华人际遇

随着中国"走出去"战略的大力推进,越来越多的企业和商人走出国门,到世界各地寻求自己的商机。另一方面,快速发展的中国也需要更多地了解外部世界,所以也有日益增多的学者到海外以加深对他国的认识。不管是商人还是学者,在局势不甚平静的地区都会遇到一些麻烦,有时甚至是一些危险。在埃及考察期间,我本人和认识的几个中国商人均有此等际遇。

3.5.1 在埃及的中国商人

在开罗中国贸易中心住宿首日,偶遇之前见过面的福建商人吕先生,他晚上要在这里宴请朋友,热情邀我参加。吕先生来自福建南安隆嘉石业有限公司,这是一家集生产、销售进口大理石的家族企业,早在2000年就进入埃及市场,1979年出生的吕先生于2004年踏入埃及,他们家族在2011年10月于埃及成立金色尼罗河石业有限公司。吕先生及其家族特别注重埃及的人文宗教特性,并且把泉州家族式管理和埃及当地的企业运行模式做了很好的融通,再加上闽南人所有、埃及人却无的"爱拼才会赢"精神,这使得他们在埃及的事业发展蒸蒸日上。

吕先生当晚宴请的是在沙特做生意的河南朱先生,还有同样在埃及做石材生意的山东人士丁先生。中国贸易中心是开罗很有名气的中国人会餐之所,政经界人士经常光临此处。当晚聚餐的几位均在埃及或沙特生活了十年有余,现如今都已经发展成为富裕之人,借用当下比较流行的说法,他们都是土豪之身。为了营造更好的发展环境和维护自身利益,同行业的中国企业家或生意人还在埃及组建了中国石材协会,在此衷心祝愿,各位同胞在协会的协调下共同发展携手前进。

近些年来中国海外利益频遭侵袭,海外华人安全也正日益成为令人关注的问题。尽管走出去的民营企业有很多获利也颇丰,但是他们在一些局势不其稳定的地区往往会面临很大的安全隐患。吕先生曾两次遭人持枪抢劫；丁先生曾被人抢走一辆车，而且就在他陪同埃及总统穆尔西访华、参加华商大会的时刻，他父亲在埃及被绑架了。也许是自己的际遇太过于惊险的缘故吧，丁先生费尽周折，终于争取到持枪证，据说他是中国商人中在埃及取得配枪权的第一人。

在聊天的过程中，各位民营企业家对自身的发展环境和孩子教育问题非常担忧。不像国企财大气粗且有政府保障，身处海外的民营企业在发展的每一个环节都要靠自身的投入，特别是在安全保障方面，他们更是不能和国企相比，因此，他们非常希望国家能够对走出去的民营企业给予更多的支持。就企业发展而言，虽然中国人在埃及的石材生产、销售方面已经占据了这个国家市场份额的90％以上，但是中国人一窝蜂似地涌进埃及市场，互相间的竞争已经使得企业利润逐渐降低，中国人之间的恶性价格战日益突出，如果这个问题解决不好，那么在埃及的中国石材企业必定是集体遭难。说来真是让人感慨，中国人做生意就是喜欢同业发展，在这方面的确要向犹太人学习，犹太人是行业分散相依经营，由于是利益共同体，所以大家为了获取利益只能齐心维护既有的市场。

困扰中国海外企业家们的另一个难题是孩子的教育问题。埃及的中文教育非常差，这使得随父母在埃及生活的中国孩子难以接受良好，甚至哪怕是基本的中文教育，家长们对此很是担忧，就像丁先生所言，如果孩子连中国话都不会说，你让他们怎么去爱国？他们甚至都动了自己出钱办中文教育的念头。了解到这些情况后我顿感心痛，一方面国家花大钱开办的一些孔子学院效用无几，另一方面则是走出去的中国企业家为了让自己的孩子获得中文教育，不得不四处奔波苦想良策，他们之所以这样做，在很大程度上讲是防止孩子断了中国文化的根！

除了石材协会的企业家们，在开罗我还与来自华晨汽车的杜先生共进晚餐。杜先生在埃及的合资公司专售中华车和金杯车，目前旗下的员工已经超过一百人。自2006年进入埃及市场以来，杜先生代表的公司已经销售汽车两万辆，现在的销售量大概能占到埃及市场的3％左右，而中国车的龙头老大奇瑞则能占到5％，再加上吉利（帝豪）和比亚迪等，目前中国品牌的汽车销售量在埃及市场的占有额已经超过10％。我十分渴望中国汽车早日奔驰在世界各地。老实说，当我游学中东看到日本车、韩国车满街跑时，我真的很受刺激！

考察中国在埃及的企业状况时,我还遇到一家总部位于香港的保安公司,其使命是向在外国特别是动荡国家的中资企业提供安全保护。多年来公司李总带领自己的员工奔走在西亚、非洲等局势不甚稳定的国家,为中国的企业保驾护航。通过和李总的交流,更强化了我既有的认识——中国人在海外缺乏安全保障,也很难赢得他国之人发自内心的尊重。多年来国外常有声音指责中国在非洲推行"殖民主义"政策,甚至有些中国人也随声附和,对此等观点我坚决反对,我认为只需一点就可以完成对指责中国在非洲搞"殖民主义"的否定——中国人赢得非洲

中国汽车走进埃及

当地人的敬畏了吗?想想咱们屈辱的近现代史,想想当初洋人在中华大地上的飞扬跋扈、特权多享,你还会说当今在非洲连陷安全困境的中国人是"殖民主义者"吗?

论及国内一些人有时也嚷嚷中国在非洲搞"殖民主义"这一问题,上面这位保安公司的李总非常非常的生气,直言这纯粹是胡扯,甚至还为此爆了粗口:"他妈的中国人谁再说自己的国家在非洲搞殖民主义,就把他扔到非洲去创业,看他能安全地生活多久?"李总虽然说话没有国内某些所谓"公共知识分子"优雅,但是他建立在自己亲身体验上的认识,却是身处腾云间的一些知识分子们所无法获知的。

3.5.2 我在开罗考察的遭遇

某日回到房间后我立即趴到床上,把头埋在被子里——我不想让眼泪流下来。我不知道这是因为恐惧还是委屈,我只知道我的情感需要发泄。

那天给自己安排的考察地点是总统府、萨达特广场及其附近的艾兹哈尔大学。尽管全世界的媒体都在连篇累牍地报道埃及局势的动荡,但是这种动荡多集中在一些特殊地带,比如大学和政府机关附近,对于国家和城市的绝大部分地区来讲,生活仍然在按部就班地运转。为了考察敏感区的局势状况,我特意做了上述考察安排。

午饭过后我轻装上阵,在路人的帮助下搞清方向,坐上出租车直奔萨达特广场。见师傅没打表,我赶紧提醒他,被告知不打表,一口价40磅。小师傅虽然在价格上不松口,但是在服务方面做的却不错,想得很周到,问我路上要不要拍照,如果想拍照的话就开得慢一点儿,问我要不要抽烟,而且还特意把音乐调到英语频道。

开罗无名英雄纪念碑

狂奔二十几分钟后,萨达特总统墓地所在的无名英雄纪念碑映入眼帘,这时广场上没有一位游客或市民。无名英雄纪念碑的外形呈金字塔状,是为纪念在1973年第四次中东战争,也就是"十月战争"中阵亡的将士所建,1975年10月6日建成时萨达特总统亲自为之揭幕,不曾想6年后他自己也被刺身亡而葬在这里。

来到萨达特广场入口处，保安查看我的护照后就让我进去参访，这时我心有忐忑，因为护照还在他手上啊，他拿着我的护照消失了咋办？或者以护照为要挟要求我拿钱怎么办？我之所以产生这些担忧，是因为时下的埃及的确值得我如此忧虑，即使是短短的几日，我就已经比较清醒地认识到这一点了。保安说我结束参观后就会把护照还给我，然后他和我一起进入广场，我这才放心下来——只要他在我身边，护照就是安全的。和我在一起走了几分钟，主动给我拍了几张照片后，保安就离开我回到广场入口处了。

　　我独自一人，顺着正对着萨达特墓的主干道缓步前行，心中不断涌现对这位埃及总统的尊敬之情。1970年9月28日接替去世的纳赛尔出任总统后，萨达特总统励精图治，对埃及的内政外交做了大幅度改革，并且殚精竭虑地谋划对以色列的战争。当一切准备完毕后，1973年10月6日，埃及向以色列军队发起进攻，正值"安息日"的以色列仓促应战，结果在战争初期埃及取得一些成功，因此直到今天，埃及都还在宣扬自己是第四次中东战争的胜利者。

　　萨达特总统之所以要处心积虑地发动这场战争，是想挽回埃及和阿拉伯世界因1967年第三次中东战争的惨败而丧失的国家和民族士气，当这个目的部分实现后，萨达特对以色列就表现出缓和的一面，这才有后面的埃及和以色列关系缓和，以及戴维营协议和两国关系正常化。但是对以色列伸出橄榄枝的萨达特总统个人却遭到众多诋毁，伊斯兰世界和国内很多人把他被视为巴勒斯坦和阿拉伯人事业的背叛者，他的人身安全也因此陷入了危险之中。

　　1981年10月6日，为纪念第四次中东战争胜利8周年，开罗举行了盛大的阅兵仪式，萨达特总统等埃及的一干要人自然位居检阅台。在阅兵仪式进行的过程中，几位军人突然从行进的车上跳下来，直接冲到检阅台前，这时萨达特总统竟然误认为他们是要行军礼而要起身还礼，但迎接他的却是冰冷的子弹⋯⋯在他最喜欢的10月6日这一天，他被国内隶属于伊斯兰激进力量的军人刺杀身亡。萨达特逝世后被安葬于无名英雄纪念碑的底部中空地带。白色的墓地前站着两名身穿埃及古代服饰的护卫，在他们前方则是一块长方体的黑色大理石墓碑，上书萨达特本人在生前就拟好的墓志铭："穆罕默德·安瓦尔·萨达特总统，战争与和平的英雄。他为和平而生，他为原则而死。"

埃及前总统萨达特之墓

在萨达特广场对面,就是萨达特总统遇刺处,我打算前去观摩。走到广场出入口,那个保安磨磨唧唧的不主动给我护照,这时旁边另一个保安则说"money"。其实,因为那个保安帮我拍了几张照片——尽管这不是我的邀请所致——我已经给他准备好小费了。

费尽九牛二虎之力终于穿越马路,来到萨达特总统被刺杀的那个检阅台。唉,总统先生也太不顾及自身安全了,这个检阅台离马路很近,也很矮,而且当时萨达特因为要表现出男子气概而没穿防弹衣,其身前仅有的一个侍卫,还因为个子太高挡住萨达特的视线而被要求离开。在这种情况,行刺者近距离开枪,萨达特总统怎么能够逃脱厄运?

在中东,战争是残酷的,和平之路也不好走。游学以色列时我曾专门到特拉维夫的拉宾广场,去那里缅怀以色列前总理拉宾先生。拉宾总理和萨达特总统一道,对埃及以色列关系正常化做出重大贡献,也曾大大推进巴以和平进程,但可惜的是,并不是每个人都喜欢他的和平精神,1995 年 11 月 4 日,他被以色列国内反对巴以和平进程的极端分子所刺杀!

埃及前总统萨达特遇刺的检阅台

离开检阅台我向艾兹哈尔大学方向走。马路两边各有一辆装甲车,上面都有架着机关枪的士兵;坦克附近还堆积起沙袋用作防护,后面就是手拿枪支的军人。长这么大我还不知道装甲车内部是什么样,那时我也的确想问路,而且大兵也表现得很热情,于是就走到装甲车后面向军人问路,往里面一看,才知道这装备还是可以载很多人的。

步行不久,艾兹哈尔大学便出现在眼前。我知道现在的大学是埃及最不稳定最需防范的地方之一,因此没有贸然进去,而是在征得门卫的同意后才步入其中。我曾经对埃及艾兹哈尔大学充满向往,今天终于与她有了亲密接触,但是这却没有给我带来快感,因为我首先看到的,是校门内的防暴车和几十个身着防护装备的警察;听到的,是大楼内高分贝的叫喊声;与我交流的,是前来盘问我要看我手机照片的便衣……

尽管我已经连续在大学校园度过了20年,也见过各式各样的大学,但是眼前的这个地方却实在让我找不到大学的感觉。走在本应该非常熟悉的大学校园,我却产生了从未有过的恐惧!艾兹哈尔大学,你怎会是这样?于是停留不久,我便逃离般地走了出来——如果不是因为担心跑会给自己带来麻烦,我

艾兹哈尔大学校园内的安保力量

几乎敢肯定我会跑离这个也被称为大学的地方!

接下来就是去总统府考察了。我沿街而行,在一个公交车站问路,一小伙子说他也去那里,可以带我一起走。我们要乘坐的公交车开过来时并不停下,发现有人要上车才减速慢行,小伙子带着我一起跨上还在行进中的公交车,而且车后门一直不关。目的地不一会儿就到了,走出公交车,立即置身于熙熙攘攘的人群中,显然我到了一个中心区域,抬头一看,发现街中心对过就是埃及国防部,其门口已经架起了铁丝网,两位军人就在铁丝网留出的空隙站岗执勤。

在国防部门前的高架桥下,停着两辆装甲车。顺着高架桥往里走,是一条相当拥挤的商业街,但是这条小道上也有铁丝网,并由军人执勤。国防部周围防护措施极为严密,很有草木皆兵的味道,以致我仅仅拍摄了两张生活街景就被军方盯梢了,还把我带到检查站仔细查看我的手机照片,并要求我把那两张照片删除……埃及,你怎会是这样?

有了这般经历,我也没有了观摩总统府的冲动——可以想象得到,那里的情势会更紧张。我走到一个报摊前,顿足浏览时任国防部长赛西的各种大幅宣传画,他是一个让当时的埃及人给予厚望的强势人物,人们普遍期盼他成为新总统,从而帮助国家实现稳定。怀着复杂心情,觅得一辆出租车打道回府,这次是打表的出租车,不一会儿就回到了相当平和的生活区——在时下的埃及,紧张与平和仅仅只有25块钱的距离!

开罗街头塞西的宣传画报

3.6　埃及人如何看待国家的动荡

2011年"1·25革命"爆发后,尽管穆巴拉克总统很快就被迫辞职,但是埃及并没有就此赢来一个良好的发展期。非但如此,埃及政局的动荡却是愈演愈烈,以致军方在2013年7月3日废黜了民选的穆尔西总统。穆尔西是穆斯林兄弟会的人,他的凄惨命运进一步加剧了埃及政局的动荡,这不可避免地会影响到社会的正常运转。

老实说,开罗给我的第一印象不是很好,至少与我原来的期望有很大落差,我没想到呈现在眼前的这个阿拉伯世界的政治文化中心竟然是如此无序。至于地中海边上的名城亚历山大,其拥挤的市区、很不洁净的路面和混乱的交通,也让我难以感受到身处海滨的轻松愉悦。相比较而言,卢克索小城和红海之滨的工业园区给我的印象就好得多,但是这两个地方毕竟对国家的影响力有限。总体而言,从外观上看,此时的埃及相当缺乏秩序和活力。

那么,埃及普通民众又是如何看待"1·25革命"以及前总统穆巴拉克、穆尔西和穆斯林兄弟会的呢?

"我们现在是一团糟,整个国家全乱了。"

当我问年轻漂亮的埃及女孩J对国家的看法时,J充满忧伤地对我说。来自开罗的J和丈夫都有收入还算不错的工作,其生活水准在当地社会起码属于中等。

"那你是不是很怀念穆巴拉克时代啊?"

想象"1·25革命"时期的群情激扬,再看看时下埃及的满目疮痍,我很想听听J对这个问题的回答。

"是的,我们都想回到那个时期。至少那时我们有稳定,有经济的发展,有安全。可是,现在,一切都没了。"

"那你还想让穆巴拉克回来当总统吗?"

"想。但是他太老了,应该不行了。"

"你喜欢穆尔西总统吗?"

"不喜欢!他上台的时候给了我们很多承诺,可是你看他在台上的时候都做了些什么?他当初的许诺都没有实现。"

"可他是你们自己选出来的总统啊?"

"但是当初我们没有别的选择啊。那时候刚把穆巴拉克总统推翻,总不能再选他的人当我们的总统啊。即便如此,穆尔西也才以非常微弱的优势赢得大选啊。"

J女士所说的穆巴拉克的人指的前总理沙菲克。在2011年初焦头烂额之际,穆巴拉克总统曾经任命沙菲克为总理,希望沙菲克能解自己的燃眉之急。在2011年5月第一轮的总统选举中,独立参选的沙菲克与穆尔西进入次轮选举(穆尔西24.78%,沙菲克23.66%)。穆尔西代表的是穆斯林兄弟会的自由与正义党,最终的结果是沙菲克以48.27%比51.73%的微弱劣势败给了穆尔西。其实从这个总统选举来看,穆尔西的当选基础的确并非很厚实。

"你怎么这样憎恶穆尔西啊?"

"他和穆斯林兄弟会总是想让我们的生活伊斯兰化。是的,我们的信仰是伊斯兰,但是我们不想让伊斯兰主导到我们国家的政治社会发展。穆斯林兄弟会还支持恐怖主义,搞爆炸,这怎么能行?"

穆尔西隶属的穆斯林兄弟会诞生于1928年,初期作为宗教性社会团体而存在,除践行伊斯兰外还设立教育和医疗机构帮助弱势群体。1939年穆斯林兄弟会全国第五次会议为该组织的发展注入新的因素,那就是确定了建立以伊斯兰信仰为统治核心的目标,穆斯林兄弟会由是开始演变成为世俗性的政治团体,但是伊斯兰特征依然相当明显。

1952年纳赛尔发动推翻法鲁克王朝的革命,穆斯林兄弟会站在纳赛尔一边,但是革命后它试图扩大自己的影响,结果引来新政府的不满,双方随之矛盾激化,此后穆斯林兄弟会与政府的关系就是交恶多于合作,因此常遭打压。进入新千年后,穆斯林兄弟会改变策略,逐渐表现出政党化色彩,公开表示放弃暴力,同时强化了传统的基层社会福利色彩,这对贫民和青年很有吸引力。另一方面,政府对兄弟会参与政治也采取了宽容态度,这使得在2005年埃及大选中,以独立候选人参选的兄弟会一举获得全部454个议席中的88个。

到"1·25革命"爆发之际,穆斯林兄弟会早已发展成为一个国际组织,在中东数个国家都有分支。在穆巴拉克倒台后各支政治力量的角逐中,组织性最严密的穆斯林兄弟会具有一定优势,并最终在2012年6月的总统大选中获胜。

随着穆尔西总统的上台,被压制已久的穆斯林兄弟会终于有了出头之日,政府政策和社会发展中的伊斯兰色彩得以提升,这引起埃及世俗力量和自由派的强烈反感。2013年7月初穆尔西总统被军方废黜后,穆斯林兄弟会发起连续的抗议活动,呼吁恢复穆尔西的总统权力,并爆发了激烈的社会冲突。10月9日,穆斯林兄弟会被埃及当局正式解散。

在历史发展进程中,穆斯林兄弟会很少获得埃及主流社会的认同,现在它已经被解散,并且被定性为恐怖主义组织,J有上述观点也就不难理解,毕竟从个人生活方式上来讲,J是不戴头巾的女性穆斯林。

穆巴拉克的倒台对埃及周边国家也产生了重大冲击,以色列就是其中的一个。从萨达特总统开启埃以和平之路到穆巴拉克总统倒台,埃及和以色列的官方关系还是不错的,2014年1月对穆巴拉克进行审判时,他的罪名之一就是向以色列低价出售天然气。

以色列的死对头巴勒斯坦对穆巴拉克的厄运则是另一番图景。当2011年埃及"1·25革命"爆发后,几乎整个巴勒斯坦都沸腾了,绝大部分的巴勒斯坦人对穆巴拉克的倒台感到欢欣鼓舞,这当然是因为埃及前政府对以色列的关系正常化,也是因为穆巴拉克总统时期和以色列一道对加沙地带实施了严密封锁。"1·25革命"后埃及开放了加沙通往埃及的拉法口岸,巴勒斯坦人才得以比较容易地进出加沙。但是鉴于埃及特别是西奈半岛局势的严峻,此关口也是时而关闭时而开放。

在埃及方面看来,巴勒斯坦人特别是哈马斯与西奈半岛的局势动荡是有一定关系的,这也导致埃及人在巴勒斯坦问题上有些纠结。我很想知道时下的埃及人是如何看待以色列、哈马斯和巴勒斯坦的。

"你会去以色列吗?"我问J。

"以色列?我们不承认以色列,它不是一个国家。我不会去那里的。"

"那哈马斯咋样?"

"哈马斯就是恐怖主义,他们和穆斯林兄弟会是一伙的。穆尔西和穆斯林兄弟会支持巴勒斯坦的恐怖组织哈马斯,原来我们的西奈半岛很安全,可是革命以后就不行了。革命后加沙通往西奈半岛的关口开放了,结果很多哈马斯的人来到埃及,他们制造了很多暴力事件,他们不是在为巴勒斯坦工作。其实很多巴勒斯坦人是在为以色列工作。"

在穆尔西总统被赶下台接受审判时,被指控的罪名中就有支持恐怖活动,说穆尔西曾经让巴勒斯坦激进组织哈马斯和伊斯兰圣战组织卷入埃及的内部事务,想以此来为自己捞取政治资本。巴勒斯坦方面对穆尔西下台的反应也耐人寻味:巴勒斯坦总统阿巴斯表示欢迎;巴最大组织法塔赫的某些官员则呼吁加沙人民趁机推翻哈马斯对此地的统治;哈马斯发言人则低调地表示,希望埃及稳定平安,但也有哈马斯官员表示加沙与埃及的关系会深受影响。巴勒斯坦政局也足够复杂!

既然民选的总统穆尔西不能给埃及带来希望,那么埃及人民还能指望谁呢? 谁最有可能成为下一任总统?

"西西!"J不加思索地回答。

J说的西西,就是中国媒体报道中的"塞西",其全名是阿卜杜勒·法塔赫·塞西,他在2012年8月被穆尔西任命为国防部长,亦兼任武装部队最高委员会主席,2013年7月出任埃及第一副总理,是埃及著名的军中将领。我至今不明白,埃及人发音那么清晰的"西西",怎么到了中国媒体上就成"塞西"了呢? 这也不是什么意译啊。

依据当时埃及的政治方向,塞西当选为下任埃及总统已经没有什么问题,大多数的埃及人把稳定国家的希望寄托在了他的身上,事实上,他的大画像早已经流行于埃及了。塞西在2014年1月中旬表示,如果埃及人民需要,他将参加下任总统的选举,而只要他参选,那么其他候选人就完全是个选举陪衬。埃及人通过"1·25革命"实现了结束军人统治的目标,然后实现了民主选举总统的夙愿,但是在"1·25革命"爆发三年后,埃及人又准备欢迎另一位军人总统的驾临!

"为什么会选择西西?"

"因为现在的埃及需要强有力的总统来领导。"J坚定地回答我。

我之所以如此详细地描述J对诸问题的看法,是因为在我所接触的埃及人中,不管是在政治中心开罗还是在700公里以外的小城卢克索,持有类似观点的占绝大多数。这可能源于现有执政势力的塑造,但也可能是源于埃及人的切身体会。

尽管是少数,但我仍还是听到了不同于J的声音。D先生是服务于外企的年轻人,小伙子曾经留学海外,身材高挑,文质彬彬,一表人才。

"你怎么看目前埃及的动荡?"我问D。

"埃及出现目前这种状况是正常的,发生了'1·25革命'那样的重大事情,国家是很难稳定下来的,稳定需要有一个过程。现在埃及处于转型期,转型期出现动荡是正常的。"

"穆尔西总统被赶下台了,是他做得不够好吗?"

"穆尔西总统根本就没有足够的时间和良好的环境来推行自己的政策。他在台上的最后阶段,埃及出现严重的石油、粮食等物质短缺,社会从而无法正常运行。但是,为什么在穆尔西总统被赶下台后的几乎一夜之间,之前短缺的物质就都突然出现了?穆尔西总统没有得到应有的支持。"

话已至此,我已判断出他是穆斯林兄弟会的成员或支持者,事后我的这一猜测得到证明。其实穆斯林兄弟会的成员或支持者也是有理由表达自己的不满,毕竟穆尔西是埃及民选的总统,就那样地被军方给废黜了,从法理上讲穆尔西及其支持者是难以接受的。事实上在穆尔西总统被拿下后,世界各地的媒体报道也是声音不一,有的说是军事政变,有的说是革命。针对国外"军事政变"的报道,埃及主流声音是反对的,他们认为军方只不过是顺应了大多数埃及人的意愿拿下穆尔西而已,这不是政变,而是捍卫国家发展的革命。但是对于穆尔西及其支持者来讲,这就是政变。

"2013年8月军方强力打压示威者,造成那么多人的死亡,这怎么能是'1·25革命'的追求呢?"D忧郁地说。

8月中旬,埃及安全部队武力强行驱散集会的穆尔西支持者,官方宣布500多人死亡3700多人受伤,穆斯林兄弟会说2200人死亡5000多人受伤。武力清场尽管结束了持续多日的对峙局面,但是它也必将给埃及社会留下严重的后遗症。武力一旦对内,国民怎能轻易忘记?

"目前埃及有很多的游行示威,参加者并不都是穆斯林兄弟会的人或其支持者,还有很多追求'1·25革命'目标的人。我们国家现在仍处于追求'1·25革命'目标的阶段,因为2011年的那场革命并没有成功。"

D大声说出了我对埃及政治的观察。

3.7 阿拉伯政治转型的艰难

在2010年年底以来的所谓"阿拉伯之春"中,动荡最为剧烈的恰恰是包括埃及在内的几个共和制阿拉伯国家,相比较而言,阿拉伯君主制国家则要稳定的多。为什么阿拉伯共和制国家更为动荡呢?这颇引人深思。

第二次世界大战后,深受多重因素影响的阿拉伯国家迎来了其政治发展进程中的威权主义时代。有学者认为,现代阿拉伯国家的威权主义可以分为三种不同的表现形式,即传统威权主义、新威权主义和介于二者之间的混合型威权主义;奉行非立宪君主制的沙特和阿曼属于传统威权主义模式,实行立宪君主制的阿拉伯国家属于混合威权主义范畴,其他奉行共和制的阿拉伯国家则多为新威权主义政权,比如埃及、叙利亚、突尼斯、利比亚、也门等。[①]

从长期来看,不管是哪一种威权主义政权,由于都存在较为明显的弊端,所以均对阿拉伯国家的政治发展带来较为严重的钳制,而这种钳制也日益减损各威权主义政权的合法性,其中新威权主义遇到的挑战尤为严重。新威权主义阿拉伯国家的政治发展往往深受某具体领导者的影响,带有明显的个人色彩,比如埃及前总统纳赛尔、萨达特和穆巴拉克,突尼斯前总统布尔吉巴和本·阿里,利比亚前领导人卡扎菲,也门前总统萨利赫,叙利亚前总统阿萨德和其子巴沙尔等。

不管是纳赛尔还是布尔吉巴、萨利赫、卡扎菲和阿萨德,都是在国家危难之际出现的英雄式人物,他们或者带领国家走出外部势力的钳制并赢得国家的真正独立,或者推动原本分裂的国家走向统一,或者消除了国内不稳定因素从而使国家获得良好的发展环境。如此光辉业绩使得上述领导人在各自国家都曾被万民敬仰,甚至成为阿拉伯世界的领袖,再加上民主和法治精神在这些国家的相对缺失,所以他们的个人权威自然也就树立起来,并由此形成所谓的新威权主义政权。

不过我们也不得不注意到,与共和制阿拉伯国家相比,君主制阿拉伯国家的社会秩序显得更为稳定。据不完全统计,仅在1960—1970年代,伊拉克、叙利亚、苏丹、也门、阿尔及利亚等共和制国家发生的已遂政变就多达14次,而

[①] 关于二战后中东国家威权主义类型,参阅王彤主编:《当代中东政治制度》,北京:中国社会科学出版社,2005年,第34~61页;Oliver Schlumberger, *Debating Arab Authoritarianism: Dynamics and Durability in Nondemocratic Regimes*, Redwood City: Stanford University Press, 2007; Stephen J. King, *The New Authoritarianism in the Middle East and North Africa*, Bloomington: Indiana University Press, 2009.

沙特、阿曼、约旦、科威特等君主制国家则长期没有发生重大的政治变动。①在2010年底以来的"阿拉伯之春"中,受到最猛烈冲击的恰恰是各新威权主义政权——突尼斯、埃及、也门、利比亚和叙利亚,也说明了这个问题。那么,为什么恰恰是新威权主义政权遭遇到更为严重的挑战甚至是倾覆呢?

回顾历史,纳赛尔、布尔吉巴、卡扎菲和阿萨德等人之所以能够推翻各自的前政权,并且在民众的支持下建立起自己对国家的掌控,这和民众对前政权的深深憎恶密切相连,同时也是他们高举民族主义和现代化大旗的结果。对前政权的憎恶可以使民众对新政权充满希冀,特别是会对新政权中的旗帜人物充满期待和敬意,从而使这些领导人在短期内成为"权威"。但是,如果民众的期望不能够被满足,更不用说他们在新的政治情势下仍然遭遇"旧时代"的种种不堪际遇,那么,首当其冲地,新政权的那些旗帜式领导人的"权威"色彩会渐渐褪去,进而,其政权合法性也会受到越来越多的质疑。简而言之,民众对旧政权的憎恶并不能自然地转化为对新政权的持久支持。

阿拉伯国家的上述政治明星及其缔造的新威权主义政权面临的发展困境越来越大,他们的个人威望和政权合法性遇到的挑战日益严重。② 这些阿拉伯国家面临最大的发展困境是民主和法制建设普遍且严重之不足,这导致领导者个人对权力的掌控越来越集中,并日益呈现出"独裁化"之特征。再者,阿拉伯新威权主义政权也面临一些即时困难,比如国家经济社会发展的持久性不足,以及随之而来的民众生活水平的难以持续提升;再比如它们在地区和国际事务中遭遇的严重挫折,以及这些国家之间显而易见的政策分歧。

内部发展的不理想让民众渐渐淡忘旧政权的邪恶;对以色列战争的接连失利、特别是1967年第三次中东战争的惨败,让怀有强烈民族屈辱感的阿拉伯人对战前信誓旦旦要取胜以色列的纳赛尔等领导人心生疑虑。事实上,在第三次中东战争惨败于以色列后,阿拉伯民族主义遭到本族人前所未有的质

---

① 王彤主编:《当代中东政治制度》,北京:中国社会科学出版社,2005年,第51页。关于中东国家频繁的政权更迭和政变情况,参阅王京烈主编:《面向二十一世纪的中东》,北京:社会科学文献出版社,1999年,第46~54页。
② See Nicola Christine Pratt, *Democracy and authoritarianism in the Arab world*, Boulder:Lynne Rienner Publishers,2007.

疑①,纳赛尔总统本人也基本是一蹶不振,"权威"之成色顿减——这不仅是纳赛尔本人的悲哀,也是其所代表的政权的不幸,更是埃及国家的伤悲!

从根本上讲,2010年底以来的所谓"阿拉伯之春"是民众对本国当政者的抗争,在这个过程中,西方国家特别是美国把自己的相关政策和阿拉伯民众的"民主"诉求较好地结合在一起,从而扩大了自己的影响,也可以说美国等西方国家当时是迎合了动荡阿拉伯国家民众的民主诉求,二者也因此有了更大的合作空间。

特别需要注意的是,在那个敏感时间段,就动荡阿拉伯国家内部力量分配而言,站在当政者的对立面,就等同于站在了民众一边。美国等西方发达国家对很多阿拉伯人特别是青年具有很大吸引力,当美国等西方国家对他们相当渴求的民主事业表示支持时,内外的互相靠近是显而易见的,这也大大加速了突尼斯、埃及、利比亚、也门等阿拉伯国家前领导人的下台进程。

"阿拉伯之春"为阿拉伯新威权主义领导人敲响了丧钟,突尼斯总统本·阿里逃亡国外,埃及总统穆巴拉克被迫交权并进而被连续审判,利比亚领导人卡扎菲惨死于反对派之手……面对国家的如此剧变和国内民众对民主政治的高度渴求,进行有实际意义的政治转型对这几个阿拉伯国家来讲已经是迫在眉睫。

其实早在21世纪初期,美国就推出"民主改造中东"计划,希望以西方的民主模式塑造包括阿拉伯国家在内的中东政治新景象。"阿拉伯之春"爆发后,美欧大国也一再响应阿拉伯民众的民主呼声,高唱阿拉伯民主化之歌。可是事与愿违,埃及等国过去三年多的政治发展不仅让当事国民众深感失望,而且也令很多西方民主化的鼓吹者们倍感困惑,这说明"阿拉伯之春"离成功的民主政治转型还有相当长的距离。

不管是阿拉伯民众还是外部观察家,起初都对"阿拉伯之春"寄予了太高的民主转型期望,大大超出了这些国家所具备的民主化潜能。事实上民主是由一系列公民权利所组成,公民权利包括公民的基础权利、政治权利和社会权

---

① See Adeed Dawisha, *Arab Nationalism in the Twentieth Century: From Triumph to Despair*, Princeton: Princeton University Press, 2003.

利。① 基础权利指公民的法律权利或曰民权，包括生命权，思想、言论、信仰、结社、活动自由，财产权，国籍权，法治和司法行政的权利等；政治权利是公民参与政治、行使政治权力的权利，主要体现为普选制、多党制与议会制等一系列民主制度；社会权利通俗地讲就是指民生，包括公民享有经济福利、平等的机会及社会保障等一系列文明生活方式的权利。②

而且还需注意的是，上述三种权利是分阶段实现的，政治权利的实现必须以基础权利得到保障为前提，只有公民的基础性权利和政治权利得以实现，公民才能享受更多的社会权利。再看"阿拉伯之春"，在加速阿拉伯民主化的美好愿望下，民主推动者们忽视了阿拉伯新威权主义国家民众的基础权利还相当不足这一至关重要的问题，直接跃进到对政治权利和社会权利的诉求，这显然脱离了民主的发展阶段。

有效政治转型方案缺失也是"阿拉伯之春"遭遇民主发展困境的关键因素。尽管各国的大部分民众和反对派在推翻新威权主义或其领导人方面目标一致，但是在此过程中或其后，各派力量却基于自己的目的而陷入无序纷争，从而无法形成清晰有效的政治转型路径。之所以会出现如此窘况，与新威权主义推行的政治高压有关。各国政治自由度的普遍不足，使得具有广泛影响力的反对派难以形成，这或者使得力量有限的反对派需要借助外力才能实现推翻旧统治的目的，比如利比亚；或者即使有外部帮助反对派仍然无法推翻国家的现行领导力量，比如叙利亚；或者在旧领导力量倒台后国家无法涌现出新的具有广泛号召力的新势力，比如埃及。这样看来，各新威权主义领导人对反对派的长期强力打压，不仅埋葬了自己继续执政的可能，而且还剥夺了其他势力对领导国家的尝试，使得一旦自己的统治垮台，国家便会陷入剧烈且持续的动荡之中。

"阿拉伯之春"之于成功民主转型的无效，还在于其爆发的突然性，以及西方式民主的植入性。2010年12月单一国民自焚引爆突尼斯"茉莉花革命"，长期统治该国的本·阿里总统被迅速推翻，在此等成功的鼓舞下，埃及、也门、

---

① 参见 T. 马歇尔、吉登斯等著：《公民身份与社会阶级》，郭中华、刘训练编，南京：江苏人民出版社，2008年。
② 关于各项公民权利的具体内容参见托马斯·雅诺斯基、布雷恩·格兰：《政治公民权：权利的根基》，载恩靳·伊辛、布雷恩·特纳：《公民权研究手册》，王小章译，杭州：浙江人民出版社，2007年，第20~21页。

利比亚和叙利亚等新威权主义国家的民众和反对派也走上街头,展开了对本国领导者的抗争。当时这几个阿拉伯国家虽然具备了政治变革的需求,但是却没有实施成功政治转型的条件;就革命的两个步骤而言,它们具备了埋葬旧世界的条件,但是却没有建设新世界的能力,革命时机并不成熟,带有明显的仓促上阵之色彩。另一方面,在阿拉伯新威权主义国家基于自身因素的民主基因并未成形的情况下,西方特别是美国对它们民主化的推动,比如华盛顿在"9·11"之后推出的(西方式)民主改造中东计划,以及2005年压制穆巴拉克总统在埃及推行西方式民主,均导致阿拉伯新威权主义国家出现民主发展不适之现象。

前联邦德国总理赫尔穆特·施密特在2013年初曾经直言:"(民主)在未来的若干世纪里,可能会在不同方向上有好几种发展。现代民主(注:即西方式民主)问世只不过200来年……我不会建议埃及、马来西亚、伊朗和巴基斯坦去盲目地引进民主。"①

尽管"阿拉伯之春"没有使得阿拉伯新威权主义国家实现成功的政治转型,但是它在很大程度上打破了之前的政治高压局面,民众也逐渐结束了集体噤声,越来越多的阿拉伯人加入到思考民主内涵的行列,而且在这个过程汇总,基于本土文化基因的民主正在得到日益广泛的认同。"阿拉伯之春"对民主的如是积极意义不容忽视。

呈现在我眼前的埃及就是观察政治转型的一个很好案例。带着满满的收获,我结束了对埃及的政治社会考察,奔赴机场准备回国。夜色掩盖了白日常见的污秽,光亮闪闪的开罗因此多了几分美丽。但一路的愉悦被机场入口的装甲车、枪支、军人、警察所驱散。此时埃及人民是比较纠结的,他们心中有希望,但看到的却常是灰暗。近三年来,埃及人民就是在不断憧憬不断失望的折磨中度过的,而且这种生活暂时还看不到尽头。

跨进国际出发大厅,外国旅客并不是太多。当我在电子屏上找寻航班信息时,几位安检员都非常热情地向我招手安检,我刚被装甲车冲淡的心情顿时一热,当然是被工作人员的热情感动的。行李过了安检机后,一位工作人员要我把包提到一边打开检查,这时我发现旁边的人正在向安检人员塞钱。我知

---

① 《中国应该找到自己的方式——汪晖教授对话前西德总理赫尔穆特·施密特》,《南风窗》2014年第6期。

2014年初仍然满目疮痍的开罗街头

作者身后的混凝土障碍物阻断了原本通畅的大街。

道我包里没有任何违禁品,出入中东国家的机场时我向来非常谨慎,绝对严格按照他们的机场规定携带行李,要知道,我几次出入全世界安检最严格的以色列特拉维夫机场,都没被检出过带了违禁品,更何况是管理较为涣散的埃及?

我很是放心地让那位工作人员检查我的行李箱,在发现只有一些衣物等平常品时,他有些无奈地低声对我说"money"。旁边的人说给他点儿钱就可以了,这种情况已有时日。尽管不乐意,但我还是拿出20块钱给了他,没想到他竟然嫌少,开口要100块……就这样,我从出发到通过初道安检门,心情如同时下的埃及民众的心态一样起伏不定:从回家的喜悦到看到装甲车的忧伤,从安检人热情招手带来的温暖到被他们蛮横索要钱导致的冰冷……

到了候机区,找一个安静的地方坐下来,边审视边书写自己的这次埃及之行:脸黑了、体累了、鞋烂了、腰带也断了;被人帮助了、盯梢了、检查了、盘问了;和旧友在一起快乐了,认识新友幸福了,独自完成一天的调研回到房间埋头哭泣了,在机场被工作人员强行索要钱了……中东来过几次,造访国家数个,但感受却从未有如当下这般的复杂。对于这次旅行,埃及你究竟要让我如何去回忆?

在我结束此次埃及游学四个月后,前军方领导人阿卜杜勒·法塔赫·塞西以96.91%的绝对优势当选为埃及新总统,对于大部分埃及人来讲,他们终于盼来了一个可能会使国家趋向稳定的"强人"。对2011年"1·25革命"的鼓吹者和参加者而言,这个结果具有相当程度的遗憾性,因为当初他们走上街头的一大原因就是终结威权式领导人对国家的主导。从这个意义上讲,埃及人是以40个月的国家极度动荡,换来了一个相对简单的政治轮回!

4. 伊朗：失落与希望

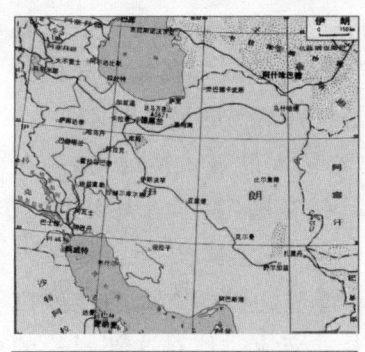

Walking in the Middle East

近三十余年来伊朗一直是国际社会的大焦点,伊斯兰革命、两伊战争、刺杀拉什迪以及核危机等诸多重大事件的接连发生,让伊朗一次次地陷入世界舆论漩涡,其国际形象自然也深受影响。2007年初我走进纽约一家书店,当问服务员有关伊朗的书在何处时,被告知要到恐怖主义书架去找……2011年、2014年我在以色列和沙特游学时,也获知一些犹太人和沙特人对当今伊朗的评价:世界恶魔和伊斯兰教的背叛者。但是另一方面,与伊朗学生在土耳其和中国的面对面交流,2013年和2015年游学伊朗时的所见所闻,又让我收获了一个与上述认识迥异的伊朗形象。伊朗,作为中东地区的关键性国家,值得深入探访。

4.1 伊朗的前世今生

伊朗旧称波斯,到1935年才改为此名,为了行文方便,本书统称其为伊朗。这个由波斯人为主体民族的国家具有非常光辉灿烂的历史,而且和中国也多有交集。

4.1.1 伊朗简史

伊朗具有非常恢宏的历史,这里孕育了世界上第一个横跨欧亚非三大洲的世界性大帝国——波斯帝国。公元前6世纪居鲁士大帝开创的这个帝国,是那个时代当仁不让的世界第一强国,也正是这个帝国,催生了延续至今的波斯精神,而且一举奠定了波斯人在世界历史上的突出地位。尽管中国历史也是源远流长,但是在波斯帝国诞生的时候,中国还正处于教科书上所言奴隶社会的春秋时期,较之波斯帝国之于世界的影响,同期中国的国际影响力可以说是相差甚远。波斯人对自己的民族文化怀有毫不掩饰的自豪感,伊朗学者扎比胡拉·萨法所著的《伊朗文化及其对世界的影响》一书,就是这种情怀的最鲜明体现。

在度过短暂的辉煌之后,波斯帝国遭遇到来自希腊人的强大挑战,并且在公元前4世纪的希波战争中惨败,伊朗也沦陷为马其顿帝国(亚历山大大帝)的统治地。直到今天,希波战争的惨败仍然是伊朗人的心头之痛,几年前好莱坞拍摄的反映这场战争的大片《斯巴达三百勇士》,就曾遭到伊朗方面的强烈批评,我仍然还记得,当初在和伊朗驻华大使馆文化参赞交流时他对这部影片的愤恨。不过亚历山大大帝征服伊朗后,对波斯文化进行了大力吸收,他本人也娶了伊朗女子为妻,东西方文化的交汇在这一时期取得很大进展。

但是怀有强烈民族自豪感的伊朗人显然不愿意长期处于他族统治之下,为了摆脱希腊人的控制,伊朗人进行了持续抗争,并最终于公元前247年建立帕提亚王朝(安息),该王朝和中国存有日益频繁的交流。224年伊朗建立了被称为第二波斯帝国的萨珊王朝。不管是帕提亚王朝还是萨珊王朝,都陷入了与罗马帝国的持续战争中。公元7世纪阿拉伯人兴起后,曾要求萨珊国王皈依伊斯兰教,在被拒绝后阿拉伯人大举进攻伊朗,并在651年完成对这个国家的征服,之后伊朗就长期处于他族他国的统治之下。

不过值得说明的是,尽管伊朗人先后处于阿拉伯人、蒙古人的统治之下,但是借助本身底蕴深厚的文化和先进的国家治理经验,伊朗人对阿拉伯和蒙古统治者均产生了不可忽视的反作用,事实上在阿拉伯帝国时期,身处高位的伊朗人不在少数,伊朗人对阿拉伯帝国时期的文化兴盛更是做出了非常突出的贡献。直到今天,很多伊朗人对阿拉伯人的文化素养还深表怀疑,一位伊朗朋友曾略带嘲讽地说,从前伊朗有本叫《一千夜》的书,被阿拉伯人抢去加了一夜,于是就成了他们的《一千零一夜》……

历经他族统治后,随着1502年萨法维王朝的建立,伊朗终于赢回了自己的国家主权,该王朝也首次把什叶派伊斯兰教立为伊朗国教。1796年恺加王朝取代了萨法维王朝,恺加王朝时期英国和俄国对伊朗的渗入逐步加深,伊朗越发失去自主性,而且领土也逐渐缩小,失去了对高加索和阿富汗部分土地的控制。面对内忧外患,伊朗有识之士在20世纪初期掀起轰轰烈烈的立宪运动,并催生了1906年宪法,但是这并没有给伊朗带来好运,次年英俄便瓜分伊朗,而且随着伊朗石油的发现,两国对伊朗的野心日益提升。

1925年伊朗历史上迄今最后一个王朝——巴列维王朝建立,很多伊朗人认为,这是伊朗现代史的开端。礼萨国王对国家进行了大张旗鼓的改革,他尤其倡导世俗化和民族化,他的改革使伊朗社会面貌得以迅速改观。但是礼萨国王也有自己的苦楚,那就是英俄两强对伊朗的盘剥,为此他曾想把美国势力拉进来,用美国力量制衡英俄在伊朗的存在,这就是伊朗著名的"第三国外交"。礼萨国王的美国策略没有成功,但是他的第三国外交仍然取得一些效果,因为希特勒掌控德国后加大了与伊朗的交往力度。

与希特勒德国的交好给礼萨国王带来灭顶之灾。第二次世界大战爆发后,希特勒在欧洲战场上所向披靡,向中东渗透的迹象也越发明显,这让英国和苏联如坐针毡。如果伊朗落入希特勒手中,那么英国和海外最大殖民地印度的联系就不再畅通,苏联南部也将直接暴露在德国的攻击之下,并且盟国援助苏联物资的伊朗通道也将不复存在。在此等严峻形势下,英苏两国接连向礼萨国王施压,要他把境内的德国人赶出伊朗,认为其中有太多的德国间谍。在没有得到礼萨国王的满意配合后,1941年8月25日,英、苏以驱逐在伊朗的德国间谍为借口,分别从南北两路进攻伊朗,伊朗军队在四十八小时之内被彻底击败,伊朗随之宣布投降。

万般无奈的礼萨国王被迫将王位传给王储穆罕默德·礼萨·巴列维(俗称巴列维国王或巴列维),然后就流亡海外。

随着二战的深入发展,苏联对作战物资的需求也越来越强烈,英军对伊朗援苏通道的管理不善备受诟病,并最终把这一使命交给了美国,美军也因此从1942年10月开始进驻伊朗。二战结束后,苏英美三大国在伊朗进行了激烈竞争,通过美国支持的1953年政变重掌权力后,巴列维国王执行了亲美外交路线,华盛顿成为大国在伊朗竞争的大赢家。有了大量的美援,特别是拥有了激增的石油收入,到巴列维国王统治中后期,伊朗已经发展成为相当现代化的国家。

但是巴列维国王也存在令其政权难以为继的误政,结果在以霍梅尼为精神领袖的伊斯兰革命的打击下,他被迫在1979年1月流亡海外,巴列维王朝也被目前的伊朗伊斯兰共和国所取代。

伊朗伊斯兰共和国诞生以来的发展可谓是跌宕起伏。1979年11月4日德黑兰学生强占了美国驻伊朗大使馆,引发持续了444天的人质危机,伊朗也因此广受批评,并遭受到美国发起的严重国际制裁。1980年9月22日,伊拉克打响了两伊战争的第一枪,伊朗随之深陷长达八年的战争泥潭中。1989年伊朗精神领袖霍梅尼对英国作家下达死亡令,再次恶化了伊朗现政权的形象。而之后伊朗又遭遇相当严峻的核危机,遭受严厉的国际制裁,国家发展也因此深受钳制。

4.1.2 中伊交往

不管是过去还是现在,伊朗和中国都多有交集,两国早在两千多年前就拉开了交往的序幕。为了寻求军事合作对付北方凶悍的敌人匈奴,西汉官员张骞在公元前138—115年两次被派往西域,并且留下中国对波斯帕提亚王朝的最初记载,当时张骞称帕提亚为"安息"。① 两百年后,97年,在中国西北地区任职且富有开拓精神的东汉将军班超,派遣其副手甘英出使被称为"大秦"的罗马帝国,甘英曾经到达波斯湾沿岸。② 在魏晋南北朝时期(222—589),甚至到隋朝(589—618),中国和波斯萨珊王朝还是在对抗共同的游牧敌人方面进行了多次合作。在公元7世纪伊斯兰教兴起后阿拉伯人进攻萨珊王朝时,波斯人曾经请求唐朝(618—907)皇帝出兵相助,同时萨珊王子和一些显贵也逃亡中国;尽管唐朝皇帝并没有派出大军帮助萨珊王朝对抗阿拉伯人,但是却非常友好地接待了萨珊王子及其后代,他们均被授予高官职位,而且唐高宗还允许伊朗难民进入中国。③

除军事关系外,中国和伊朗在贸易、商业和文化交流方面也有很好的合作史。在西汉时期举世闻名的丝绸之路就开启了,此后它成为中国与包括伊朗在内的外部国家的联系纽带。张骞出使西域后,中国和西亚地区的商贸关系逐渐发展并繁荣起来。帕提亚王国显然也很愿意和中国交往,据《史记》记载,当汉

---

① 《史记》卷123《大宛列传》。
② 《后汉书》卷88《西域传》。
③ 《新唐书》卷238《西域下》;《旧唐书》列传148《西戎》。

朝使节首次造访帕提亚时,帕提亚国王竟然派遣两万骑士到东部边境迎接之;而当中国使节返回时,国王又派遣自己的使节陪同前往。① 从这个案例中不难发现帕提亚王国对中国的重视,而且在佛教从西北进入中国的过程中,帕提亚也起到重要的传播作用。② 中国史书还记载,在魏晋时期萨珊王朝曾向中国派遣了几十个使团;唐朝时中国西北也形成波斯语商人组成的贸易中心;元朝曾经招募为数众多的中亚和伊朗士兵、技师和工匠,此后双方交往的形式也越来越多,"中国的天文学知识、印刷术和纸币传到波斯和近东,阿拉伯和波斯炼金术、数学、几何学、医学和药理学则传到中国"③。

19世纪,中国和伊朗都成为世界大国的侵略目标,为了恢复国家的独立自主,此后这两个国家又都进行了艰苦斗争,双方近代的这一类似际遇使其在维护国家利益方面拥有了更为接近的感情。总而言之,在1949年中华人民共和国成立以前,中国和伊朗从未发生过严重的冲突,在双方的交往史上,友好才是主要特征,而前期的军事合作、后期的贸易往来和文化交流则是维系这种友好的主要纽带。

1949年中华人民共和国成立后,中国成为苏联的盟友,而当时伊朗巴列维国王正日趋向美国靠拢,因为中伊两国分别隶属于相对立的苏美阵营,所以冷战曾经对中国伊朗关系产生一些负面影响。中华人民共和国成立初期中国曾跟随苏联,对巴列维国王的反对派伊朗人民党赞许有加,并且批评国王参加1955年组建的巴格达条约组织;伊朗则与台北保持了密切关系,而且反对北京进入联合国。但是中伊关系的这一状况随着1950年代末期中苏关系分裂而获得改观。中苏分裂推动北京执行完全独立自主的外交政策,并且由于同时要直面美苏两个超级大国的压力,中国也不得不努力争取其他的国际友谊和支持。

几乎与此同时,随着巴列维国王国内统治地位的日益巩固,他也正在追求

---

① 《史记》卷123《大宛列传》。
② 《安息人传布佛教于中国》,见张星烺编:《中西交通史料汇编》(第三册),北京:中华书局,1977年,第79～88页。
③ 《元史》卷48之《天文志》;《辽宋元代中国与波斯之交通》,见张星烺编:《中西交通史料汇编》(第三册),北京:中华书局,1977年,第202～223页;John W. Garver, *China and Iran: ancient partners in a post-imperial world*, Seattle: University of Washington Press, 2006, pp.14～15.

更为独立的外交政策。这样,到1960年代,中国的"和平共处五项原则"与巴列维国王的新外交思想终于找到了合集。1971年4月和5月,伊朗公主阿什拉芙和法提玛分别访问中国,为中伊外交关系的正常化做积极准备,8月17日,两国发表联合公报宣布正式建立外交关系。次年,法拉赫皇后率领一个庞大的代表团正式访问中国。到1978年,中伊贸易额已经增加到1.18亿美元,这是1971年的20倍。

中国共产党主席华国锋在1978年8月29日至9月1日访问业已陷入伊斯兰革命漩涡的伊朗,这对巴列维国王来讲当然是一个友好之举,但是对之后成立的伊斯兰共和国而言,却是一个赤裸裸地冒犯行为,正如一位伊朗学者而言:"这次访问给伊朗人留下了一个非常负面的中国观。"[①]幸运的是,华国锋访问对中伊关系的消极影响并没有持续太久,1980年两伊战争的爆发和美国倡导的对伊朗制裁,使德黑兰不得不向中国靠拢,如果能够和作为联合国安理会常任理事国的中国建立良好关系,那么对自成立以来一直深处美国等西方国家压力之下的伊朗伊斯兰共和国而言显然是一个理想选择,所以两伊战争爆发后不久伊朗就主动向中国示好,中伊关系趋向良好发展并一直持续至今。在目前中国高举"丝绸之路"大旗的时代背景下,作为丝路上的核心国家,伊朗也再次成为中国必须要给予密切关注的国家。

4.2 初访伊朗

我对美国的伊朗政策关注多年,伊朗也因此是我最早深入了解的中东国家,不过在首次去伊朗之前,以色列、巴勒斯坦、土耳其已经留下了我的游学足迹,所以当2013年11月初入伊朗时,我顿生相见恨晚之感。与去中东诸国的惯常模式不同,我首次漫步伊朗并非独行,而是在马汉航空及伊朗相关方面的安排下与多位朋友相伴,重点考察伊朗东部地区。

11月10日深夜,我们从上海浦东机场出发,乘坐伊朗马汉航空的航班直飞德黑兰。一夜无话,次日凌晨五点多抵达霍梅尼国际机场。临下飞机时,同

---

① Robin Wright, 'US veto fears as China-Iran links grow stronger', *The Washington Post*, November 19, 2004.

行的女士们纷纷拿出准备好的头巾,把目前在伊朗作为羞体的头发遮住,同时也穿上能盖住臀部的外套,中国女士们转眼间就变成了异域美女。彼此尊重是人与人交往的基本前提,入乡随俗自是必然。入关口的警示牌提醒远道而来的各国宾客切忌带酒,否则一经查出便羁押监狱!

顺利出关后,身材高大、英俊潇洒的伊朗接机者立即出现在我们面前,颇具好莱坞巨星之风范,他给我们每个人一一送上欢迎和玫瑰花,这温馨的画面让一夜乘机的疲劳立即烟消云散。机场的其他伊朗人貌似没见过同时出现如此多的中国人,抑或者是对中国人充满好感,一直以友善和好奇的目光看着我们。机场的设计非常伊斯兰化,出了关就是穆斯林礼拜厅,不时有人进出其间。

德黑兰清晨的街头

不到清晨六点的德黑兰仍然处于夜色中,但是黑暗也已经无法遮掩跃跃欲试的黎明之光,这就如同时下的伊朗,虽然因为国际制裁国家身处困难之中,不过跨越这个瓶颈,伊朗就会迎来美好的未来。行进间天色渐亮,伊朗场景终于初现:道路宽敞清洁,两旁绿意盎然,国旗随处可见。一时之间,我竟然在国际媒体上的这个是非之地心生宁静之感!

4.2.1 霍梅尼陵

正在感叹之余我们已经来到位于德黑兰南郊的霍梅尼陵,顾名思义,这里是安葬伊朗伊斯兰共和国的缔造者鲁霍拉·穆萨维·霍梅尼的地方，与他葬在一起的还有他的一个儿子。霍梅尼陵既是追随者的朝觐地，也是穆斯林的礼拜场所，霍梅尼墓就位于一座宏大的清真寺内部。这里从1989年6月霍梅尼逝世时开建，至今仍未完工，按照设计，最终将会把它建成一个方圆20平方公里的多功能区域。

霍梅尼陵

穿越简陋的通道我们来到清真寺前，脱掉鞋子后进入其中。由于时间尚早，里面只有极少的伊朗人。我缓步来到霍梅尼墓前，墓地被用栅栏与外界隔开，里面布局非常的简单，只有霍梅尼及其次子的石棺，他们的照片和少量书籍分列其上，墓室靠近栅栏的地面上还散落着一些钱币。看着面前照片上的霍梅尼，我心中顿生波澜，这是一个在20世纪80年代叱咤世界的风云人物，也是在过去这三十多年中最具影响力的伊朗人，进入伊朗之前一定要对此人有所了解。

1902年霍梅尼出生在一个伊斯兰教情节非常浓厚的家庭，他从小受教于伊斯兰教学校，研读《古兰经》和其他一些宗教经典书籍，少年时期也曾到伊拉克求学伊斯兰知识，学成后一直定居于伊朗伊斯兰教圣城库姆，成为一位学识渊博、身负众望的伊斯兰宗教领袖。霍梅尼对巴列维国王日益明显的世俗化日益不满,对国王的土地改革和亲美政策也颇有微词,所以早在1963年就在库姆发起了反对国王的游行示威,他也因此被流放国外十几载。

即使是在异国他乡,霍梅尼对巴列维国王的反抗仍在继续,他通过各种途径把自己的声音传入伊朗,同时伊朗国内矛盾也是愈演愈烈,最终酿成20世纪70年代末期的伊斯兰革命。面对群情激昂的愤怒民众,拒绝动用军队镇压的巴列维国王被迫于1979年1月16日踏上流亡海外之路,而两周以后,霍梅尼就以胜利者的姿态重返伊朗,4月1日,伊朗伊斯兰共和国宣告成立。在伊斯兰共和国的政治体制中,宗教领袖是国家的第一号人物,伊斯兰教对社会的规范也是相当严格,尤其是对女性行为。

但是这个新生的共和国命运多舛,由于其伊斯兰发展理念问题,周边伊斯兰国家的官方普遍视它为大敌;因为旗帜鲜明的反美反以色列,特别是1979年11月激进青年占领了美国驻伊朗大使馆,制造了持续444天的美国人质危机,因此美以两国也与它不共戴天;霍梅尼及其追随者亦不认同无神论的共产主义。伊朗伊斯兰共和国诞生后在国际社会极度孤立,而就在此等情势下,萨达姆领导下的伊拉克在1980年发动了长达八年的两伊战争,这场战争对新生的伊朗政权来讲可谓是雪上加霜,但同时也给霍梅尼等人提供了整合国内力量的机会,正是在残酷的战争中,伊斯兰势力稳固了自己在伊朗的地位。

1988年霍梅尼宣布像喝毒药一样接受联合国提出的两伊停战协定。次年2月14日霍梅尼再次令世界震惊:他对英国作家拉什迪发出了死亡令,号召全世界穆斯林处死在作品中冒犯了伊斯兰教先知穆罕默德的拉什迪,这就是在国际上闹得沸沸扬扬的"拉什迪事件"。继伊斯兰革命、两伊战争之后,拉什迪事件再次使霍梅尼成为国际社会的焦点,而就在此次事件的纷争中,霍梅尼于1989年6月3日走完了人生旅程。

这样一个曾经叱咤风云的霍梅尼,此刻就静静地躺在我面前,我不禁对人生再次感叹。对于霍梅尼领导的伊斯兰革命,伊朗人的认识已经趋向分化。当我走访伊朗东北部某市的一户人家时,男主人一再向我强调他对伊斯兰革命的反感,并且说这是很多伊朗人的看法。那么伊斯兰革命爆发时他干了些什么呢?老爷子说那时候他还小,才15岁,啥也没干。听伊朗朋友讲,当今青年问其父辈同样的话题时,很多父辈之人会说他们当初并没有支持伊斯兰革命,而且越来越多的伊朗人对宗教阶层的评价也呈下降趋势。

4.2.2 从比尔詹德和马什哈德

在德黑兰停留半日,造访了恺加王朝的统治中心戈雷斯坦宫,这里亦是巴列维王朝两国王的加冕之地,之后便乘机前往伊朗东部靠近阿富汗的城市比尔詹德(Birjand),开始对伊朗东北部的考察,这里也是中国史书上曾经提及的呼罗珊之一部分,迄今伊朗还设有呼罗珊省。

抵达比尔詹德当天的晚餐后,我到街头漫步。也深秋时节已经很有凉意,街上行人极少,正在营业的商店也不多。散步时偶遇两个结伴而行的当地女孩儿,看起来也就十七八岁的样子,她们大方地主动与我合影,其中的一位还与我单独拍照,在其后的行程中我还遇到其他热情与我拍照的伊朗姑娘,这一场景丰富了我对伊朗女孩儿的认识,当然也引起一些同行者的"妒忌",难道是我长了一副深受中东人民欢迎的面相?

夜行在凉意甚浓的比尔詹德,温暖我的不仅有波斯姑娘的热情,还有街边免费提供的热茶。因为伊朗相当重要的阿舒拉节临近,而每逢此节,一些慈善人士和机构就免费供给食物、茶饮等,比尔詹德街头也有这样的乐施之所。你可以想象,在异国他乡深秋之夜的寂静街头,身着薄衣的我接过热腾腾的茶,心中会泛起怎样的温暖!值得回忆的是,此后我还在一个乡村享受到节日午

采摘藏红花的伊朗人

餐,并且特意观察用来烧制美味的巨大铁锅,当时我们近百人在一院落里席地而坐,尽管有的语言不通,但彼此都是友善相待,笑脸相迎,此情此景让我一下又回到幼年的无忧时光。

走进藏红花的田间地头也让我心生快乐。我国医药的传世之作《本草纲目》记载,藏红花本名番红花,原产于天房国(中东)。番红花后经印度传入我国西藏,再由西藏进入内地,因此逐渐被称为了藏红花,它不仅是活血中草药,还具有香料等多种功能。目前伊朗是世界上藏红花的主要生产地,最优质的藏红花也出自这里。在伊朗东北部游学时,我曾不止一次走进藏红花的种植场,深处空旷的大地,远眺巍峨的雄山,沐浴温暖的阳光,在那里我竟然突生陶渊明"种豆南山下"之美好情怀,与当地人一起采摘藏红花朵的记忆至今仍然清晰。

又一日,我们走进一个村庄,到一个加工藏红花的作坊参观。走入房间,只见十几位身穿黑色长袍的女士们正围坐在一起,小心翼翼地从鲜艳的花朵中把藏红花采集出来,看到这一场景,就知道藏红花的产量为什么极少了——从一大堆花朵中采集出的藏红花也不过一小撮。

加工藏红花的伊朗女子

离开美丽的藏红花和热情好客的村民,我们驱车前往伊朗人口第二大城市马什哈德。马什哈德是伊朗最为著名的宗教圣城,在18世纪时曾是伊朗首都。这里也是名人辈出之地,比如被誉为"波斯诗坛四柱"之一的菲尔多西(940—1020)就生于斯,他的《列王记》(也被译成《王书》)堪称波斯民族史诗。现在这座城市是往来伊朗和阿富汗、土库曼斯坦的交通枢纽,并且是伊朗东部的文化重镇,这里有多所大学和研究机构,也是伊朗乃至中东地区著名的旅游胜地。

马什哈德之所以被视为伊朗的宗教圣城,盖因位于老城区的什叶派第八伊玛目阿里·礼萨陵墓。9世纪初,伊玛目阿里·礼萨被阿拉伯帝国哈里发马蒙折磨致死并葬于此,之后这里便被冠之马什哈德(殉难处),宗教意义也由是逐渐形成,前来朝觐的穆斯林络绎不绝。我们抵达马什哈德时正值阿舒拉节前夜,作为什叶派宗教圣城,在这样的时刻,这座城市自然是不同凡响。在酒店稍作停顿后,我们三三两两向老城奔去,临近阿里·礼萨陵时,人越来越多,街上整齐划一的队伍和着哀伤的音乐和呼喊声缓慢前进,那呼喊声之悲怆,让人闻之难免伤感连连。

马什哈德阿舒拉节纪念活动

行文至此，有必要介绍一下充满伤感的阿舒拉节，这是什叶派穆斯林非常看重的宗教节日。伊斯兰教创始人穆罕默德去世前没有指定接班人，而且也没有儿子在世，结果他去世后各派力量立即陷入了权力纷争。以穆罕默德的堂弟和女婿阿里为核心的派系认为，阿里最有资格继承穆罕默德的领导者地位，但是阿里并不能服众，结果在穆罕默德之后的阿拉伯四大哈里发时代，直至三任之后，阿里才被选为第四位哈里发。

阿里的当选并没有给阿拉伯人带来和平，他与反对派持续作战，并且以失败告终。阿里被刺身亡后其次子侯赛因继续抗争，但是终因寡不敌众，于680年在今伊拉克的卡尔巴拉战死。侯赛因的死加速了阿里派支持者的整合，他们最终发展成为伊斯兰教的少数派——什叶派。侯赛因战死的日子是伊斯兰教历的一月十日，"阿舒拉"意即"第十日"，什叶派穆斯林会在这个节日举行声势浩大的纪念活动，来缅怀680年殉难的第三伊玛目侯赛因。为了表达没能给予侯赛因帮助的自责之情，参加阿舒拉节游行的人会不停地鞭打自己，甚至还有更为严重的自我惩罚之行为，而这样的活动在什叶派穆斯林聚集的圣城表现得尤为突出。

伊朗东部小镇阿舒拉节纪念活动
图中的男子手持铁鞭正在不停地抽打自己的后背，但力度并不大。

众所周知,伊斯兰教有三大圣城,即麦加、麦地那和耶路撒冷,但是对于什叶派穆斯林而言,他们还有另外三个圣城,即第一伊玛目阿里陵墓所在地伊拉克纳杰夫、第三伊玛目侯赛因陵墓所在地伊拉克卡尔巴拉、第八伊玛目阿里·礼萨陵墓所在地伊朗马什哈德。因为前三大圣城所在地均不是什叶派穆斯林聚集区,再则作为伊斯兰教多数派的逊尼派穆斯林并不认同什叶派的某些做法,所以在阿舒拉节期间麦加、麦地那和耶路撒冷等伊斯兰三大圣城并没有相关活动,但是在纳杰夫、卡尔巴拉和马什哈德情况就不同了。

作为以什叶派穆斯林为信仰主体的国度,伊朗自然对阿舒拉节重视有加;作为什叶派圣城马什哈德,阿舒拉节期间当然相当庄重。而就是在阿舒拉节前夜这样的时刻,我出现在了马什哈德街头。我随着人群来到阿里·礼萨陵前,这是一个非常宏大的建筑,男女有不同的入口,而一旦进入其中,便难以找到同伴,因为里面的空间太广阔了!

我孤单地置身于圣陵,在耀眼的灯光下越发感觉到自己的渺小。众多穆斯林正在礼拜厅或其外做礼拜,完成功课后他们立即走向圣陵出口,就像是潮水一般向我涌来。已经迷失在圣城的我懵懵懂懂地走出阿里·礼萨陵,这时看到同伴亦在门口。几个中国人的出现显然是一道风景线,一对靓丽的青年情侣热情地和我们交流、合影——顷刻间,我又回到了现实世界!

4.2.3 重走古丝绸之路

我在想象和现实中穿梭并不仅仅发生在马什哈德圣陵内外。离开马什哈德西行一百公里,即是伊朗历史上著名的知识之城内沙布尔。这座兴起于公元3世纪的城市是古代重要的贸易和文化中心,也是伊朗大诗人海亚姆(1048—1122)的故乡,如今,内沙布尔城内最著名的建筑莫过于海亚姆陵墓及其高大的纪念碑。波斯真是一个盛产并尊重诗人的民族,站在海亚姆陵墓前,仿佛能够感觉到诗人正在那里吟唱写作。历史上中国的诗歌亦是大行其道,并也出现众多的卓越诗人,假如关公可以战秦琼,那么菲尔多西、海亚姆、哈菲兹、李白、杜甫、白居易等诗人围坐一起又是怎样的光辉场景呢?

离海亚姆陵墓几十米远的地方有一座清真寺,看起来相当有历史,由于当天是阿舒拉节,前来做礼拜的人很多。尽管我不是穆斯林,但是获得允许可以进入礼拜大厅。我脱掉鞋子,心怀敬意地静行期间,领拜人饱含感情地向穆斯林演讲,随着讲经的深入,他越发激动,以致泪流满面,最后哭泣着继续自己的工作。环顾大厅，听众的悲愤之情清晰可见，在一个相对较小的空间，我发现一个中年男子一直在哭泣，是能够听到声音的那种哭，他的眼泪犹如决堤一般难以遏制……每个人都有内在的情感表达需求，可是有时候会无奈地发现，自己连一个哭泣的地方都难以寻觅到，所以至今我仍然感谢耶路撒冷和伊斯坦布尔，因为那里的老城和博斯普鲁斯海峡曾经见证了我肆意流淌的泪水！

告别海亚姆继续西行，进入塞姆南省，省会城市塞姆南也是伊朗的古都，至今古城门还屹立在城中。和呼罗珊地区一样，塞姆南地区也是古丝绸之路的交通要道，至今仍然可见一些往日的痕迹，比如曾经的客栈，当进入早已败落的古客栈时，香港电影《新龙门客栈》立即出现在我的脑海，可惜这里没有张曼玉，甚至没有任何人在其中，就连管理人员也没有。在中东诸国考察时，时常可见很有价值的历史遗迹孤单地伫立在荒郊野外，人们可以随意感知，所以游学中东时我会经常感受到自己在历史中行走。可是在我可爱的祖国，别说是很有价值的历史地点，就是很多意义不大的地方也给圈了起来，并且在历史保护的名义下收取价格不菲的门票，因此我有时会觉得，在我和中国历史之间横亘着一堵难以逾越的高墙！

古丝绸之路上的客栈遗址

不管是大呼罗珊地区还是塞姆南省,都并非是当今伊朗的繁华之地,与这个国家的中西部相比,这里的外国人是少之又少,所以,在这样的地方,也许更能反映伊朗最具传统的民风。一群中国人的突然到来,也给沿途特别是小城小镇的伊朗人带来新奇,甚至当地报纸都有报道。我们所到之处,皆能感受到浓浓的友善和好客之情。当然,中国人的采购能力也让当地人叹为观止,伊朗可是一个深受国际制裁长达三十多年的国家啊,伊朗东北部又是发展相对不足的地区,看到中国人不计价格的扫货,他们怎能不感到惊奇!

4.2.4 首访伊朗点滴

首次游学伊朗留下许多美好的回忆。某晚一位女性同胞没有告诉任何人就独自外出,而且久久未归,当我们的伊朗帅哥陪同发现后非常紧张,毕竟那是临近动荡阿富汗的地方,于是他就一个人跑到街头,到处向路人打听有没有见到一个中国女人,最后,忐忑不安的他终于在临近一个小城找到那位女同胞……当我第二天知道这个插曲后,尽管伊朗帅哥只是平静地说他一定要为中国朋友负责,但是我仍还能感受到他产生于前夜的那份还没有完全消退的紧张。

某日在旅行中途休息时遇到一个伊朗女孩,经过交谈方知我们的目的地相同,就是去她家所在的城市。姑娘热情相邀,说当晚会开车到酒店找我们,然后带我们去她家做客。可能这样的事儿在很多地方会被很多人认为就是客气之言,但是就在我们刚刚吃过晚饭后,姑娘和她的丈夫及弟弟真的来接我们了……除了所有热情的家人外,女孩儿家的波斯地毯也给我留下深刻印象,尤其是墙上的挂毯,面积大图案美,让人爱不释手,难怪我的厦门朋友雷女士要开办波斯传奇地毯有限公司。

某夜打车回酒店,刚回到房间后不久,一位同胞就被通知赶快到大堂,说是有人找。初次造访人生地不熟,会是何方神圣来访呢?同胞充满疑惑地来到大堂,发现是刚才载客的那个出租车司机,原来他是来还钱的,同胞刚才给钱时他没注意,后来他发现钱给多了,于是就前来还那多支付的钱。

某日在清真寺内偶遇一个正在聚餐的家庭,家人间的互爱溢于言表,这让出门在外的我甚为感动。刚刚顿足,这家人就邀请我加入其中,我随之席地而坐,临时成为这个温暖家庭的一员。在中东诸国游学时,这样的场景不止一次出现,那里的人们并没有把我这个陌生人拒之于千里之外。

布满地毯挂毯的伊朗人家

作者与节日聚会的伊朗家庭在一起

在伊朗东北部地区漫步，感受到的多是宁静，田园般的风景让人宁静，质朴的人们让人宁静。尽管有些人的生活可能并不富裕，甚至是有些贫穷，但是我并没有看到意志消沉的群体。对于一个遭受国际制裁已经长达三十多年的国家来讲，我没有想到其国民仍还是那么的乐观，其波斯民族精神仍还是那么的旺盛！而且，伊朗人的热情与开放也让我感觉温暖。这些年我不停地在曾拥有古文明的地区漫步，老实且悲伤地说，目前与自己曾经的文明距离最远的，莫过于中国内地人！

带着对伊朗的留恋和对这个国家更为迫切的认知渴求，我踏上了回国之旅。在去机场的路上，一直陪同我们的那个伊朗大帅哥特别交代，到机场告别时女士们一定不要和他握手，因为在机场这样的场合和非亲属异性握手，在伊朗是不被允许的。伊朗的确是一个值得深入研究的国家，初次游学毕竟只是其远离政治中心的东北部地区，伊朗其他地方，特别是政治之都德黑兰又是怎样一番光景呢？

4.3 德黑兰观察

时隔14个月，2015年1月24日，我独自踏上再次游学伊朗的旅程。出于对国内航班准点率的严重担忧，我宁愿乘坐动车前往上海，这样尽管辛苦，但时间毕竟是有保障的，所以我仍义无反顾。不过随着动车的北行，我的忧伤也逐渐加剧，因为天气状况越来越糟糕，传说中的雾霾——也可能不是——大大降低了能见度，包括杭州在内的一座座城市，被残忍地裹进灰蒙蒙的大气中，而太阳发射出的苍白之光，就像一个久病在床的人的脸！

准时抵达上海虹桥火车站，然后乘巴士到浦东机场，奔波已久甚是饥饿，遂到上海人家就餐。尽管经过多年的历练，我这个乡下人已经能够承受在国内机场花一百多元吃个简餐的奢侈，但进入候机厅后我的不解还是又来了：为何一个普普通通的小红牛饮料竟然要我28块钱？更可悲的是，很多国人已经认可中国机场商品定价要高的畸形现实！

这次远行选择的还是伊朗马汉航空直飞德黑兰线路。平时这个航线并不紧张，但不知怎么搞的，办理行李托运时机场小妹告诉我当天乘客特别多，要满员的，只能尽量给我安排人暂时较少的座位区域；然后小妹又面带笑意地说我的行李被认定要开箱检查,我顿时感觉她的笑容很富有内涵……登机后我不断祈祷机舱赶快关闭,因为旁边的位置还没人,结果上苍真的被我感动到,两个位置果然都归我一人所有了!想想接下来我要飞行10个小时,再想想我已经坐了八个多小时的动车和一个多小时的机场巴士,我想你也会谅解我这点儿私心的。

以多种睡姿度过了空中飞行后,当地时间凌晨四点半顺利抵达德黑兰霍梅尼国际机场。出关后来到行李认领区,我本想给禁止携带酒的告示拍个照,上次来时没拍成,希望这次能够完成,不过遗憾的是,那个带酒入关一经查出就监禁的告示已经不复存在了。

因为时候尚早,取得行李后我在机场小逛。尽管贵为国际机场,但是因为深受国际制裁,而且伊朗的国际形象也让很多人望而却步,所以这里的客流量很是有限,有限到都没有必要开通机场巴士。在这种情况下,出租车就是必不可少的了,一位伊朗老哥问我是否打车,开价25美元,之前已经有包括伊朗学生在内的多位朋友告诉我官价是20美金了,所以不费吹灰之力就把价格降到20美金,然后狂奔约40分钟来到德黑兰大学外教楼,热情的王哥已经在等候我的到来了。

4.3.1 德黑兰大学

我的第二次伊朗游学重点在德黑兰。人口过千万的德黑兰是伊朗首都,也是德黑兰省的首府,被认为是西亚地区第一大城市。作为城市,德黑兰的历史并不是特别漫长,到14世纪时还被描述为一个村子,直到1795年才被定为首都,它也是伊朗历史上的第32个首都之城。进入20世纪后,特别是随着1925年巴列维王朝的建立,德黑兰迎来了快速发展期,四面八方的伊朗人都涌向这里。就人口而言,德黑兰现为世界第29大城市,也被认为是生活成本最低的国际大都市。当下德黑兰既有伊朗王朝时代宏伟的宫殿,也有闻名于世的现代建筑,当然它也是伊朗政治发展的风向标。

我在凌晨五点多的夜色中进入德黑兰,这时街上的车辆已经比比皆是,看来这里为了生计而奔波的人不在少数。五六十岁的黑车司机师傅在这个大都市中熟练地穿梭,相当顺利地来到目的地。值得提及的是,尽管乘坐的是没有出租车标志的所谓黑车,可是价钱和正规出租车一样,而且也没什么危险。这些年我常在中东行走,说实话,我还真没感觉到以色列、巴勒斯坦、埃及、伊朗、

德黑兰标志性建筑自由塔

沙特、土耳其等国有啥不安全的；当然，战火不断的伊拉克我还没去过……

为我这次伊朗之行提供帮助的王哥是任教于德黑兰大学孔子学院的汉语老师，来伊朗之前任教于尼日利亚一家孔子学院，在对外汉语教育方面很有见地，性格也是非常达观和善，这些素质是担任孔子学院老师所应该具备的。可惜现实情况并非如此，在目前的孔子学院教师队伍中，还存在一些非常严重的问题。当初决定再次赴伊朗游学，经朋友介绍联系到王哥，我们还是山东老乡，与他的结识使我的这次伊朗行变得相对简单。这些年我之所以能够在中东各国便利的来来往往，与中外多方朋友的帮助密不可分，没有他们的无私相助，我的中东漫步定会生出无数的困难，对于他们我心存感激！

洗漱完毕稍作休息，我和王哥就走出家门，到他的单位去看看。德黑兰大学是伊朗最著名的高校，相当于北京大学在中国的地位，这所大学的校区相当分散，基本是三五个系一个校区。我俩出门后直奔附近的德黑兰大学主校区，到那里坐学校班车去王哥单位所在的校区。乘车的人并不多，上车后三两分钟就出发了，在我们下车之前，班车已经在两个校区做过停留。

王哥单位所在的校区有外语学院、国际关系学院、物理系和体育系，孔子学院就挂靠在外语学院。在这个校园抬头北望，可见白雪皑皑的厄尔布尔士

德黑兰大学主校区大门

山脉，那里可是著名的滑雪胜地啊，每年吸引大量的人前往。我们进入校区后直奔外语学院大楼，拾级而上途径大楼一处入口时，我发现地面上画着三面国旗——美国的、以色列的和英国的，进进出出都会在这些国旗上踩上一脚。出于职业和专业的敏感，我立即把这三面国旗置入镜头中。其实类似的场景在

德黑兰大学外语学院一门口处的美国、以色列和英国国旗

中东地区并不罕见,在心怀仇恨又缺乏有效表达渠道的情况下,往往就会采取一些快乐自己但无损他人的方式来发泄心中的郁闷。

伊朗的英语使用率极低,即使是在德黑兰大学,能够讲英语的也为数不多,更难以理解的是,就是在这里的外语学院,据王哥讲英语也不是一个很好的交流工具。当我们在孔子学院办公室时,旁边房间的大姐拿着糖进来,连比划带蹦单词整了半天,也没让我们搞清楚是他女儿还是儿子有喜了,尽管如此,我们还是能够分享到她的快乐!

相比较外语学院,我更关注其对面的国际关系学院,毕竟自己正在从事国际问题的学习与研究。某日我独自漫步到国际关系学院,经得保安兄弟的同意进入其中。这里的大厅很是壮观,面对大门的墙壁上是一幅巨大的世界地图,其两侧有各种语言的欢迎语。当我看到亦有中文时,顿时畅想也许这里会有研究中国问题的专家,但可惜的是没有,目前伊朗几乎没有深入研究中国问题的学者。在德黑兰大学外语学院也有此类现象,没有中文但有日语——唉,走到哪里都忘不了中日比较啊。伊朗最主要大学中文教育和中国研究的缺失,在很大程度上也代表了这个国家对中国的认知。不过值得欣慰的是,据说德黑兰大学正在筹办中国研究中心,单栋建筑已经准备停当,就待研究力量等条件的充实了。

作为伊朗排名第一的大学,德黑兰大学自然会承担很多国家任务,国际关系学院也是如此。某日我在孔子学院办公室外望,看到国际关系学院门口突然出现了一群人,前一晚曾在电视上侃侃而谈的院长,还有身穿教袍的学院负责思想宗教工作的领导,出来迎接一位伊朗某部门领导,之后学院门口就一直站着几位手持对讲机的人。过了大概半小时,状况又有所升级,警车驾到,德黑兰大学的国际处处长和校长等人悉数出动,原来是葡萄牙外长驾到。近些年来伊朗核问题闹得沸沸扬扬,伊朗多位核科学家惨遭暗杀,其中就有德黑兰大学的核物理学家……

4.3.2 漫步街头

在德黑兰我的住处附近有一个名叫拉勒赫(Laleh)的公园,面积足有 35 公顷,建成于 1966 年。拉勒赫公园的绿化非常到位,布景也相当别致,是喧嚣闹市中的一片静土,徜徉其中我有时会产生置身纽约中央公园的感觉。这个公园最吸引我的地方在于它的运动性,里面有很多运动器械,包括多个正规兵乓球台，这里经常会有人挥拍激战。

拉勒赫公园的排球赛绝对可算得上一景，你可以想象，把公路分段划成几个排球场，老中青同场竞技，为了一个球的得失，对手或队友经常陷入喋喋不休的争吵中，有时候输球一方还要掏钱给赢球方。特别引起我留意的是，也有一些女孩子来这里，她们和男性朋友或家人一起打球，看戴着头巾的伊朗女孩大力扣球也是一道难得的风景啊。除了排球外，在这条公路上也有踢足球的，我经常看到几个中老年朋友在此踢球，只不过他们用的不是正规足球，而是要小很多且破旧不堪的类似国内儿童玩具那样的球，我一看到他们拔脚怒射，就担心那可怜的小球会不会被踢爆……

这个大大的公园还是朋友家人聚会聊天的理想场所，最常见的是三两个家人朋友在一起低声细语，我非常喜欢这样的场景，事实上德黑兰市民在公共场合说话的声音大都很小，所以除了商业叫卖外少见人声鼎沸之现象。环境优美的公园往往是青年男女相会的理想之地，拉勒赫公园也承担着此项功能，公园的长椅上经常有面露甜蜜之色的男女青年，牵手搂腰等亲昵行为也不罕

帕迪珊公园里休闲娱乐的德黑兰市民放风筝、下棋两不误

见。其实不仅是在公园,就是在德黑兰街头,男女牵手而行的亦不在少数了,毕竟世界都在变,儿女之情又是人之天性,一些所谓的规范也只能与时俱进了。伊朗的学校下午放学特别早,公园里也常有成群学生的欢乐聚会,这个时候就没有轻声细语了,常常是高谈阔论和纵情欢笑。

德黑兰的帕迪珊公园给我留下的记忆也很深刻。某日和易兄弟夫妇暴走德黑兰,中间一站就是位于城市偏西部的帕迪珊公园,它就在德黑兰著名的米莱德塔(Milad Tower)附近,是个理想的休闲娱乐场所,散步、下棋、放风筝、打球骑车等活动均可进行,当然更温馨的场景还是亲人或朋友聚在一起喝茶聊天,也有烧烤的。这是一个阳光明媚的午后,天高云淡,温暖如春,家人朋友铺上地毯席地而坐,还不时发出幸福快乐的欢笑声,真是一幅美景!在路边围坐一起的几个青年男女吸引了我们更大的注意力,遂上前打招呼,接下来就是被邀一起玩游戏,由于游戏的需要,我甚至都可以对一位漂亮的女孩儿耳语,这充分表明了当时我们在一起是多么的融洽。与这群伊朗青年交流一个多小时后,我们继续在公园漫步,也继续与儿童、夫妇、家庭交流,在感受伊朗人热情的同时,我们也散播着源于中国的友爱。

作者和伊朗青年在一起

德黑兰人休闲运动还有一个绝佳去处,那就是到城外北部去爬山。众所周知,德黑兰城市大致可以分为富人的北部和穷人的南部,近邻富人区就有一个相当受欢迎的山景,徒步登山的话可以体验不同季节的变化,也可以坐缆车直接抵达雪山处,然后俯瞰几乎整个德黑兰城区,甚是壮观。幸运的是,在易兄弟邀我登山那天的前夜,山区突降瑞雪;当我们坐缆车到六号站白雪覆盖处时,天空中竟然飘起了雪花!我已经有很多很多年没有在雪中漫步了,此情此景让我欣喜,但没注意自己正站在光滑的冰上,结果来了个四脚朝天。咱走到哪里都不忘娱乐观众!

德黑兰城市很大,对很多人来讲出行最便捷的方式就是乘坐地铁,因为这样就可以避免路面经常存在的堵车状态。目前德黑兰地铁已经开通了5条线路,据说每天运力能达到250万人次。首次坐德黑兰地铁就给我留下美好回忆。某日我计划去参观两伊战争烈士墓,要先坐地铁4号线,然后再换乘一号线。我和王哥到达附近地铁口,尽管要出钱买票,但这一环节还是给了我们幸福感,因为两张不计距离的双程票换算成人民币才一块六毛钱,不知刚刚历经地铁涨价的北京市民对此会做何感想。

我们的运气是如此之好,以致刚抵达候车区就遇到一个能讲英文的哥们,他告诉我说中国是德黑兰地铁的最大贡献者,这顿时激发了我的自豪感。到换乘站后这位老兄又非常热心地为我们指引行走路线,这使我们在十分复杂的地铁站里很容易就找到正确的方向。登上一号线后,我们又非常幸运地遇到一位教授英语的年轻小伙子侯赛因,他说他非常想去中国,北京、长城都让他向往,但是最让他梦寐以求的还是西藏行,侯赛因显然对中国国情不是太了解,他竟然略带担忧地问去西藏的话是否还需要再办其他什么签证。因为担心我们不能准确地找到目的地,侯赛因用波斯语写下具体地点以便我们向路人打听,并且约定周四晚上给我们打电话,周五他要带我们去逛德黑兰……在伊朗期间,像侯赛因这样的热心人我遇到很多,有时候即使是语言不通,也不用怀疑他们的热情。

当然,在一个人口多达千万的城市,如果没有一些恶人存在也不正常。就在我游学德黑兰期间,一位同胞在路上遭抢劫了,包里的电脑、相机等物品随之易主,因为有孩子上学的相关材料,那位同胞甚至都在询问有没有黑道朋友可以相助追回。王哥也曾讲,有一次他们四个人在一起,竟然还有摩托车党要抢其中一位仁兄的腰包。想想这么多年来我一次又一次地在中东行走,迄今还没有遇到过抢劫、偷盗等伤感情的事件,不禁默默感叹了一下自己的好运气。其实也可能是,即使有坏人出现在我身边,他们也会觉得我身上没有能改善他们生活的东西,因为我在中东游学时,常常连个像样的包也没有……

还有,在德黑兰打车绝对是门艺术,路边儿打车不打表,全凭讲价,即使是讲好价格,下车时司机也往往会想方设法多要点儿。其实拼车、到出租车服务部叫车会靠谱很多。因为伊朗外语利用率非常低,一些商贩儿会利用交流不畅而多收钱。德黑兰街头也有一些乞讨者,伊朗朋友告诉我可别给他们钱,因为他们是有钱人,是被人操纵在街头行乞的,中国和伊朗在这一点上又一次找到相同之处。

4.3.3 和伊朗人面对面

某日德黑兰大学孔子学院来了两位女生,身材高挑相貌出众,而且彬彬有礼,当然她们戴着头巾。几天以后,我在中国驻伊朗大使馆又见到这两位女孩和其中一位的姐姐,她们进入大使馆后都取掉头巾,这三个身高都有170厘米的女孩绝对算得上当日活动的靓丽风景线,引得在场男士纷纷侧目,真的很美!那天在中国大使馆举行活动的过程中,摘掉头巾的伊朗女性不在少数。某日在王哥住处聚餐,期间来了一位伊朗女大学生,她进门就把头巾拿掉了,说伊朗女人在家里都这样。我亦曾问一位来自伊朗上层的年轻女士是否喜欢戴头巾,她回答说在伊朗国内喜欢戴……头巾的戴与摘,集中反映了当今一些伊朗女性的诉求与无奈,她们希望有选择的自由,但是目前,她们在伊朗公共场合没有这样的自由。

某日和男女两个伊朗大学生聊天,问其伊朗历史上最辉煌的时期是哪个,男生说是居鲁士大帝时期,也就是第一波斯帝国初期;女生则认为被伊朗现政权取代的巴列维王朝最值得缅怀!顺着这个话题,我们就巴列维王朝进行交流。在姑娘的心目中,推崇世俗化的巴列维王朝简直就是人间天堂,在那个时候,伊朗女性可以按照自己的意愿穿衣打扮和生活,和西方世界的女性相差无几。可是伊斯兰革命以来,在公开场合成年女性一定要戴头巾,要穿长过臀部的外衣,而且还不能唱歌。的确,目前伊朗境内是没有女性歌手的。姑娘心境落寞地说,人应该可以有选择,可是我们现在没有。姑娘说怀有与她类似想法的伊朗人有很多,这一点我相信,因为我接触到的有限的伊朗人基本都有类似的想法。

姑娘说巴列维王朝的第一位国王,也就是礼萨国王最好,因为他是一个非常强势而又崇尚世俗化的领导人。伊朗人有这样的想法很正常,就像这两位大学生所说的那样,巴列维王朝之前的恺加王朝是伊朗历史上最糟糕的时期,因为正是在这个王朝,伊朗日益增多地遭受到英俄的盘剥,国土也变得越来越少,作为带领伊朗重新站立起来的礼萨国王,自然会让今天缅怀波斯雄风的伊朗人铭记。一个政权只是其民族、国家发展史上的特定阶段,决不能为了拔高自己而过分地贬低他者,如果那样,就是对自己民族、国家的不尊重!

那么礼萨国王的继任者巴列维国王为什么被推翻呢?姑娘说这个国王总想听取多方意见,不够强势。为什么对现政权失望呢?因为当初伊斯兰革命势力给了人民很多承诺,比如许诺与人民生活息息相关的很多项目都免费,但是看看现在吧,什么都要钱,有一种上当受骗的感觉。那位男大学生与姑娘的看法略有不同,他说如果现在能够找到一份好的工作,过上好的生活,那么他也不会特别想回到过去的某个时候。

但是对于很多伊朗人而言,距离自己满意的好日子可能还相当的远。王哥在德黑兰结识了一位老爷子,两人甚是投缘,周围的人都知道他俩是好友了。前几日超市服务员问王哥,经常和他在一起的那个老爷子咋不见了,王哥也不清楚。有一天当我们正在聊天时,王哥接到了一位女士打来的电话,告知她的邻居,也就是那位老爷子已经于两天前去世了……前去看望老爷子的遗孀,按门铃几次都不见动静,刚要离开,门缓缓打开,行动极为不便的老妇人眼见来人,顿时就哭了。她是基督徒,在伊朗在德黑兰是绝对的少数,无儿无女,且患有相当严重的关节炎,行走十分困难,现在老伴突然离世,她如何活下去就成为一个问题。

游学以色列时我充分感受到这个国家对伊朗现政权无以复加的憎恶,那个伊朗如何看待以色列呢?伊朗印刷的世界地图就已经说明了问题,把以色列标注为"被占巴勒斯坦",伊朗护照也明确标识,此护照持有人禁止造访被占巴勒斯坦。也就是说,现在伊朗官方根本不承认以色列是一个合法的国家,所以当我问两位大学生,哪个国家是伊朗的最大敌人时,得到的回答都是以色列。伊朗和沙特的关系好吗?不好!为什么?"阿拉伯人侵略过我们。"显然,一千三百多年前阿拉伯人对萨珊王朝的侵略与征服,让波斯人至今仍然不能释怀。历史际遇能够对当今发展产生重大影响,这不仅仅局限在中日之间啊。

那么中东地区谁是伊朗的朋友呢?伊拉克!对,曾经与之进行了八年战争的伊拉克首先被提及。2003年美国主导的战争把萨达姆推翻后,伊拉克什叶派走上国家政治前台,而伊拉克很多重量级的宗教领袖人物是伊朗前领袖霍梅尼的学生或追随者,这的确曾引起美国的极度担心,担心自己辛辛苦苦把萨达姆赶下台,伊朗会坐收渔翁之利。现在伊朗人如此看待两伊关系,想必美国人心里不是个滋味。这样看来,历史经历是不是又对当下的国际关系影响不大?英国19世纪的首相帕默斯顿的确道出了问题的实质:对于国家而言,"没有永远的朋友,也没有永远的敌人,只有永远的利益"。

某日与一位四十多岁的伊朗老兄聊天,他是一位走南闯北的国际人士,对国内诸多现象甚是不满,他特别指出伊朗权贵阶层的奢侈生活很让民众气愤,认为他们是一群虚伪之徒,口口声声是伊斯兰教、是古兰经,但是其行为又与古兰经背道而驰,这怎能让民众信服?伊朗到底会有多少人对现状不满?这位老兄讲了一个高的让我有些惊讶的比例。伊朗人民对以色列和美国的态度到底怎样?老兄说没问题,他本人就有好几个以色列朋友,而如果美伊都允许伊朗人进入美国的话,他说伊朗可能就没人了——这是要走光的节奏啊!

和这位老兄有相似见解的伊朗人特别是青年为数不少,二次游学伊朗期间,我不止一次地从伊朗朋友那里获知,有非常非常高比例的伊朗人对伊朗现状不满,高到什么程度?为了担心读者太过于目瞪口呆,所以在此我就不说具体的百分比了。在2010年所谓的"阿拉伯之春"爆发前后,我亦曾面对不同阿拉伯国家的青年,问他们对自己的政府感觉如何,结果他们大都义愤填膺地说要推翻本国政权。一方面,目前的中东伊斯兰国家被视为世界上最不民主的国家群,但是另一方面,伊斯兰教也赋予信徒们反抗不公的观念和力量,套用中国的一句老话:"不是不报,时候未到!"这的确是很让人担心的一点。

又一日,和七位伊朗朋友同游萨德阿巴德宫(亦称巴列维宫),并在绿宫附近的咖啡厅饮茶聊天。这几位伊朗朋友年龄从17岁到46岁不等,年龄最长的老兄J家世说起来有些传奇,其父曾任职于巴列维王朝的宣传部门,且位居高位,到1977年时父亲感觉国家已是山雨欲来风满楼,遂居家外迁,结果躲过了伊斯兰革命及其后的动荡年代。J离开伊朗时才八岁,在国外接受英语教育后就在日本、阿联酋等国辗转,与一位中国姑娘的认识把他带到中国定居,现在他的两个弟兄亦在中国。其余几位有大学生、有职员,都属于有知识的社会中层。

因为造访的是前王朝王宫,巴列维国王及其时代自然会被提及,目前怀念那个时代的伊朗人不在少数。我们在咖啡厅落座后,很有节奏的音乐声传来,我开玩笑说大家可以跳舞了,结果兄弟姐妹几个纷纷说不行,公共场合跳舞是被禁止的。我们边喝茶边聊天,从中文、波斯文"茶"发音的相似,聊到菲尔多西、哈菲兹、海亚姆等伊朗诗坛巨匠,以及各自民族国家历史的久远。

在伊朗历史长河中,曾经涌现出很多位知名人物,那么其中最知名的五位是谁呢?我向他们提这样一个问题,结果排名第一的没有异议,他们一致推荐居鲁士大帝,接下来呢?就在他们窃窃私语中,我说出诗人菲尔多西的名字,他们纷纷赞同。第三位他们选择了萨法维王朝的阿巴斯大帝,之后他们还提到有一个在位时疆域极其广阔的君主,名字我忘记了,在提及这几位先贤时,伊朗朋友充满了尊重和自豪。当然他们也没有忘记伊朗当代的著名人士大阿亚图拉霍梅尼,也就是伊朗现政权的缔造者,只是在提及此人时,他们的表情立即有了明显变化。游学德黑兰期间我也曾把类似的问题提给其他伊朗人,居鲁士大帝的第一宝座几乎无人撼动,而最后霍梅尼的名字也均被提及,就像这几位伊朗朋友所做的那样……

在萨德阿巴德宫时我还和几位伊朗朋友互猜年龄,他们几位对我年龄估计的还算八九不离十,年轻几岁而已。在让我猜一位小伙子的年龄时,我观察半天说出了 25 岁,他们听后哈哈大笑,原来人家才 17 岁。不知那位小弟受伤的心现在复原了没,但当时也有朋友说小弟可能还真愿意有 25 岁呢,这样的话就可以娶媳妇了……唉,我总是在年龄问题上让人家伤心,记得读研究生时,一位女生满怀期待地让我猜是大几的,我打量她几眼后说是大四的,结果姑娘噘着嘴说大哥难道大一的学生看起来真有那么老吗……

4.4 国际视野下的德黑兰

德黑兰是中东地区非常著名的城市,历史上这里曾发生过很多具有世界影响的重大事件,比如 1943 年的"三巨头"德黑兰会议和 1979 年美国驻伊朗大使馆被占等。而在革命成功后不久,新生的伊朗伊斯兰共和国就被卷入到与伊拉克的两伊战争,对于这场战争,德黑兰同样也有自己的记忆。

4.4.1 德黑兰会议

1943 年 11 月 28 日到 12 月 1 日,德黑兰是世界上最受关注的城市,美国总统罗斯福、苏联领导人斯大林和英国首相丘吉尔齐聚与此,举行了著名的德黑兰会议,它为盟国对希特勒的战争做了进一步的筹划安排。就像游学埃及时开罗会议会址是我关注的重点一样,游学伊朗时德黑兰会议旧址也是我必须要探访的地方。

我在埃及篇章中曾谈到,与蒋介石举行完开罗会议后,罗斯福和丘吉尔就飞赴德黑兰,与斯大林进行三巨头的首次会晤。当时德黑兰处于苏联的势力范围,事实上二战期间斯大林参加的所有美苏英领导人会议,举办地点都在苏联的控制下,所以身体残疾的罗斯福不得不远渡重洋万里迢迢与会,这既说明了罗斯福非常看重与苏联的合作,也显示了斯大林对自身安全的担心,对英美盟友的不信任。丘吉尔抵达德黑兰后对安保措施非常不满意,以致他在自己的回忆录中愤愤地写道:"我不能称赞有关方面所做的在我飞抵德黑兰以后的种种接待安排。英国公使乘车来迎接我,我们从机场一同驶向公使馆。当我们接近德黑兰城区时,在长达至少三英里的路程中,沿途每隔五十码,就有一名波斯骑兵站岗。这是明确地向歹徒宣布,某个重要人物即将到达,而且将经过哪条路线。骑马的卫兵是在指示路线,却不能提供任何保卫措施。在我们前面一百码,有一辆警卫车开道,预告我们快到了……(在德黑兰市中心群众)挤到离我的汽车几尺远的地方。事先没有采取任何保卫措施,以防止两三名携带手枪或炸弹的亡命徒在这里进行袭击。我们到达通往公使馆的拐角处时,路上已被堵得水泄不通;我们在那些拥挤的、张口呆看的波斯人群中,停留了三四分钟。如果事前本来就是打算要我们冒最大的危险,既不想让我们有突然秘密到达的安全,又不想给我们以有效的护送,那么我们现在遇到的这种场面就是最完善的安排了。"①

丘吉尔对于安全的担忧不是没有道理的。随着三巨头在德黑兰会晤的敲定,暗杀他们的传闻也散播开来,苏联曾拍摄了一部名为《德黑兰1943》的电影,讲述的就是针对三巨头的未遂暗杀。在德黑兰整体安全形势不理想的情况下,尽可能地减少三巨头的活动空间就显得非常必要了。抵达德黑兰后,丘吉尔住进英国公使馆,斯大林住在苏联大使馆,这两个馆相邻而居,都在今天的菲尔多西广场附近,我曾专门去实地考察过,只有一路之隔,所以丘吉尔才会在回忆录中说,他到苏联大使馆只有二三百米的距离。德黑兰会议有斯大

---

① 温斯顿·丘吉尔著:《从德黑兰到罗马》,张自谋译,北京:译林出版社,2013年,第18~19页。

林参加，自然他会倾向于把会议举办地放在苏联大使馆，这样他会觉得更安全。

仅一条小路之隔的原苏联驻伊朗大使馆（白色围墙内）和英国驻伊朗大使馆

斯大林、丘吉尔都住进各自的外交机构，可罗斯福怎么办呢？美国公使馆在另一个街区，就是今天的塔勒卡尼广场附近。我特意测试过，从前美国大使馆（原公使馆）到俄罗斯大使馆（原苏联大使馆），步行花费了我大概40分钟，这显然是一段太长的距离，在当时氛围下总不能让罗斯福每天都穿梭于德黑兰街头。如何解决这个问题呢？斯大林向罗斯福发出了热情邀请，请美国总统入住苏联大使馆，对此丘吉尔深表赞同，认为面积巨大的苏联大使馆完全可以容纳下两位领导人。罗斯福总统欣然接受了斯大林的邀请，于是接下来就出现了很有趣的一幕——在苏联大使馆内，苏联领导人斯大林到罗斯福住处拜会了美国总统！

德黑兰会议期间三巨头的绝大部分活动都是在苏联大使馆展开，他们围绕盟国在欧洲战场的下一步行动进行了激烈纷争，并最终取得一些成绩。非常不幸的是，开罗会议期间罗斯福原本已经答应蒋介石的中南半岛行动，在德黑兰会议期间得到丘吉尔更强烈的反对，英国首相坚持认为应该欧洲优先，结果罗斯福不得不对蒋介石食言了。丘吉尔的确是个伟人，可他对中国的态度，唉，真不咋地啊。德黑兰会议期间恰逢丘吉尔的69岁大寿，借此他把斯大林和罗斯福请到英国公使馆，搞了一个气氛热烈的生日派对，这也是三巨头在德黑兰期间唯一没在苏联大使馆举行的聚会,也是让丘吉尔倍感荣耀之举。

德黑兰会议举行时,伊朗国土上有美苏英三国的军队,伊朗非常希望盟国能发表一个含有维护伊朗主权独立和领土完整等内容的宣言。12月1日三巨头签署了《苏美英关于伊朗的宣言》,对伊朗的二战贡献、经济发展、国家主权、国际合作等诸国问题给予明示,这让长期遭受西方列强深深伤害的伊朗人感到一丝暖意。会议期间三巨头对伊朗国王的态度也值得注意,这是一个起码的外交礼仪问题。相比较斯大林亲自拜访巴列维国王并交谈两小时,罗斯福的表现就差强人意了,美国总统并没有按照国际礼节主动拜见巴列维国王,在离开伊朗前也没有对国王的拜会进行回访,这让当时的美国国务卿都深感不解,自然也让伊朗国王倍感失望——和大国往来,弱国难有平等之外交啊。

德黑兰因为此次会议被载入史册,而作为三巨头在德黑兰的活动地,苏联大使馆和英国公使馆自然也被铭记。从面积上讲,如今的俄罗斯大使馆大概相当于两个英国大使馆,因为英伊外交纠纷,时下的英国大使馆处于关闭状态。目前这两个使馆都呈现出深含历史感的陈旧,我以环绕缓行的方式感受当年德黑兰会议的气息——就是在这里,斯大林、罗斯福、丘吉尔曾经相聚过,而当他们在这里筹划未来的时候,不知三巨头准备迎接的是怎样一个世界?

4.4.2 美国间谍窝

美国间谍窝,这是德黑兰塔勒卡尼广场附近一个很有名的地方,这个名字也许会让你感觉云里雾里,不过它的另一个称呼你应该很熟悉——(前)美国驻伊朗大使馆。尽管我是特意前去造访,但是当传说已久的前美国驻伊朗大使馆突然出现在眼前时,心中仍还是有些激动。在其正面墙壁上,有很多丑化美国和以色列的政治性涂鸦,具有强烈的视觉效果,是很好的拍照取景处。和苏联大使馆一样,前美国大使馆也是占地甚广,徒步绕行一周需三四十分钟,这彰显了美国与伊朗曾经存在的广泛而密切之交往,但是这种性质的交往早已经埋没在双方经年的对抗之中了。

把充满仇恨的"美国间谍窝"名号授予前美国大使馆,伊朗人当然有自己的理由:伊朗现政权是在反抗并推翻前巴列维王朝的基础上建立的;巴列维国王的最大外部支持者是美国;美国在伊朗的最鲜明体现是其驻德黑兰大使馆。这样,美国大使馆就不得不承担伊斯兰革命后伊朗新政权对前王朝和华盛顿无以复加的憎恶了,所以在伊斯兰革命成功后,它成为伊朗人攻击的目标,并

前美国驻伊朗大使馆外墙壁上"打倒美国"的大字样

最终酿造成美国大使馆人质危机。为了更好理解伊朗伊斯兰革命中及其后所表现出来的仇美态度,有必要先了解一下美国主导的伊朗1953年政变。

20世纪40年代末期,伊朗掀起了轰轰烈烈的石油国有化运动,力图提升本国的石油收益,这自然遭到控制伊朗石油的英国公司的反对,在英伊石油公司中占很大股份的英国政府当然也加以拒绝。此后英伊两国矛盾愈演愈烈,伊朗国内局势也日益紧张,政府更迭频繁,迫于民意压力,巴列维国王在1951年4月任命民族阵线领导人穆罕默德·摩萨台出任首相。摩萨台上台后立即加快了石油国有化步伐,英国在伊朗的石油利益岌岌可危。在此等情况下,英国积极谋划推翻摩萨台政府。1953年2月3日,美英高级官员在华盛顿会晤,最终决定在伊朗发动推翻摩萨台政府的政变,即"阿加克斯行动",由任职于CIA的科尔米特(Kermit Roosevelt,美国前总统西奥多罗斯福之孙)领导,之后科尔米特频繁造访伊朗为政变做准备。

另一方面,摩萨台出任首相后对巴列维国王的权力也进行了挑战,本来就不情愿任命摩萨台为首相的国王对他自然更加不满,在确信美英官方都卷入政变事宜后,巴列维国王最终也接受了主要由英美,特别是美国主导的政变计划。发生在1953年8月中旬的这次政变尽管在初期遭遇挫折,而且巴列维国王也曾短暂躲到海外,但是科尔米特迅速制定了新计划,并很快取得成功。重掌大权的巴列维国王对科尔米特感谢说:"我把我的王位归于真主、我的人民和我的军队——还有你。"①

国王的上述致谢也充分说明美国在1953年政变中的关键性作用。美国时任总统艾森豪威尔在回忆录中说,当政变初始遭遇挫折时,"我们并没有停止试图挽回这个局势。我每天与国务院、国防部和中央情报局的官员进行商谈并阅读我们驻在当地的代表的报告,他们正与国王的支持者一起积极工作","在这个危机的整个过程中,美国政府为支持国王做了它一切能做的事"。② 美国国防部军事援助局局长在1954年国会的一次听证会上也说:"(在政变)几乎就要失败时,我们违反了我们的常规,采取了一些行动,其中之一就是立即(向伊朗)军队供应物资……他们手中所持的枪械,他们所乘的卡车,他们驾驶着穿过街头的装甲车以及他们借以进行指挥的无线电通讯器材等,完全是以军事防御援助计划的方式供应给他们的……。"③

1953年政变后重掌大权的巴列维国王坚定执行亲美外交路线,美伊官方关系从此进入长达二十多年的蜜月期,期间美国向伊朗提供了经济、军事、安全等全方位援助,再加上自身石油收入的激增,这一切推动伊朗逐步发展成为一个地区大国。但是另一方面,政变也开启了巴列维国王的独裁之路,人民和官僚的不满自然会逐渐加剧;巴列维国王把大量的石油收入用于购买美国武器,对人民大众的生活提升投入不够,他因此被很多伊朗人认为是替美国服务的傀儡;当时在伊朗的大量美国人享受超国民待遇也让伊朗人心存愤怒……美国和巴列维国王如此紧密地交集,使二者均成为伊朗伊斯兰革命的愤怒表达对象。

在伊斯兰革命浪潮的袭击下,巴列维国王被迫于1979年1月16日流亡

---

① Kermit Roosevelt, *Countercoup: The Struggle for the Control of Iran*, New York: Mcgraw-Hill 1979, p.199.
② 德怀特·艾森豪威尔:《艾森豪威尔回忆录——白宫岁月》,复旦大学国家经济研究所译,北京:三联书店,1978年,第195~196页。
③ 戴维·霍罗威茨:《美国冷战时期的外交政策:从雅尔塔到越南》,上海市"五七"干校六连翻译组,上海:上海人民出版社,1974年,第166页。

海外，走上与其父王同样的道路。但是与其父礼萨国王有一个明确的流亡地南非不同，直到踏上流亡海外的飞机，巴列维国王都还不知道究竟哪里才是自己未来的稳定住所，幸好有埃及前总统萨达特的雪中送炭，暂时以国家元首的待遇接待了他，之后他又辗转多国，并且于1979年10月份抵达美国就医。就是在这样的背景下，美国驻伊朗大使馆逐渐成为世界关注的焦点。

1979年2月14日，美国驻德黑兰大使馆被伊朗激进势力占领，幸运的是这次占领仅一天就获得圆满解决，之后美国锐减了大使馆工作人员，到11月初只剩70多名美国工作人员。11月4日，激进学生再次占领美国大使馆，并将63名使馆人员扣为人质（另外6人侥幸逃出，2012年美国大片《逃离德黑兰》讲的就是营救他们的故事）。当大使馆遇袭时还有三名美国外交人员正在伊朗外交部办事儿，他们也随之被扣，这样当天计有66名美国人被伊朗激进势力扣押，美国大使馆人质危机由此产生。除了5名妇女、8名黑人和1名患病者提前获释外，其余52人被扣押了444天，直到1981年1月20日才获准离开德黑兰。

伊朗激进势力占领美国大使馆并扣押人质严重违反了国际法的基本准则、《联合国宪章》和《维也纳外交关系公约》，是对国际关系基本准则的践踏，在外交史上非常罕见。伊朗的如此行为自然遭到国际社会的普遍批评，但是包括霍梅尼在内的很多伊朗新领导人仍然默许和支持学生的激进行为，这说明他们对美国痛恨有加。伊朗人对美国的仇恨源于在此前二十多年间美国对巴列维国王的强力支持，源于巴列维国王的独裁统治给民众带来的苦难，他们占领美国大使馆不仅是因为担忧美国可能会利用大使馆发动推翻伊斯兰革命政权的政变，而且也是对美国策划伊朗1953年政变的报复，正如一位使馆占领者对当时美国在德黑兰的首席外交官布兰根所言："你们没有资格抱怨，因为你们在1953年把我们整个国家都绑架了。"①

在巴列维国王倒台后，伊朗伊斯兰革命机关对前王朝的多名官员进行了审讯，前情报组织萨瓦克领导人纳西里（Namotollah Nasseri）供认，有一名代号为哈菲兹（Hafiz）的线人藏匿于美国驻德黑兰大使馆。获此信息后伊朗革

---

① Democracy Now, "Stephen Kinzer on US-Iranian Relations, the 1953 CIA Coup in Iran and the Roots of Middle East Terror", Marc 3, 2008, http://www.democracynow.org/2008/3/3/stephen_kinzer_on_the_us_iranian, July 26, 2011.

命势力立即和哈菲兹取得联系,并且向他承诺,只要他为革命势力收集美国情报就可以赦免他,在此等情况下哈菲兹别无选择,只能和伊朗革命政权进行合作,并一直持续到1979年9月初他被允许离开伊朗时为止。在哈菲兹提供的情报中,有一些电报显示的内容与美国政府的公开口径有巨大差异,特别是有电报表明美国正在积极帮助巴列维前国王进入美国,以及向伊朗异议人士提供庇护等。①

巴列维国王于10月22日入境治病,这被伊朗革命势力视为美国对巴列维国王的庇护,也在一定程度上证明了哈菲兹情报的正确性。在巴列维国王进入美国一周后,面对日益愤怒的群众,伊朗巴扎尔甘政府发表声明要求引渡巴列维国王接受审判。就在美伊关系如此紧张的时刻,11月1日巴扎尔甘在阿尔及利亚与布热津斯基进行了会晤,伊朗激进势力对他的这一举动大肆攻击,认为正当伊朗举行声势浩大的反美行动时,作为政府首脑的巴扎尔甘却与

前美国驻伊朗大使馆的办公楼

---

① Mohamed Heikal, *The Return of the Ayatollah: the Iranian Revolution from Mossadeq to Khomeini*, London: Andre Deutsch Ltd, 1986, pp.16~19.

美国高官会晤,这分明是对美国的妥协。其实这个时候伊朗内部较为严峻的政治斗争已经影响到对美国的态度。美国学者、外交事务官员盖里·西克甚至认为,伊朗占领美国使馆的首要目的是巩固霍梅尼的权力,而非直接反对美国。①

参加伊斯兰革命的力量并不是铁板一块,革命成功后各支力量都对权力虎视眈眈,而霍梅尼则成为带有明显偏向的仲裁人。霍梅尼在1979年2月初任命巴扎尔甘组建政府,此届政府在12日全面接管伊朗。巴扎尔甘是民族主义者,他非常担心来自苏联的威胁,因此想通过与西方保持一定的联系来制衡苏联,出于这个考虑他对伊斯兰激进势力输出革命、诋毁西方的做法深表遗憾。巴扎尔甘还反对几乎全由神职人员组成的"专家会议"起草的伊斯兰宪法,在1979年3月埃及和以色列签署和平条约后,他也无意与埃及断绝外交关系,只是因为有霍梅尼的强大压力才不得已而为之。由于巴扎尔甘的思想和举措越来越不合霍梅尼及其支持者之意,于是推翻巴扎尔甘政府就成为伊斯兰势力的必然选择,而阿尔及利亚会晤则提供了一个给巴扎尔甘政府制造麻烦并从而可以危及它继续存在的机会。②

这样看来,有20多年的怨恨积累,有前"暴君"巴列维国王进入美国境内的情感冲击,有巴扎尔甘与"大撒旦"在阿尔及利亚会晤的即时刺激,有激烈的内部斗争,这一切联合起来致使伊朗激进势力的反美情绪日趋高涨,所以在获知哈菲兹关于美国大使馆的情报后,伊朗革命领导层很快就做出一项秘密决定:占领美国驻伊大使馆,获取那里的所有文件。③ 1979年11月4日,伊朗激进学生冲进美国大使馆。面对此景,美国大使馆人员企图毁坏所有文件,但终因数量过大,到大使馆被占领时仍有一部分文件没来得及销毁,而且即使是销毁的一些文件也被复原了。大量美国情报的曝光,特别是不利于霍梅尼和伊斯兰革命的一些情报,把美国驻伊朗大使馆推到"间谍窝"的境地。

---

① Gary Sick, "Iran's Quest for Superpower Status", *Foreign Affairs*, Spring 1987, pp. 698~699.

② 面对外交上的困境和内政方面的混乱,巴扎尔甘被迫于人质危机爆发后两日——11月6日宣布辞职。之后霍梅尼并没有立即任命新的接替者,而是把全部政治权力转移到了由教士和激进分子组成的革命委员会手中。

③ Dilip Hiro, *Iran under the Ayatollah*, London: Routledge & K. Paul, 1985, pp. 136~137.

作者在"美国间谍窝"展览室

"美国间谍窝"早就没有了外交功能,如今在它里面有展览馆、招待所、烈士纪念处、清真寺、通讯社等,其中原美国大使馆办公大楼被改造成"伟大11月4日展览馆"。这个展览馆常年不开放,老实说我对第二次游学伊朗能不能进入其中心里没底。某日专程去看"美国间谍窝",原本并没抱有能够参观"伟大的11月4日展览馆"的奢望,在和门卫尝试性沟通后,得到的第一个答复是不能参观,然后不死心地继续问,得到的第二个答复是有可能,要看领导的意见。原来那天有人提前安排好来这里参观,展览馆方面已经做好接待的准备。随着一辆轿车的驶进,我终于获得和来者一起参观"伟大11月4日展览馆"的机会!

这天约定来参观"美国间谍窝"的是一位美国人,显然他也为获得这样的机会而兴奋不已,他告诉我这已经是他第八次造访伊朗了,直到今天才首次被允许进入前美国大使馆。在讲解员的带领下,我们直奔"伟大11月4日展览馆",讲解员非常谨慎地旋转再旋转,相当神秘地打开展览馆的密码门,迎面扑来的就是满面墙壁的涂鸦,张牙舞爪的那种。再往里走就是展览区了,主体部分是大使馆被伊朗学生占领前的一些行为以及与情报有关的一些设备,当然还有一些美国人质的情况，比如表明美国人质的生活质量要远好于看守他们的学生水准等，一幅幅老照片把我带回到了美国人质危机年代。这个展览馆特别突出与情报有关的场所、设备和物品的展示，毕竟前大使馆现被称为"美国间谍窝"！

前美国驻伊朗大使馆占地甚广，建筑颇多，但遗憾的是我只被允许参观"伟大11月4日展览馆"，不能进入其后的广阔区域。看着那位美国老兄通行无阻，我只能空留羡慕和感慨：美国被伊朗骂成当今世界上最大的"恶魔"，可是它的国民却可以享受如此待遇，而来自"友好国家"的我则被无情拒绝，这到底是什么世道啊？

4.4.3 两伊战争记忆

两伊战争是当代伊朗最痛苦的国家记忆。领土的、民族的、地区领导权的等诸多矛盾，使两伊历来不睦。1979年霍梅尼在伊朗取得领袖地位后，立即开启了伊斯兰革命输出模式，什叶派穆斯林居国民多数的伊拉克成为他革命输出的重点，这让主政伊拉克的萨达姆大为不满。新仇旧恨一起袭来，萨达姆于1980年9月22日下令入侵伊朗，持续八年的两伊战争爆发。

萨达姆之所以选择在这个时候开战，是因为在他看来，刚刚经历伊斯兰革命的伊朗正处于混乱之中，各派力量争斗不息，伊朗已经不再是他的对手。但是萨达姆大大低估了伊朗的实力，经过战争初期的挫折，伊朗迅速组织了大量的人力、物力、财力，很快便扭转了战局，萨达姆不得不接受1982年6月被赶出伊朗国土的事实。在完全收复国土之后，伊朗实际上获得了一个绝佳的停战机会，况且萨达姆也在呼吁两国间的谈判，国际社会亦有努力。不过霍梅尼主导下的伊朗这时却选择了继续战斗，战争使原先激烈斗争的各派力量趋向团结，使新生的伊斯兰共和国获得巩固，霍梅尼十分清楚这一点，他担心战争一旦停止，这一切都又会失去，何况当时他还拥有暂时的战略优势。

但是战场一旦转移到伊拉克，伊朗立刻发现它陷入了可怕的境地：一方面，陌生的地理环境，匮乏的武器装备，孤立的国际地位，这些不利条件使伊朗在战争中曾拥有的相对优势骤然失去；另一方面，这时伊拉克则以被侵略国的姿态出现，得到了与伊朗交恶的海湾君主国、埃及和美国等西方大国的财政援助和武器供应。在战场上毫无取胜可能的霍梅尼只好在1988年7月20日宣布接受联合国的停火协议。

两伊战争给交战双方均带来沉重灾难,伊朗宣称的阵亡烈士有 30 万之多,单单这一点,就会让多少人悲痛终生!2013 年首次游学伊朗时,我发现在一些道路中间的电线杆上仍还挂着两伊战争烈士像,在一些建筑的墙壁上也画有巨幅的烈士像。在国家首都德黑兰,自然也不缺乏对两伊战争的纪念处,比如在前美国驻伊朗大使馆斜对面,就有一个烈士博物馆(Shohada),尽管这个博物馆不是专为两伊战争的烈士所设,但是其中的大部分展区都是围绕这场战争而布置的。

扎赫拉公墓内的两伊战争伊朗烈士墓

不过德黑兰最著名的两伊战争烈士纪念处还是扎赫拉公墓(Behesht-e Zahra),它位于霍梅尼陵附近且占地甚广。扎赫拉公墓的一部分是普通陵墓区,另一部分就是两伊战争烈士陵墓区,每个烈士的照片或遗物被置于树立在墓穴前的玻璃盒内,二十多万个墓碑和小盒子无声地讲述着那场战争的残酷。看着遗像上那一张张充满朝气的年轻的脸,看着小盒子里他们用过的笔、写过的信等遗物,我感受到的是他们对生活的热爱,而一旦意识到自己正身处烈士陵区时,两伊战争的残酷镜头又一个个涌现在我的脑海⋯⋯

不管是伊朗人,还是伊拉克人,他们都为那场战争付出了沉重代价,而那些战争的消耗本可以让两国获得更好的发展。两伊的当下状况都很不理想，可是就在20世纪70年代，它们还是中东地区发展的楷模，人民生活水平至少居于世界中等，伊朗、伊拉克和韩国的人均GDP在1979年分别是2314美元、2963.4美元和1746.7美元，但是到30年后的2009年，这三国的相对应人均GDP已经变成4529.9美元、2065.9美元和16958.7美元了。[①] 这两组数字说明韩国发展极其迅速，但是也能说明伊朗和伊拉克的发展很不理想，尤其是伊拉克，在连续战争的摧残下呈现出大幅度的负增长。当下中东的很多灾难都是人祸啊！

值得提及的是，在扎赫拉公墓普通区和烈士区之间，还有一个特殊的陵区，那是为在1987年麦加朝觐时遇难的伊朗人所设。1979年伊斯兰革命成功后，伊朗建立了什叶派教士掌权的共和国，之后伊朗政权也有向外扩散革命、树立自己在伊斯兰世界领袖地位的行动。另一方面，沙特阿拉伯王国是两圣地所在地，一直自视为伊斯兰世界的当然领袖；什叶派和逊尼派、波斯人和阿拉伯人的长久纷争，也加剧了沙特和伊朗的不和，两国在很多事项上都有不同意见。

具体到每年一度的穆斯林麦加朝觐，霍梅尼等伊朗宗教人士认为朝圣是穆斯林的大聚会，可以谈论包括政治问题在内的一切有关伊斯兰的问题，而且朝觐本身也是一个政治行动；沙特方面则认为朝觐仅仅是宗教行为，不能够涉及政治问题。在1987年的朝觐中，伊朗朝觐者在麦加举行反对美国、以色列的大游行，与沙特警察部队发生严重冲突，最终造成超过四百人死亡的惨剧，其中有275名伊朗朝觐者。

遥想中世纪的欧洲，当时西欧发展缓慢的一大原因是教权高高在上，并且对政治拥有巨大影响力；现代欧洲之所以能够崛起，文艺复兴和宗教改革功不可没，思想界的这两大革命把人从宗教的束缚中解放出来，之后教权也渐渐让位给王权。从历史经验和现实状况来看，宗教和政治的过于交织，即使有积极作用，也难以给社会进步和国家发展带来持久动力。

---

① Index Mundi, *GDP per capita* (*current US $*), http://www.indexmundi.com/facts/indicators/NY.GDP.PCAP.CD/compare? country=ir#country=kr, 2015年3月16日。

4.5 伊斯兰革命视野下的德黑兰

作为近代以来的伊朗首都,德黑兰自然不缺乏政治色彩,甚至可以说,两百多年来伊朗历经的各大事件都能在德黑兰找到其存在的痕迹。对于伊朗现政权来讲,德黑兰更是意义非凡,因为这座城市是伊斯兰革命的大本营,而这场革命催生的伊朗伊斯兰共和国,则直接取代了前巴列维王朝。

4.5.1 王宫与国王

位于德黑兰市北部山上的萨德阿巴德宫,亦被称为巴列维王宫,是一个庞大的建筑群,19世纪由恺加王朝始建,巴列维王朝时期进行了大范围的扩建,最终形成今天的规模。气势恢宏的萨德阿巴德宫建在山坡上,因此非常富有层次感;因为建筑较少,所以园区显得十分开阔;一片片、一排排高大树木的存在,又赋予它安静的田园氛围。在游学德黑兰期间,我专门造访了萨德阿巴德宫。

在构成萨德阿巴德宫的十八栋建筑中,最为著名的是绿宫和白宫。绿宫始建于恺加王朝末期,巴列维王朝开国之君礼萨国王对其进行了扩建,但是他仅仅在这里住了一年,因为感觉不舒服就搬出去了。白宫的名字源于其白色的外表,它建于1931—1936年,因为地处德黑兰高处而成为避暑佳地,所以在很长时期内是王室的夏宫。白宫大门前原本有一尊高大的礼萨国王塑像,但是在伊斯兰革命期间被毁坏了,现在只剩下靴子及其上的一小部分。白宫有54个房间,现在的场景布局基本保持了巴列维国王时期的原貌,以期向来客展示前国王的奢侈。

萨德阿巴德宫里还有皇家汽车博物

白宫正面礼萨国王被毁坏的塑像仅存

馆、皇家厨房博物馆、皇家餐具博物馆、皇家武器博物馆,不言而喻,这几个博物馆也是要突出显示巴列维国王一家的奢侈生活。军事博物馆、艺术博物馆、历史档案博物馆、历史人物博物馆等则记载了伊朗的历史和发展。就在萨德阿巴德王宫以东不是太远的地方,还有一座宫殿——尼亚瓦兰宫,它是巴列维国王及其家人在伊朗最后十年的主要居住地,在自己的回忆录中,巴列维国王的第三任,也是末任妻子法拉赫王后详述了该宫殿的建设特点,当然还有王室一家在这里的幸福生活和最后的凄凉,行走其间,不免有些莫名的伤感。在德黑兰,我还在另一个场合频频见到巴列维国王、法拉赫王后的存在,那就是巴列维王朝关押(政治性)犯人的监狱,即现在的伊朗埃博拉特博物馆,在这个博物馆的多个展示厅,在各种受苦受难之人的上方墙壁上,大都挂有巴列维国王夫妇及小王储的彩色画像……

被置于王宫展厅地上的巴列维国王和法拉赫王后的塑像

尽管空间和时间有很大的距离,但是我对巴列维国王并没有陌生感,因为他曾是我的创作素材,我的博士论文就是以他主政时期的美国伊朗关系为主题的。因为有此渊源,所以每当看到有关他的书籍和资料,我都比较上心,特别是前不久又重读了法拉赫王后的回忆录《持久的爱:我与国王在一起的日子》①,以及巴列维国王的情报组织主管被俘后的回忆记录《巴列维王朝的兴衰:伊朗前情报总管的揭秘》②——这是两本对巴列维国王态度迥异的书。所有这一切都拉近了我与巴列维国王的距离。

巴列维国王本名穆罕默德·礼萨·巴列维,1919年10月26日生于恺加王朝一个名为礼萨汗的军官家庭。1925年礼萨汗开创伊朗历史上的巴列维王朝,并于年底把穆罕默德·礼萨·巴列维立为王储。礼萨国王登基后励精图治,进行了以世俗化和现代化为导向的全方位改革,在工业、铁路交通、教育、司法、医疗等多个领域齐头并进,国家面貌随之发生了较为明显的变化。当然,礼萨国王的改革也招致一些势力的反对,宗教阶层尤其不满国王的世俗化改革,他们对王室的反对一直持续到巴列维王朝的倒台。

第二次世界大战爆发后,战略地位日益显现的伊朗成为大国的竞争之地,英苏在1941年8月出兵占领了伊朗,礼萨国王被迫退位,穆罕默德·礼萨·巴列维9月16日登基,是为人们熟知的巴列维国王。伊朗新国王继承的是一个充满内忧外患的国家,既有英苏美大国在伊朗的激烈竞争,又有国内各支力量的竞相角逐,这对一个年仅22岁的君主而言是一份非常棘手的差事。历经种种磨难,一直到20世纪50年代末期,巴列维国王才在美国的帮助下实现了对国家的强力控制。

和其父王一样,巴列维国王亦是一位怀有强烈波斯民族精神的君主,1971年10月他举行宏大的纪念波斯帝国建立2500周年庆典活动,这突出说明了他的波斯民族主义特性。巴列维国王也坚持世俗化的国家发展导向,并使西方式的生活方式成为中上层社会的主流。巴列维国王对现代化的强调丝毫不弱于礼萨国王,他尤其强调军备建设,花费数百亿美元购买先进的美式武器,希望把伊朗发展成为名列世界前茅的军事大国。到20世纪70年代中期,巴列维国王领导下的伊朗已经成为中东乃至世界范围内的发展明星,当时伊朗的人均GDP远超正在飞速发展的韩国,比如1977年,伊朗和韩国的人均GDP分别为2146.6美元和1041.6美元,同年度中国的人均GDP仅为182.7

---

① Farah Pahlavi, *An Enduring Love*: *My Life with the Shah*, Miramax Books, 2004.
② 伊朗外交研究所编著:《巴列维王朝的兴衰:伊朗前情报总管的揭秘》,李玉琦译,北京:新华出版社,2009年。

美元,而1965年伊韩中的GDP还分别是245.6美元、105.8美元、97.5美元。① 伊朗的发展速度不可谓不快!

但这只是伊朗发展的积极一面,当时还有另一个伊朗存在。巴列维国王的土地改革、世俗化倾向和给予在伊朗的美国军事人员治外法权等事项,让以霍梅尼为代表的宗教阶层日益愤恨,即使是1964把霍梅尼驱逐出境,也没能遏制宗教阶层反国王情绪的聚集。随着巴列维国王对权力垄断的加强,伊朗自由、民主派对政府也越发不满;国内统治阶层的特权和奢侈亦引发民众的不平。另外务必注意的是,各级官僚也是国家情报组织监视的对象,他们面对国王时亦是如履薄冰。外交方面,巴列维国王对波斯湾霸主地位的渴望,对独立自主外交的追求,以及对国际油价提升的推动,均让华盛顿心生不满,伊朗在美国中东战略中的地位随之下降。1976年底世界石油价格的下滑让巴列维国王再受打击,以致他在1977年初哀叹:"我们破产了,似乎一切都注定要慢慢陷于瘫痪,同时我们已经计划好的很多项目都要推迟……今后将会非常艰难。"②

这样,对于1977年的伊朗,乐观者认为它是一个朝气蓬勃、飞速发展的现代化国家,悲观者则认为它是一个危机四伏、面临变革的问题国家。面对同一个客观主体,竟然产生如此大的认识差异,这让人唏嘘不已。伊朗所呈现出来的如是"阴阳观"在世界诸国的发展进程中并不罕见,远的不提,新近"阿拉伯之春"爆发前的突尼斯、利比亚、埃及等国,哪一个从经济统计数据上看不是在平稳发展?但是哪一个又不是在政治高压下维持着"恐怖稳定"?社会资源过度集中地被领导者掌控支配,在这一过程中又缺乏行之有效的制约,除非领导者本人的才智、心智接近无暇,否则偏离发展的主航道只是时间问题。古往今来的案例一再证明,国家财富的增长并不能必然导致社会和谐;如果相关制度有缺失,它反而会成为国家动荡的不可忽视之诱因!

在"两个伊朗"的搏击中,"问题伊朗"很快就占据了上风;随之而来的,就是对伊朗、对中东、对世界均产生重大影响的1978—1979年伊斯兰革命。参

---

① Index Mundi, *GDP per capita（current US $）*, http://www.indexmundi.com/facts/indicators/NY.GDP.PCAP.CD/compare? country＝ir ＃ country＝kr, 2015年2月12日。

② Asadollah Alam, *The Shah and I：The Confidential Diary of Iran's Royal Court*, 1969—1977, New York: St. Martin's Press, 1991, p. 535.

加革命的各支力量尽管在伊朗未来的发展方向上观点各异,但是在把巴列维国王赶下台这一点上意见高度一致。身处四面楚歌之中,巴列维国王日益接近万念俱灰之思想境地,拒绝了美国以国家安全事务助理布热津斯基为代表的军事镇压革命的建议后,他不得不面对美国传来的另一个信息——尽快离开伊朗! 1979 年 1 月 16 日,怀着对伊朗的深深眷恋,巴列维国王亲自驾驶飞机踏上流亡海外之路,直到飞出伊朗边境线,他才离开飞机驾驶室!

对于巴列维国王而言,被迫离开伊朗是其不幸,之后的流亡之旅更是悲剧。卡特政府曾邀请巴列维国王到美国,但是后来华盛顿担心会招致伊朗新政权的更大愤恨,因此又取消了邀请。危难之际见真情,巴列维国王的老友、埃及萨达特总统以国家元首的礼遇接纳了国王夫妇一行。说起来巴列维国王还曾是埃及的女婿,他的首任妻子是埃及法鲁克王朝公主芙吉娅,两人 1939 年结婚并育有一女,但六年之后芙吉娅公主返回埃及并要求离婚,伊朗王室于 1948 年宣布二人离婚。

尽管萨达特总统雪中送炭般地收留了巴列维国王,但是埃及总统本人的日子也不好过,因为与以色列改善关系,那时他正遭受着国内外穆斯林的强烈谴责,伊朗国王的到来更加重了他的负担,伊朗国王对此满怀愧意,并谋划离去。巴列维国王离开埃及后又先后流亡摩洛哥、巴哈马、墨西哥、美国及巴拿马诸国,他赴美就医可以说是引发 1979 年 11 月 4 日美国驻德黑兰大使馆被占的直接诱因。人生的最后关头,在面临被巴拿马政府遣返回伊朗受审的危情下,萨达特总统再次伸出援助之手,巴列维国王也因此于 1980 年 3 月重返埃及,并在当年的 7 月 27 日病逝在那里,这时距离他的 61 岁生日还有近三个月。

萨达特总统给予巴列维国王国葬的厚待,把他安葬在开罗尊贵的里法清真寺。在 1952 年革命中被纳赛尔等人推翻的埃及国王法鲁克一世亦葬在这里,而这位法鲁克一世,正是巴列维国王首任妻子芙吉娅的亲哥哥! 1944 年伊朗礼萨国王逝世于南非后也被安葬在这个清真寺,二战结束后巴列维国王才把父王的尸骨迎回伊朗。如今巴列维国王又葬于此,他会有重返伊朗的那一天吗?

在巴列维国王之后,伊斯兰共和国已经历经 36 年的曲折发展,随着伊斯兰革命热情的逝去,伊朗民众进行了日益增多的反思,反思巴列维王朝以来伊朗国家的发展进程。如同 2014 年初我在埃及游学时感受到的很多埃及人怀念穆巴拉克总统时期一样,我游学伊朗时也感受到很多伊朗人对巴列维国王时期的缅怀之情。穆巴拉克总统和巴列维国王都是被人民革命赶下台的前领导人,他们时代的被怀念,不是因为其业绩的优秀,而是因为埃及和伊朗的一些民众对当下发展的强烈不满。1977年伊朗、韩国、中国的人均GDP分别为2146.6美元、1041.6美元、182.7美元,伊朗遥遥领先,但是到2013年,伊韩中各自的人均GDP则已经变化为4763.3美元、25977美元、6807.4美元![1] 过去三十多年中伊朗的发展速度可见一斑。

4.5.2 "伊斯兰革命日"大游行

就在巴列维国王踏上流亡之路两周后,已经流亡海外十余年的霍梅尼于1979年2月1日从法国启程荣归故里,至此伊斯兰革命进入收尾阶段,之后的十天被伊朗现政权称为"破晓前十日",每年都加以纪念。2月11日,巴列维国王流亡前任命的政府最终垮台,这一天现被称为"伊斯兰革命日",也是"破晓前十日"纪念活动的最高潮,伊朗各大城市均举行声势浩大的大游行,表面看蔚为壮观。我之所以在寒假再访德黑兰,一大原因就是要在伊朗最具政治性的日子观察其最具政治性的城市。

随着2015年2月11日"伊斯兰革命日"的临近,德黑兰街头的节日氛围越发浓厚,有关伊斯兰革命的老照片、仇美仇以色列的海报比比皆是,主要街道上也是国旗飘展、标语遍布。电视台则是连篇累牍地播放有关伊斯兰革命的画面,当然,颂扬霍梅尼的歌曲也是"破晓前十日"期间电视台经常播放的节目。10日晚上,正当我在房间写作时,突闻远处传来众人祈祷声,打开窗户,只见德黑兰标志性建筑米莱德塔附近不时绽放绚丽的烟花,电视上亦有频道在直播德黑兰多处的烟花场景,当然同时还有频道在播放伊朗伊斯兰革命的专题节目。

如果看伊朗的电视和街道布景,能感觉到伊斯兰革命仍还在被隆重纪念,但是在和伊朗人面对面交流时则有不同感受。我曾问一些包括大学生在内的伊朗青年是否会参加"伊斯兰革命日"大游行,被告知小的时候参加过,现在则没有兴趣了。那么现在参加"伊斯兰革命日"大游行的又多是什么人呢?主要

---

[1] World Bank, *GDP per capita (current US $)*, http://data.worldbank.org/indicator/NY.GDP.PCAP.CD, 2015年2月12日。

是政府部门和各单位的员工等,当然还有宗教人士,据说政府也会动员一些人来参加。

　　2015年2月11日是伊朗第36个"伊斯兰革命日",用完早餐后我步行前往附近的德黑兰大学主校区。成立于1934年的德黑兰大学不仅在科学研究领域对国家贡献颇多,在伊斯兰革命中亦扮演了重要角色,革命时这里曾经发生过导致数人死亡的流血事件,霍梅尼从法国回归后仅仅数日,也就是1979年2月5日,就现身该校。如今校内的清真寺地位显赫,在重大时刻最高宗教领袖和国家领导人会来此参加周五聚礼。德黑兰大学主校区大门前即是城市主要干道——革命大街,附近又是革命广场,伊斯兰革命最后的主战场就在这里,德黑兰大学在伊斯兰革命中的地位由此可见一斑。

"伊斯兰革命日"的女志愿者

　　当我来到德黑兰大学校门口时还不到早上八点,这时门口布置一新,不仅有大幅海报,而且还临时搭起几个简易的帐篷。在校门口两侧的围墙上,前一天就已经挂满了颂扬革命及其领袖、反对西方、仇视美国以色列的海报,密密麻麻。我沿街向革命广场方向走,在如此重大的节日,路口的警察自然不会少见;红十字的志愿者也来了很多,她们特意排好队列以便我拍照;多家机构还分发与伊斯兰革命、霍梅尼等有关的资料。这些日子在德黑兰大街上和交通枢纽处经常看到伊斯兰革命时期的大幅老照片,我非常希望能够拥有一套以供教学研究之用,为此还专门逛过书店但未得,结果我的这一愿望在"伊斯兰革命日"的早晨就获得满足——我获赠了一整套记录伊斯兰革命的大幅照片集,足有十余斤重,个头也远超过我现有的行李箱,但这已经不是问题,哪怕需要再买一个大行李箱我也要把它带回中国!

带着收获的喜悦返回宾馆,稍作停留后与约定好的三位中国留学生再次外出,这时革命广场已经人头攒动音响翻天。"伊斯兰革命日"大游行的关键主题有两个,一是弘扬革命精神,颂扬革命先驱;二是反美反以色列,间或也骂骂英国。刚一进入革命广场,便看到一面彰显到底谁是恐怖分子的大旗,大旗下方是一排头上长角、面目狰狞且布满血迹的头像,美国总统奥巴马和以色列总理内塔尼亚胡赫然在列!

在游行人群中霍梅尼画像和各种标语牌也频繁可见,两位老爷子面带喜色的请我给他们照相,就在我做准备的时候,镜头里又增加了两位,而且还有一位年长的女性。

"伊斯兰革命日"德黑兰革命广场的大画报:"谁是恐怖分子?"

我们随着大队人马向西走,这时的队伍与其说是游行,倒不如说是集体散步。其实国外很多游行就是以集体散步的形式来表达自己的诉求,因此政府也不会"闻游行而色变"。游行队伍里老、中、青、少、幼皆有，很多单位和机构还在街边搭起帐篷或是台子，进行资料分发、展示、演讲或表演活动。此情此景迅速让我回忆起少年时家乡小城的元宵节，那时一些单位也是沿街设摊，推出自己的彩灯以供观赏。

途径一个台子，两个演员正在上面卖力表演，其中一个年轻人身着美国国旗图案的紧身衣，头戴高耸的礼帽，留着山羊胡，扮演邪恶的美国佬，旁边代表正义的伊朗人不断呵斥他，他则连连认罪，这时打倒美国的呼声四起。美国佬下台后，一位年轻伊朗女性又登上台，继续带领众人一遍遍地高喊打倒美国、以色列、英国，然后诸位一笑了之。在德黑兰大游行的街道上，有多个反美反以色列的活动地点，说实话那些呼喊打倒美国、打倒以色列的声音称不上洪亮，甚至给人以附和之感，即使是在焚烧美以国旗的地方，也没有反美以的高亢叫骂声。

伊朗很多人把"伊斯兰革命日"大游行称为"打倒美国大游行"，尽管仇美、仇以色列的色彩仍然非常鲜明，比如把硕大的美以国旗放到马路中央以供路人踩踏，也真的有小朋友高高跳起然后重重落在其上，再比如当众浇上汽油焚烧美以国旗，再比如上面提到的与恶魔为邻的美以领导人画像和表演等。但是另一方面，参加游行的人已经少有情绪激动、满怀激愤、谈美以就怒目圆睁的了，大都是和朋友家人一起来，边走边进行友情、亲情的表达。在公开娱乐活动非常少的伊朗当下，一些人视这天的大游行为大 party，而且是男女可以一起参加的大聚会，对他们来讲，大游行原本的含义反倒显得模糊。

尽管来参加大游行的人很多，但是整个活动秩序井然，即使是在非常拥挤的地方，也极少见推搡之举，更没有混乱之说。历经三十余年的国际制裁，伊朗社会还能保持相当之稳定，在中东地区已经算得上一个奇迹了，我想这其中肯定有伊朗历史精华传承之影响，波斯帝国塑造的高傲民族精神是不容忽视的。在我住的宾馆附近有一个小型拼车站，在候车时伊朗人总是默默地排队，即使是在下雨天，我也发现后来者自然而然地站到队伍末端，而这一切是在没有交通协管员指挥的情况下发生的，完全是一种自发行为！事实上在我首次游学伊朗时，伊朗人的素质之高就已经令我连连赞叹了。

本次大游行的最终聚集地是自由广场，也就是德黑兰标志性建筑自由塔那里。当目的地近在眼前时，越来越大的冬雨把我们逼迫到一座带有顶棚的天桥上，这时大部分的伊朗人和我们不同，他们似乎对雨有免疫力，仍还是不

参加游行的伊朗人焚烧美国国旗

紧不慢地行进在大道上。站在桥上俯视人群,发现几个穿黑色长袍戴头巾的女士站在警车旁,在她们转动身体时,黑袍里面的枪支若隐若现,原来是几位女警察。与沙特女性相比,伊朗女性享有多得多的社会权力和行动自由,结婚以前工作的伊朗女性大有人在,她们可以驾驶汽车也会让沙特女性羡慕不已。

"伊斯兰革命日"还有个保留节目,那就是政要发表演讲,这天的演讲人是总统鲁哈尼。鲁哈尼接替内贾德出任总统后,伊朗的内政外交均呈现出温和气息,尽管国际社会关于伊朗核问题的谈判仍在继续,但是前些年那种剑拔弩张的"伊朗核危机"已经渐行渐远,鲁哈尼总统在演讲中再次重申通过谈判解决伊朗"核争议"的立场。就在三天前,伊朗国家第一号人物、宗教领袖哈梅内伊还公开宣称,就伊朗核问题的谈判而言,达不成协议比达成一个糟糕的协议更好。有时候,领导人的公开演讲和实际政策之间是存在巨大差异的。

德黑兰游行期间革命大街上被肆意踩踏的以色列国旗

4.6 德黑兰的中国人

随着国门的打开,中国人纷纷走向世界,尽管伊朗的华人不像欧美澳洲那般多,但毕竟还是有一些,并且业已呈现出日益增多之势。德黑兰到底有多少常驻华人?没有具体数目,但上千人是有的。我对德黑兰华人大致分类如下:官方人士,包括大使馆、国企、媒体记者等国家外派人员;大型民企人员;留学生;私营生意人等。有国外生活经验的人知道,吃皇粮的人和吃私粮的人在境外是有比较明显差异的,甚至有时候,皇粮者相对私粮者还会有一丝优越感,而且在平日的交流中,两种人也基本是自成体系。

但也有例外,在大使馆举行的庆祝中国节日的活动中,各界华人会齐聚一堂——大使馆是必须要发挥纽带作用的。第二次游学伊朗期间,我参加了两场中国大使馆举办的活动。第一次是迎春节中国文化节,中伊约有千人到场,在伊各界华人均有出席,中国自主品牌的汽车也有现场展示,当然,最吸引中外来客的还是各种中国小吃。参加的第二场大使馆活动是留学生、中资企业联谊会。在伊朗的中国学生以语言、宗教学习为主,也有少量从事攻读伊朗学、历史学和文学等专业学位,宗教学习者主要是在库姆,库姆拥有林林总总的各层次神学院。

近些年来宗教圣城库姆的穆斯塔法国际大学在伊斯兰世界颇有名气,甚至在中国穆斯林中也有一些影响,它对学生都是免除费用的,目前有百余位中国学生在此就读。值得注意的是,尽管该校冠以"大学"的名号,但其实是正儿八经的神学院。参加中国留学生、中资企业联谊会时,我尤其注意到,大部分中国女生进入大使馆后均把伊朗现政权要求女性戴的头巾摘掉,大部分的伊朗女性亦是如此,即使没有摘掉的伊朗女性也露着很多头发,但是有几位中国女性穆斯林学生在整场活动中均把头发裹得严严实实,这是当下德黑兰大部分伊朗年轻女性所做不到的。

在伊朗的中国留学生队伍中有一位王同学,她在国内本科毕业后被单位派来德黑兰工作,但遗憾的是恰逢伊朗汇率剧烈波动,她所隶属的那家中国公司被迫落荒撤离。刚刚工作就历经如此变故的王同学并没有灰心丧气,她在中国大使馆的帮助下坚定地收拾好心情,先学习波斯语然后再进入德黑兰大学攻读硕士学位,不管是语言还是专业都学得不错。读书期间王同学又根据市场需要,在德黑兰市中心菲尔多西广场附近开办了一家宾馆,而且是正式注册的规范宾馆,目前她和姐姐一道,把宾馆经营得井井有条。此外王同学还承接翻译等多项业务,在德黑兰华人圈中人气甚旺。据王同学介绍,伊朗官方对饮食卫生极度重视,因为她的宾馆是正规注册的,所以有关部门会隔三岔五来检查,以食品安全为重点,深有体会的王同学说,伊朗人可能在其他方面有时嘻嘻哈哈,可是在食品卫生方面一丁点也不含糊!伊朗的食品安全估计又会让很多中国人感慨连连。

过去这三十多年见证了全球化的快速发展,但是伊朗伊斯兰共和国却一直遭受着严厉的国际制裁,从而在很大程度上游离于世界市场之外,这使其经济发展举步维艰。不过伊朗经济发展的如是状况,并没有令敢为天下先的中国商人望而却步,在他们眼中,时下竞争相对不那么激烈的伊朗市场也许拥有更多机会,所以日渐增多的中国公司和商人来伊朗一试身手。就大型企业而言,目前中石油、中石化、中铁、华为、力帆等企业已经在伊朗享有较高知名度,奇瑞、吉利、力帆等中国品牌的汽车也拥有相当不错的口碑,而且销售价格比在国内还要高。一个比较有利的情势是,据伊朗伊斯兰共和国通讯社 2015 年

2月4日报道,伊朗央行领导人表示,伊朗将不再使用美元与其他国家进行双边贸易,并将取而代之使用中国人民币等货币。

但务必要注意的是,伊朗人从骨子里更愿意和欧美合作,而且从历史上来看,它与欧美的关系发展更密切更广泛,只是因为目前深受国际制裁而没有合作的可能,一旦伊朗和美国的关系解冻,伊朗很可能会重走欧美合作路线。事实上,尽管伊朗也是中东国家,可是漫步伊朗和漫步埃及、沙特等阿拉伯国家的感觉迥异,国家、民族风格很不一样。所以,在目前这个比较有利的时期,中国政府和企业应该认真思考,如何才能把中国伊朗关系牢固到不受外部发展的影响。伊朗最高领袖哈梅内伊在2014年公布了经济发展政策纲领①,在政局稳定、对外关系变化不大的前提下,这应该是今后若干年伊朗经济发展的指导方针,中国企业要给予其特别关注。

这几年在国外行走,我每每都会自觉不自觉地关注华人私营业主状况,在德黑兰亦然。目前有意开拓伊朗市场的中国商人逐渐增多,但大都是小资本持有者,而且是来得多走得多,只是匆匆过客。当然也有长时间坚守伊朗市场并获得成功的案例,比如从事灯饰贸易的易先生,最初是因为讨债才来伊朗,后来就进驻伊朗市场,在历经两次被骗的惨剧后,业务终于走上正轨,目前正在享受着伊朗市场的利润。其实不管是伊朗还是埃及、沙特等中东市场,如果是抱着短平快挣钱心态进入其中,那么成功的可能性微乎其微,因为市场准入制度和风土人情等特性原因,进入中东市场初期是较难获利的,它需要一个相对较长的过程。目前德黑兰的中国商人大多是从事贸易和服务业,尤以贸易为主,所谓服务业,包括几家华人招待所,除王同学开办的那家外,其余皆为无牌照经营,服务对象也是华人。

第二次游学伊朗时,有好几位同胞向我表达了同样的意思——伊朗对中国人的观感在下降!非常遗憾的是,我在中东几个国家游学时都获得了所在国类似的信息,这的确值得中国人深思。伊朗人之所以对中国人的好感度下降,与中国的某些不法之徒息息相关,例如少量中国人整了一大批假手机在伊朗销售,致使很多伊朗人上当受骗,这件事儿在伊朗影响甚大。另外,伊朗发

---

① 关于伊朗这个经济发展纲领的详细情况,可参阅中国驻伊朗大使馆经济商务参赞处信息《伊朗建设"抵抗型经济"的要点》,http://ir.mofcom.gov.cn/article/ztdy/201406/20140600644541.shtml,2015年2月10日。

放的工作签证是有地点限制的,也就是如果发放的是在德黑兰的工作签证,如果持有人到其他城市去工作就算是不合法。值得提及的是,就在我考察德黑兰时,伊朗和俄罗斯达成互免签证的初步意向,可是比俄罗斯更密切往来于伊朗的中国,其国民获得伊朗工作签证的难度已经是越来越大了……

4.7　关于伊朗政治发展的思考

经过长达12年的马拉松式谈判,2015年7月14日,安理会五大常任理事国加德国与伊朗终于就全面解决伊核问题达成协议,消息传出后伊朗国内一片欢腾,我的多位伊朗朋友也在社交媒体上肆意表达自己的喜悦之情。随着悬挂在伊朗头顶的达摩克利斯之剑被移除,这个中东大国也有望走出三十余年来的发展困境,迎来其历史进程中的新篇章,事实上,现在已经有日益增多的言论在谈及伊朗的复兴和崛起了。那么,伊朗今后的发展是不是就可以一帆风顺呢?这在很大程度上还有赖于伊朗伊斯兰共和国自身的政治变革。

2013年10月德黑兰某机场关注核谈判新闻的伊朗人

就历史地位和现实影响而言,伊朗的确是中东最值得关注的国家之一,它拥有能够影响本地区发展态势的体量,伊朗的主体民族波斯人也一直怀有称霸中东,特别是波斯湾地区的雄心壮志。但对伊朗而言不幸的是,尽管在本地区内它的实力毋庸置疑,可中东是世界战略要地,各时期的世界性大国常对该地区有所图谋,外部力量经常成为影响中东发展的不可抗拒之力量,在这种情况下,伊朗的地区主观能动性就大为受限。另外,2010年以来的"阿拉伯之春"给中东诸国带来沉重的变革压力,面对日益不满现状的民众,伊朗官方也不得不做出抉择。

4.7.1 宪法对伊朗伊斯兰共和国政治的塑造

伊朗伊斯兰共和国是基于霍梅尼的思想而建立的,霍梅尼主张建立伊斯兰政府、实现教法学家的统治、反对君主制以及建立伊斯兰世界秩序。因为伊斯兰革命成功后霍梅尼在新政权中处于毋庸置疑的领袖地位,所以他的上述思想对伊朗的政治构建也产生了决定性影响。

1979年版的伊朗伊斯兰共和国宪法规定,伊朗实行政教合一的政治制度。1989年4月,伊朗对宪法进行了部分修改,强调了伊斯兰信仰、体制、教规、共和制及领袖权力的权威性。依照伊朗伊斯兰共和国宪法,伊朗实行立法、行政、司法三权分立的共和政体。由专家会议选举产生的领袖是伊朗的最高领导人和政教合一政体的象征,其权限包括任免宪法监护委员会半数成员、司法总监、音像组织主席、武装部队参谋长、革命卫队司令以及武装部队和安全部队的司令,宣战和宣布停战,协调国家三权机构领导人之间的关系,颁发总统委任状,在总统有渎职行为或议会认为总统政治上无能的条件下罢免总统等。也就是说,伊朗伊斯兰共和国的核心权力都在领袖的掌控之中。

伊朗伊斯兰共和国宪法规定,总统是继领袖之后的国家最高领导人,既是国家元首,又是政府首脑,由选民直选产生。总统可授权第一副总统掌管内阁日常工作,有权任命数名副总统,协助主管专门事务。总统经选举产生后一定要经过领袖的批准方可生效,而且领袖可以根据议会或最高法院的裁决罢免总统。不掌握国家核心权力的总统既要向选民负责,又要向领袖负责。伊斯兰议会是伊朗最高立法机构,它有权批准同其他国家签订的条约、协议、合同,可以对总统和部长进行质询和弹劾,有权批准政府需要采取的紧急措施等,但是议会通过的任何议案必须经过宪法监督委员会(宪监会)的批准后才能成为法律。

所谓宪监会,是为了维护伊斯兰法规和宪法,确保伊斯兰议会通过的决议不与其相违背,依照宪法特别成立的机构,它一共有12名成员,其中半数由领袖推举的伊斯兰法学家担任。宪监会根据宪法赋予自己的宪法解释权,对宪法条款"宪监会负责监督选举领袖的专家委员会、总统、伊斯兰议会的大选工作,以及负责举行全民公决和民意测验工作"进行了解释,认为宪监会的监护权适用于选举的各个环节,包括对候选人资格进行甄选,这对伊朗的选举产生了重大影响,很多人因为诸多限制而无法取得候选人资格。

在伊朗时下的政治体制中还有一个非常突出的机构,那就是1988年3月成立,1989年7月经宪法确认的确定国家利益委员会,其主要职责是为领袖制订国家大政方针出谋划策,协助领袖监督、实施各项大政方针,当议会和宪法监护委员会就议案发生分歧时进行仲裁。从伊朗伊斯兰共和国宪法来看,伊朗现行的政治体制是以领袖为核心运转的,宗教色彩非常浓厚,这也是伊朗伊斯兰共和国建立以及发展至今的主要理念支撑。

4.7.2　伊朗伊斯兰共和国的领袖与总统

伊朗伊斯兰共和国的第一个十年以霍梅尼为领袖,这一时期派别斗争在伊朗政治中相当明显。先是自由派与教士之间的争斗,在教士阶层取得优势后,其内部的激进派与温和派又进行了持续的权力争夺。值得注意的是,尽管存在派别斗争,但很少有某派力量能够取得绝对优势,因为位高权重的霍梅尼很好地扮演了权力"调节器"角色。

1989年6月3日霍梅尼逝世,次日哈梅内伊被推举为伊朗最高宗教领袖。哈梅内伊能够出任领袖,其超凡的政治能力是第一要素,他曾担任国防部副部长、革命卫队司令、德黑兰市教长、霍梅尼在最高国防委员会的代表及该委员会主席,尤为重要的是他还担任过执政的伊斯兰共和党总书记,并且是当时的共和国总统,这使哈梅内伊在制定政策时会更多地考虑现实政治的需要。不过哈梅内伊担任的毕竟是政教合一国家的领袖,职位属性要求他一定要坚守宗教和前任霍梅尼之思想。而且,由于哈梅内伊的影响力无法与霍梅尼相提并论,这导致伊朗权力有了一定程度的分散,国家二号人物总统的权力有所加强。

作为国家一号人物,哈梅内伊对总统支持与否事关重大,若二者的观点一致,总统的政策制定与实施就会得以顺利进行;若二者意见相左,总统的行动就会大大受到限制。哈梅内伊出任领袖以来伊朗共产生了四位总统,分别是拉夫桑贾尼(1989—1997)、哈塔米(1997—2005)、内贾德(2005—2013)和现任的鲁哈尼(2013年上台)。拉夫桑贾尼于1989年当选为总统,是后霍梅尼时代伊朗的又一位权势人物,也是当时伊朗最著名的务实派代表人物,出任总统后推出振兴伊朗经济的首个五年发展计划(1889—1994),在外交上也大打温和牌,取得较好成绩。但是到拉夫桑贾尼总统后期,哈梅内依经常发表反对外国投资、反对西方文化、反对与西方发展过多关系的言论,拉夫桑贾尼总统的务实政策越来越难以取得实效,其改革形象也大为受损。

在1997年的总统大选中,更富有改革和创新精神的哈塔米当选为伊朗总统。哈塔米总统主张把伊斯兰教的法律、传统与个人权利、自由、法制及公民社会等观念结合起来,在他看来,伊斯兰文化的确存在危机,在警惕西方霸权的同时也要吸收西方先进的文化、哲学精神。尽管哈塔米出任总统后推出一系列改革政策,唤起伊朗民众的热切期望,甚至在困顿已久的伊朗美国关系问题上也取得较大进展,但遗憾的是,从参加竞选开始哈塔米就不是哈梅内伊最希望获胜的候选人,哈塔米所力推的内政外交越来越不合哈梅内伊之意,国家一号人物与总统的渐行渐远,使得哈塔米的诸多政策愈加陷入困境。

在事关未来发展路线的抉择关口,2005年伊朗迎来又一次的总统大选,对霍梅尼思想非常推崇且受哈梅内伊支持的内贾德赢得大选。内贾德是一位思想保守对外激进的平民化总统,在内政外交方面均推出一些富有争议的政策,这既强化了伊朗内部的伊斯兰特征,也把伊朗推进"核危机"的国际漩涡中,伊朗遭受到更为严厉的国际制裁,国家发展因此举步维艰。内贾德虽然在2009年的总统大选中再次胜出,但是这次大选结果遭到伊朗其他势力的持续抗议,伊朗甚至因此爆发了严重的政治动荡。

历经内贾德的保守执政,2013年伊朗选民把温和务实的前核谈判代表鲁哈尼推到总统宝座,鲁哈尼总统力主求变,特别是在与国际社会的核谈判问题上表现得尤为积极。面临国内不满情绪的日益加重和本人遭遇挑战的不断加大,哈梅内伊也加入到深得民心的解决伊朗核问题的行列,伊朗最终在7月14日与安理会五大常任理事国加德国达成全面解决伊核问题的协议,这是力主通过谈判化解与西方矛盾的鲁哈尼总统的一大胜利,该协议的达成必会增加总统职位在选民心目中的分量——在今后的伊朗政治观察中,需要给予民选总统日益增多的关注。

4.7.3 关于伊朗发展的思考

就发展潜质而言,伊朗是中东地区最具优势的国家之一,但时下这个中东大国仍没有走出发展困境,这不能不说是一大遗憾。从地区内部国家的力量对比看,伊朗的确具备充当波斯湾领导者的实力,长期以来伊朗外交的主要诉求之一就是获得国际社会对其波斯湾霸主的认同。但是伊朗一定要明白,波斯湾从来就不是本地区国家的自主地,它是世界大国的角逐场。伊朗在本地区能够发挥什么样的影响力,在更大程度上取决于伊朗与外部世界大国的关系。

古今中外的各朝各国,凡是在历史进程中长期居于本地区或世界发展前列的,无不是勤于内政然后再有所外谋,那些内功不够就盲目高唱国家霸权或崛起的,其结局或者是徒有空号没有实质,或者是成为国际关系史上的流星。事实上,巴列维国王时代伊朗民众最迫切需要的不是争当地区领袖,而是解决自己的民生问题。在国家的发展和崛起问题上,巴列维国王犯了严重的冒进主义错误,在路径选择上,则犯了方向性的错误(重军事建设),巴列维国王的国家发展之策应该引起其他当政者的深思和警觉。

伊朗伊斯兰共和国的一些政策选择也有值得商榷之处。成立伊始,霍梅尼主导下的伊朗就把以美国为首的西方,把以色列、阿拉伯邻国的当政者看作敌人,也不视社会主义国家为朋友,一个新生政权竟然会如此挑战外部世界,怎会有理想的发展环境?在全球化日益加剧的当今,与世界割裂的国家实在难获发展。在对伊朗的考察中,我可以明显感受到伊朗民众对现状的强烈不满,领袖的权威也呈下降之势,目前伊朗民众的主体诉求,基本就是以鲁哈尼总统为代表的温和派的努力方向,伊朗政治发展的这个迹象不容忽视。

在很大程度上讲,伊核协议的达成既是伊朗政治改变的结果,同时也是伊朗政治继续改变的催化器。尽管伊朗各力量大都认同伊朗有和平发展利用核能的权利,但是在对待伊核谈判问题上,伊朗内部的意见并不一致。强硬派认为国际社会在伊核问题上对伊朗频频发难,是对伊朗和平利用核能权利的剥夺,是对伊朗国家尊严的冒犯。温和派虽然也认为伊朗有权利进行核能的开发和利用,但是也主张在这个问题上要与国际社会合作,因为他们深知,没有国际社会的谅解,不要说是伊朗的核发展,就是国家的整体发展也大为受限。伊核谈判之所以断断续续进行了十余年,与伊朗内部政治是息息相关的。现在伊核问题以伊朗温和派主张的方式获得初步解决,而且一定要注意的是,这种方式也是绝大部分伊朗国民所喜欢的,这势必增强温和派在伊朗政治圈中的地位。

始于2010年的"阿拉伯之春"给伊朗造成很大震动,不管是官方还是民间,都从其中获得借鉴。在伊朗人心思变的当下,众所期盼的伊核协议的达成可以看作是伊朗温和派的一大胜利,伊朗的(外部)发展环境也将随之趋向改善,这定将增强温和派对伊朗政治的影响力。对于执政者而言,顺势而为方是长久之道,一旦改变的趋势来临而自己又不能主动求变,那么就只能由别人来改变,只是在这样的过程中,自己也会成为被变革的对象。这次伊朗能够和六国达成全面核协议,显示出伊朗现政权的部分改变,但是就政治发展而言,当下伊朗民众的要求远不止于此,他们希望看到更大更多的改变。

5. 漫步中东遥望中国

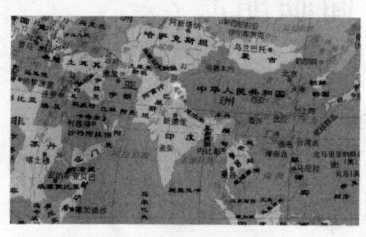

Walking in the Middle East

即使是行走在中东大地上,我也常常回望自己的祖国。

不管是普通民众还是专家学者,在看待中国是什么样的国家这一问题上都存在分歧。进入新千年后,"中国超级大国论"和"中国崩溃论"几乎相伴而生。在超级大国论范畴内,认为中国已经是或很快就将发展成超级大国的有之,认为中国有发展潜质但未来不定的亦有之。这一轮中国崩溃论的支持者主要担忧的是中国的经济层面,认为中国金融和经济已经存在相当严重的脆弱性。不管是超级大国论还是崩溃论,中国经济发展都是其核心衡量指标。在中国经济转型存在一定的不确定性,中国的思想和政治层面也存在一些问题的情况下,需要审慎地看待中国国家地位,决策者务必要在中国具体国情的基础上制定自己的方针政策。

每当中国发生丑恶之事时,道德沦丧就会被频频提及,很多人又把道德沦丧归咎于信仰的缺失。事实上,信仰缺失已经成为一个老生常谈的话题。面对此等情况,我们不禁要问,一个曾经创造并拥有辉煌历史的中国,怎会缺乏信仰呢?难道中国那光辉灿烂的文化和文明已经不能再给我们信心、不值得我们信仰了吗？遍观世界大国发展史，很少看到有贵为全球第二大经济体的国家如当下中国这般的没有自信，如当下中国国民这般的对自身文化缺乏信仰。在重塑对本国的信心、重构对自身文化的信仰过程中，国家行为才是最根本的主导力量，中国政府在这方面任重而道远。

5.1 中国：行将崛起还是面临崩溃？

近代以来历经磨难的中国早已走上了复兴之路，并且业已取得骄人成绩，经济社会发展水平和国际地位均有大幅度提升。但是另一方面，尽管中国取得的发展成就获得广泛赞扬，国内外学术界对中国的国际地位和发展前景却有不同认识，甚至有观点迥异的评价，"中国超级大国论"和"中国崩溃论"就是其中两个很有代表性的观点。笔者通过自己海外考察的体验和学理思考，对近些年来几乎相伴而生的"中国超级大国论"和"中国崩溃论"进行介绍分析，并对当下中国地位做出自己的判断。

5.1.1 在国外感知中国形象

从2010年10月开始至今，我较为频繁地去中东游学，每次长则一年，短则20天，在这个过程中，我有意识地去探知中国在中东的国家形象。

在我抵达作为发达国家的以色列首日，一位犹太出租车司机就向我展示了他心目中的中国形象。那天当我打车时，出租车司机说不打表，开口就要25谢克（以色列货币），因为我知道距离很近，所以就和他还价，这时司机问我是哪国人，当知道我来自中国后，他睁大了眼睛，很是不解地说："你是中国人还和我讲什么价啊？"在他看来，中国已经是如此之富有，不应该再计较打车那样的小钱了。

某日我在特拉维夫一个大市场附近散步，一位店主直接走到我面前，很是期待地问我是不是中国人，当得到肯定答复后他满心欢喜地请我到店里看看，并对我说他店里的所有商品、附近那些商店里的所有商品都来自中国，是中国让他们挣了钱，让他们过上好日子，所以他满怀诚意地说："中国是世界上最、最、最强大的国家！"而对于那些到北京、上海、深圳、桂林等地旅游过的以色列人而言,中国更是令人神往的国度!

一旦谈及中国的经济和财富,我在巴勒斯坦、土耳其、伊朗、埃及和沙特碰到的一些人也和上述以色列人类似,他们经常让我有来自富人成群的国家之感。值得国人骄傲的是,在这些国家除了中国的服装鞋帽等商品外,奇瑞、比亚迪、吉利等自主品牌的汽车已经不再鲜见,格力空调在沙特也占据了相当优势的市场份额,中国承建的麦加轻轨项目更是让沙特人为之侧目,而华为公司的技术和服务早已成为中东多国不可或缺之需要。一言以蔽之,就经济发展而言,很多中东人认为中国成为超级大国指日可待!

不过在中东游学时,我也能感知到中国形象的另一面,给我留下深刻印象的是,在耶路撒冷一个非常闭塞的正统犹太人区,一位中年犹太男人竟然也表现出对中国政治的不屑一顾;而沙特宣教机构的一位负责人则抓住中国某一单位的做法上纲上线,不公正地批评中国对伊斯兰教和穆斯林怀有恶意。另外,中国游客的一些个人或团体行为有时候也会让当地人感到不可思议,进而对中国产生某些不恰当甚至是负面的看法。

其实国外普通民众对中国的了解是相当有限的。2007年初,我和其他22国的代表一道受邀到美国考察其对外政策,当我们23人在纽约中央公园参观时,陪同的美国老伯悄悄地问我:"中国的末代皇帝有孩子活在世上吗?"非常惭愧,当时我这方面的知识极其有限,非但不能回答他的这个问题,就连溥仪有没有孩子也不知道。但是凭我的直觉,这不会是美国老伯的终极问题,他应该还有其他更想知道的,于是我问他为什么有这样的问题。结果老伯接下来的疑惑搞得我啼笑皆非:"如果你们的末代皇帝还有孩子在世的话,他们会不会推翻中国共产党政权,重新领导国家呢?"这位美国老伯的上述疑问再次为一个客观事实提供了佐证——相比较中国民众对美国的了解,美国民众对中国的了解是相当有限!在此等基础上,一些美国人对中国形象的构建就难以反映中国的客观现实了。

在与他国之人面对面接触感知到他们对中国的直观认识后,我日益关注中国在世界舞台上的地位和形象。通过阅读国外相关调查机构和学者的研究成果,我越发看到一个多面的中国。

5.1.2 中国是超级大国吗?

在我2011年出发访学土耳其中东科技大学之前,对方提出一个请求,希望我在土耳其访学期间能够做一个讲座,主题定为"中国是不是超级大国"。的确,近十余年来,有关中国是不是或何时成为超级大国的争论不绝于耳。有人认为时下的中国早已成为可以与美国相提并论的超级大国,因此不能再低估中国的实力了;也有人认为中国虽然有发展成为超级大国的潜力,但现在面临的困难是不可忽视的,能不能把这种潜力转变为现实并不确定。

哈佛大学经济史学家尼尔·弗格森(Niall Ferguson)先生和柏林自由大学莫里茨·舒拉里克(Moritz Schularick)先生,在2006年底把China和America合并成一个英语新词,提出"中美国(Chimerica)"概念,强调中美利益的共生关系,以及它们对全世界经济的决定性影响。2008年,美国彼得森国际经济研究所的经济学家弗雷德·伯格斯滕先生又提出"两国集团(G2)"概念,认为只有中、美两国携手,才有可能解决世界经济难题。① 不管是"中美国"还是"G2",强调的都是中国和美国在当今世界上的突出地位,中国在很大程度上被视为时下解决世界危机的关键力量。

随着这两个概念的提出,特别是它们对中国新全球角色的界定,多位学者和评论家都对此进行了深入思考。美国经济与政治分析家扎卡里·卡拉贝尔在2009年出版《融合:中国和美国如何成为一个经济体以及为什么世界的繁荣取决于它》②,美国市场和战略分析家汉德尔·琼斯在2010年出版《中美国:改变世界的不安分伙伴》③,加拿大战略投资家、政治经济评论家马耀邦先生在2013年出版《中美国:两个国家的传说》④,这些书连同大量的文章和评论,都对中美两国在当今世界的主导地位给予密切关注。

不过,认为目前中国已经达到超级大国高度的人还是少数,有更多的人认为中国今后可以发展成为超级大国。2006年,英国学者马丁·雅克在英国出版了《当中国统治世界:西方世界的终结和新全球秩序的诞生》一书(2009年

---

① C. Fred Bergsten, "A Partnership of Equals: How Washington Should Respond to China's Economic Challenge?" *Foreign Affairs*, July/August, 2008.

② Zachary Karabel, *Superfusion: How China and America Became One Economy and Why the World's Prosperity Depends on It*, New York: Simon & Schuster, 2010.

③ Handel Jones, *CHINAMERICA: The Uneasy Partnership That Will Change the World*, New York: McGraw-Hill Professional, 2010.

④ Ben Mah, *Chimerica: A Tale of Two Nations*, CreateSpace Independent Publishing Platform, 2013.

又在美国出版)①,该书的中文版在 2010 年出版②。马丁·雅克先生结合自己对包括中国在内的东亚诸国的多次考察,在这本书中强调了"中国模式(道路)"无与伦比的发展优势,认为随着非西方国家力量的迅速兴起,西方将不再占据主导地位,在充满现代竞争性的 21 世纪,中国将成为全球竞技场上的核心角色,而且中国绝对不会走上西方民主化的道路,只会选择一条不同于西方世界的发展模式,中国的崛起将改变的不仅仅是世界经济格局,还将彻底动摇西方的思维和生活方式。在西方学者中,马丁·雅克先生可谓是"中国模式(道路)"的最为有力的论说家。

美国华裔学者方绍伟(Frank S. Fang)先生于 2007 年出版《中国热:魅力、恐惧和下一个世界超级大国》③,该书在 2009 年推出中文版④。在这本书中,方绍伟先生从制度经济学的角度,对中国崛起进行了系统分析,并对中国的未来给予较为乐观的推理。复旦大学特聘教授张维为先生在 2011 年出版《中国震撼:一个文明型国家的崛起》⑤,该书认为,中国是文明型国家,中国模式将对整个世界产生独一无二的影响。清华大学教授胡鞍钢先生在 2012 年出版的《中国 2020:一个新型超级大国》⑥认为,到 2020 年,中国将发展成为成熟、负责任并具有吸引力的超级大国,而且中国崛起的模式是和平共赢的,因此他把中国定义为"新型超级大国"。清华大学阎学通教授在 2013 年出版《历史的惯性:未来十年的中国与世界》⑦,该书在对比和剖析了未来十年中美实力的变化后,预测到 2023 年世界将出现中美两个超级大国,并形成两极世界格局。

不过也有观察家对中国未来的发展并不是那么乐观。美国著名中国问题

---

① Martin Jacques, *When China Rules the World: The End of the Western World and the Birth of a New Global Order*, New York: Penguin Press, 2009.
② 马丁·雅克:《当中国统治世界:中国的崛起和西方世界的衰落》,张莉、刘曲译,北京:中信出版社,2010 年。
③ Frank S. Fang, *China Fever: Fascination, Fear, and the World's Next Superpower*, Berkeley: Stone Bridge Press, 2007.
④ 方绍伟:《中国热——世界的下一个超级大国》,柯熊译,北京:新华出版社,2009 年。
⑤ 张维为:《中国震撼:一个文明型国家的崛起》,上海:上海人民出版社,2011 年。
⑥ 胡鞍钢:《中国 2020:一个新型超级大国》,杭州:浙江人民出版社,2012 年。
⑦ 阎学通:《历史的惯性:未来十年的中国与世界》,北京:中信出版社,2013 年。

专家谢淑丽女士于 2007 年出版《中国：脆弱的超级大国》①。在书中谢淑丽女士肯定了中国正在取得的突飞猛进的成就，但是她也认为，中国内政存在太多问题，中国未来发展存在重大变数，甚至是面临严峻挑战。她认为中国政府面临着一个两难的局面：中国越是发达，越是繁荣，中国领导层越有一种不安全感和受威胁感。快速增长也伴随着危险的社会问题，比如贫富不平等、穷人医疗保障的缺失等，这正在引发群众日益增多的不满和抗议，会危及中国现政权的合法性。这种种问题的存在，使谢淑丽对中国的未来产生悲观看法，认为中国很难实现向成功超级大国地位的转型。美国著名中国问题专家沈大伟先生2013 年出版了他的新书《中国走向全球：不完全大国》②，该书从外交、全球治理、经济、文化和安全五个方面，分析了中国在全球的影响力，并最终得出结论：尽管中国已经取得了举世瞩目的成就，但是目前的中国仅仅成功地成为全球事务的参与者，而不是全球大国，仍还是一个不完全大国。

谢淑丽女士对"中国超级大国"的看法其实也和当时的中国民众看法相似。中国零点调查公司 2008 年 3 月 24 日公布的报告显示，将近六成（59.8%）的国人认为中国还不是超级大国，22.6% 的国人表示中国永远不会成为超级大国，21.1% 的国人表示中国成为超级大国将在 20 年以后，而认为中国将在 10 年内成为超级大国的比例仅为 25.4%。同年度《华盛顿季刊》也载文指出，中国缺少成为超级大国所需的三个至关重要的决定性因素：对自己有利的安全优势，军事和经济的硬体实力，以及政治、社会和理论的软体实力。也就是说，就经济单项而言，中国值得期待，但是若论综合实力，中国还差得远。就像杜克大学的刘康教授在 2011 年所言，到目前为止，中国仍认为自己是一个处于守势的、重国内的国家，而不是世界事务的推动者和驱动者，缺少明确的战略构想表明了中国的致命弱点，中国要想成为一个真正的世界大国，这条路一定是很漫长的。

5.1.3 中国会崩溃吗？

20 世纪 80 年代末 90 年代初，随着东欧剧变和苏联解体，中国成为社会

---

① Susan. L. Shirk, *China: Fragile Superpower*, New York: Oxford University Press, USA, 2007.

② David Shambaugh, *China Goes Global: The Partial Power*, New York: Oxford University Press, USA, 2013.

主义国家的集中代表。乘着"冷战"胜利的东风,当时西方世界看衰中国的声音不绝于耳,认为中国政治崩溃已经为时不远。但是之后中国的发展给了这种论调一记响亮的耳光,经济的突飞猛进使中国日益强大,西方世界又炮制了"中国威胁论",宣扬日益强大的中国对世界特别是对周边小国造成严重威胁。这一时期的中国崩溃论或威胁论,侧重的均是政治或军事层面,但是进入新千年后,西方世界日益关注起中国的经济层面,并且一再发出中国经济有可能会崩溃的论调。

刚刚进入新千年的2001年,美国匹兹堡大学经济学教授托马斯·罗斯基先生就发表《中国GDP统计发生了什么?》[1]一文,他通过研究发现,中国各省市的经济统计数据与中国国家统计局发表的数据不相符,据此他对中国统计数字提出质疑,认为中国的经济发展并不像中国官方公布的数据那么好。之后,外界不断质疑中国经济发展模式,对中国经济的前景充满悲观,"中国经济增长是虚假的"、"中国经济即将崩溃"等论调被接连弹起。

2001年,美国华裔律师章家敦先生出版了《中国即将崩溃》[2]一书,该书认为中国四大国有银行的坏账糟糕到无以复加的程度;中国所谓的经济繁荣是虚假的;中国经济在2008年举办奥运会之前就会开始崩溃;在加入世界贸易组织(WTO)的强劲冲击下,中国现行的政治经济制度最多只能坚持5年;而中共政权最迟将在2011年垮台。但是之后中国的发展证明了章家敦判断的偏颇。尽管章家敦的上述观点并没有严谨的论证作为支撑,但是《中国即将崩溃》出版后仍引起很大的轰动,美国国会甚至都为他的观点举行了听证会,该书也把西方的"中国崩溃论"推到了一个高峰。

进入新世纪的第二个十年后,质疑中国经济发展的声音仍然不绝于耳。2011年11月,美国金融巨头高盛向其主要客户发送电子邮件,建议投资者停止对在香港上市的中国大陆公司股票继续投资,高盛认为随着越来越多不利因素出现,中国经济前景正面临巨大挑战。2012年7月16日,德国《世界报》以中国经济发展速度放缓为由发出中国即将崩溃的论调;7月21日《纽约时

---

[1] Thomas G. Rawski, "What is happening to China's GDP statistics?" *China Economic Review*, Volume 12 2001.

[2] Gordon G. Chang, *The coming collapse of China*, New York: Random House, 2001.

报》发表题为"当中国谈论改革的时候,风险上升,恐惧就会加大"的文章,认为中国的政治已经绑架了经济改革,声称即使中国领导人有改革的意向,但是也必须有承担风险的勇气。

2013年美国自由撰稿人詹姆斯·R. 高列出版《中国危机:中国经济崩溃将如何导致全球大萧条》①,该书认为就经济发展而言,中国不仅面临内部极大的不稳定性,既有的发展模式难以持续,而且外部环境也日益恶劣,再考虑到中国并不令人乐观的政治形势,这均使得中国经济处于崩溃边缘,世界诸大国需认真对待中国的倾覆。曾先后受聘于清华大学经管学院和北京大学光华学院的美国学者迈克尔·佩蒂斯在2013年出版《避免崩溃:中国的经济结构调整》②一书,认为中国经济的高速发展期已经结束了,日益增长的债务和内部混乱使得中国经济结构务必进行有效调整,如果不进行有效调整的话中国的崩溃就难以避免。事实上我国一些学者对中国的经济安全也十分担忧,比如中国现代国际关系学院江勇先生接连推出《猎杀"中国龙"?——中国经济安全透视》(2009)和《中国困局——中国经济安全透视》(2010)两本书,对中国所面临的经济难题进行了深入剖析。

不过值得注意的是,反对中国崩溃论的言论也不在少数,我国著名经济学家林毅夫先生对所谓中国崩溃论就不予认同,他认为中国作为发展中国家,产业升级空间很多,而且中国政府的财务状况也非常好,不仅政府有钱,民间储蓄也很高,再加上还有数万亿美元的外汇储备,所以他相信未来几年中国可以靠这些有利条件维持8%的经济增长。③ 中国社科院余永定先生在2014年4月份接连发文章批判中国崩溃论,认为尽管中国经济存在一些问题,但是考虑到当局有很大的政策干预余地,所以即使不能完全排除崩溃的可能,短期也不太可能发生崩溃。④

---

① James R. Gorrie, *The China Crisis: How China's Economic Collapse Will Lead to a Global Depression*, New York: Wiley, 2013.
② Michael Pettis, *Avoiding the Fall: China's Economic Restructuring*, Washington, D.C.: Carnegie Endowment for International Peace, 2013.
③ FT中文网:《林毅夫:中国经济不会崩溃》,2012年11月2日,http://www.ftchinese.com/story/001047282,2014年12月10日。
④ 凤凰财经:《余永定5天发2文驳中国"崩溃论"》,2014年4月23日,http://finance.ifeng.com/a/20140423/12172549_0.shtml,2014年12月26日。

美国《福布斯》杂志网站在 2014 年 2 月 26 日推出一篇署名文章,著名经济事务评论人爱默恩·芬莱顿认为,在西方世界闹得沸沸扬扬的"中国崩溃论"实际上源于中国政府推动的一个宣传项目,中国实施这一项目的目的是要给外界特别是美国造成错觉,从而给中国的发展赢得时间和空间。[①]

5.1.4 评判中国的核心指标是什么?

如前所述,最看好中国发展的主要是经济学家,最不看好中国发展的也主要是经济学家。同样是面对中国经济发展这一客观事实,观察者们表现出差别很大甚至截然相反的态度。

近三十年来中国 GDP 的增长速度足够令人震撼。按当时汇率计算,1980 年中国 GDP 世界排名第八,仅有 3015 亿美元,而当时排名第一、第二的美国和日本分别高达 27689 亿美元和 10870 亿美元;到 2000 年,中国以 11928 亿美元排名世界第六,排名第一、第二的美国和日本分别是 98988 亿美元和 47312 亿美元;而到 2010 年,中国的 GDP 已经超越日本,成为仅次于美国的世界第二大经济体了,并且之后和美国的差距呈现出越来越小的趋势。如果把 2013 中国各省份的 GDP 总量与世界诸国比较的话,中国排名前五名的广东、江苏、山东、浙江和河南在全球的排名分别为第 16 位、17 位、19 位、24 位和 28 位。在进入新千年后的短短十余年间,中国 GDP 总量接连赶超了法、英、德、日,发展之迅速、成绩之辉煌不能不令人为之侧目。

在 GDP 之外,中国巨额的外汇储备、遍布世界的"made in China"商品、城市和基础设施建设的突飞猛进、尖端科技的进步、日益增多且购买力强大的中国人走出国门等因素,也推动了中国大国形象的塑造。当然还有一个因素不能忽视,那就是一些国外的学者、媒体、政客,他们为了营造"中国威胁论",特别强调中国军费的不断上升,有时候也会高唱中国是超级大国之歌,以疏远周边国家和中国的关系。当然,中国人对民族和国家的复兴是非常期待的,中国经济发展的巨大成就也会让一些国人对自己的国家信心满满,或者浮想翩翩。

[①] Eamonn Fingleton,"The Mystery of China's Growth: Five Reasons Why Americans Will Never Understand It", Forbes, 2014 年 2 月 26 日, http://www.forbes.com/sites/eamonnfingleton/2014/02/26/the-mystery-of-chinas-growth-five-reasons-why-americans-will-never-understand-it/,2014 年 12 月 24 日。

作为一个新兴经济体，中国经济在取得迅速发展的同时也滋生了诸多问题，比如金融体系的不健全，管理方式的不完善，发展模式的粗放性，资源和人力的高消耗性，特别是近些年来最为诟病的环境污染等。在历经三十余年的高速增长后，既有的经济发展模式已经难以为继，经济发展的结构性大调整势在必行。而且务必要注意的是，尽管从总量上来看，我国在2010年就已经发展成为世界第二大经济体，但是更能反映国民富裕程度的人均GDP仍然非常落后。根据国际货币基金组织的统计，2013年中国人均GDP仅有6629美元，在世界各国中排名第84位，而排名第11位的美国人均GDP则高达51248美元！对中国经济如是之状况，国内外皆出现一些担忧中国经济发展，甚至看空中国未来的声音。

不管是"超级大国论"，还是"崩溃论"，都是观察者基于一定的资料、现象或立场而得出来的结论。在看待有关中国的种种论点时，不要因"超级大国论"而喜，也不要因"即将崩溃论"而怒，重要的是要看各种观点的论证，比如"中国崩溃论"的言论和著述，看看其中是不是有值得我们注意的事项，我们的经济发展是不是存在一些他们所认为的隐忧，没有更好，如果有，那么"崩溃论"不就正好给我们提供了有益借鉴吗？

5.1.5　中国目前到底是什么样的国家？

近些年来国内外，特别是国际社会有关中国是不是或何时发展成超级大国的讨论相当热烈。早在冷战时期，当"美帝"和"苏修"身为恃强凌弱的超级大国的时候，我国政府就表明了对"超级大国"的态度。在1974年召开的联合国第六届特别会议上，时任国务院副总理的邓小平先生代表中国向全世界宣布：中国现在不是，将来也不做超级大国。

时过境迁，就内涵而言，现在的超级大国和彼时的超级大国早已经有了根本性的变化。当下超级大国体现的是国家超强的综合实力，意识形态色彩业已淡去。事实上，一个国家的国际地位如何，不是靠自己说出来的，而是由自身实力所决定的，是在与其他国家的相互比较中所获得的。如果一个国家的综合实力已经成为世界顶级，即使该国不说自己是超级大国，其他国家也不会否认它的地位。反之，假设一个国家的综合实力与其他国家相比并没有相对优势，那么就算该国下再大的气力宣传，其他国家也不会认同之。简而言之，国家在国际社会中的地位是一个客观存在。

虽然中国的经济发展、城市和基础设施建设的确已经取得举世瞩目的业绩,特别是"世界第二大经济体"的名号把中国推到了一个高位,但是就国家的综合实力而言,中国距离世界超一流的国家还有相当长的距离。就像沈大伟先生在《中国走上全球:不完全大国》中所提及的那样,目前中国的软实力仍还是一个非常显要的发展短板,中国维护自己海外利益的力量仍还是相当虚弱,即使是在自己所隶属的东亚或东北亚区域,中国都不能取得主导权而不得不想方设法与日本和俄罗斯共存。而且别忘了,中国在面临严重国际困局——比如中日开战——时,还缺乏能够提供深具实际意义帮助的国际盟友。一言以蔽之,目前中国的综合实力不足以承担起超级大国的责任。

就令中国赖以为豪、让外国羡慕不已的经济发展而言,现在也不能太乐观,中国政府决定调低 GDP 的发展步伐就是一个明证。随着旧有经济发展模式弊端的日益显现,中国早已开始了对经济结构的调整,也就是说,中国经济发展正处于转型期。但凡处于转型期的事物,都有不止一个的可能结果,最理想的是找到一个非常有效的发展模式,借此再次把中国经济引入下一个长时段的高速增长期;次优的是找到一个还算不错的发展模式,但是经济增长没有从前快了;最糟糕的结果是经济转型失败了,中国经济从此进入低速或负增长期。既然是处于经济转型的历史时期,那么这几种结果都是有可能出现的。股市是实体经济的晴雨表,这是经济学的一个基本常识。我国的上证指数在 2007 年 10 月 16 日达到迄今的历史最高峰 6124.04 点,但是到 2008 年 10 月 28 日时,该指数就已经骤降到 1664.92 点了,中国股票市场于是出现了入长达七年之久的熊市期,但是同期,中国经济的各项统计指标大都是令人鼓舞的,中国的 GDP 更是一飞冲天。中国实体经济和虚体经济之如此背离发展的现实,也许可以说明一些问题。

简而言之,中国的经济发展并不如 GDP 所显示的那样好。除了经济因素外,中国当前相当分散的思想信仰和存在的一些政治弊端,也是对未来中国持怀疑或谨慎态度的人所经常提及的,而且也是我们国家所不能不正视的问题。

不过我们也务必要相信一个基本事实,那就是不管被如何评说,中国受到日益提升的关注本身,就说明她在国际社会中的重要性越来越显现。在英国国家广播公司(BBC)所做的年度全球国家形象调查的排名中,2013 年和 2012 年公布的结果显示,中国受欢迎的程度分别排在第九和第五位,总体而言这是一个不错的排位。但令人遗憾的是,BBC 的这个调查也显示,日本、韩国和印度的受访者对中国的认同度非常低,这说明中国对这三个重要邻国的政策还有待完善和调整。

基于中国发展之事实,我国政府在如何看待中国的国际地位方面态度是相当明确的。当面对"中美国"、"G2"等说法时,不管是时任国家主席胡锦涛先生还是国务院总理温家宝先生,都旗帜鲜明地表明了中国的立场,那就是中国仍然是世界上最大的发展中国家,中国要实现全体人民共同富裕的目标还有很长的路要走,中国目前更不是超级大国。对于中国决策者而言,切不可脱离中国国情,自视已经十分强大或者妄自菲薄,一切政策的制定都要以中国的实际力量和具体需求为根本出发点。

5.2 中国"信仰缺失"漫谈

2013年11月在伊朗重走古丝绸之路时,同行者对伊朗普通民众的良好风范羡慕不已,进而又忧国忧民,论及中国信仰缺失问题,并且把今日中国之多种困境与丑恶归咎于此。虽然有如是之共识,但是大家对于如何弥补信仰缺失却有不同看法,结果一群中国知识分子在异国他乡,围绕信仰缺失问题发生了激烈辩论。

论及信仰,宗教显然是一个不可回避的因素。在慷慨陈词中,一些同行者大谈信仰缺失就是没有宗教信仰,认为宗教信仰的缺失直接导致中国人对道德底线的一再突破,进而使得现代中国滋生出无穷无尽的弊端。依据他们的解读,中国若想成为有道德之国,就要解决信仰缺失之难题,就要建立宗教信仰。在此等认知的推动下,一些人还围绕哪种宗教更优秀进行了正面交锋,回国后一位教授仍然坚持认为,救赎当下中国之道德沦丧、弥补中国之信仰缺失的唯有基督教。

这次争论再次激起我对中国信仰缺失问题的思考。事实上,针对中国相当广泛的道德沦陷之现象,多年以前我也曾一再哀鸣中国的信仰缺失,也曾认为宗教信仰是解决中国信仰缺失难题、重塑道德国度的必由之路。不过时过境迁,尽管中国的信仰缺失仍然是一个共识,尽管我仍然认为良好的宗教信仰有助于人之道德的形成,但是我不再认为中国信仰缺失的核心是没有宗教。或者说,我愈发认为,即使没有宗教,也不妨碍我们能够走出中国信仰缺失之困境,做一个自信的、有道德的人。我的中国信仰缺失观为什么会发生如是变化？这首先和我在宗教地区的行走有关。

5.2.1 感知犹太教和伊斯兰教国家

2010年10月,我独自奔向以色列,开启了游学中东之旅。很多国人认为以色列充满危险,可我为什么还以此作为自己的访学之地呢？它地处中东当然是一大原因,毕竟我研究的重点就是中东问题。但是我钟情以色列的更重要原因则是极度向往它辖区内的一座城市——耶路撒冷。尽管我并没有宗教信仰,可犹太教、基督教和伊斯兰教的共有圣城耶路撒冷却一直是我的一个梦想,特别是当我目睹了人世间的丑恶从而颓废彷徨时,她曾经被我视为能够解救我精神迷失的唯一灵丹妙药。事实上,我是带着找寻信仰的目的访学中东的。

中东地区的宗教氛围相当浓厚,这里可是犹太教、基督教和伊斯兰教的发源地和信徒集中地啊。时至今日,以色列是世界上唯一的犹太国家;众阿拉伯国家、伊朗和土耳其等国的绝大多数国民是伊斯兰教信徒;而报喜教堂、圣诞教堂、圣墓教堂、索菲亚教堂等胜迹的存在,显示着基督教在这里的影响力。当圣城耶路撒冷首次呈现在我眼前时,我的确被某种东西所触动,毕竟在此之前的数年中,我对她寄托了太多的感情,这就像暗恋已久的人突然出现在面前,心里怎会没有波澜？我亦曾沿着圣经记载的耶稣成长和传道的轨迹,奔走于以色列中北部。看着苍凉的大地,听着动人的故事,走着艰辛的道路,想着迷惘的未来,心里怎会没有涟漪？这波澜,这涟漪,的确曾让我感觉到宗教的存在。

在以色列、巴勒斯坦和土耳其走马观花后,为了更加深入地接近,甚至融入宗教信仰中,我决定停留下来。遍观全球,就城市的宗教意义和影响力而言,几乎没有谁可以和世界三大一神教共有的圣城耶路撒冷相提并论,她甚至被誉为是离上帝最近的城市,于是我把耶路撒冷作为自己长达五个月的生活之地。距我住处仅一步之遥的耶路撒冷老城是我最为密切关注的地方,我几乎隔一天去一次,每个周五都会去,因为面积仅为一平方公里的老城集中了犹太教、基督教和伊斯兰教的圣迹、圣址,而每逢周五,一般情况下三大教都会在老城举行自己特有的宗教活动,我可以在那里充分感知宗教信仰之于人的意义。

我在中东就这样度过了一年,特别是在圣城耶路撒冷生活了五个月,之后我又几次访学宗教氛围相对浓厚的中东,到以色列、巴勒斯坦、伊朗和埃及等国家进行实地考察和调研,与包括各宗教信徒在内的中东多国民众有了更加密切的接触与交流。随着对中东宗教、信仰和社会等状况的认识的加深,我的某些观点也逐渐发生了变化,其中就包括宗教在当地社会中的地位和影响力。

5.2.1.1 犹太国家感知

众所周知,以色列是世界上唯一的以犹太人为主体的国家,在其关于国家属性的阐述中,明确宣示自己是"犹太国家",再考虑到圣经中犹太人和犹太教密不可分的关系,以及现代以色列国家创建和发展的艰难历程,就可以轻易判知犹太教对这个国家的重大意义。但是深入其中,却发现这个国家的公民在对宗教的态度上有很大的差异。

以色列中央统计局的数据显示,在以色列第63个建国日(2011年5月14日)之前,犹太人占国家总人口的75.3%,其中正统派犹太人大概只占20%左右。正统派犹太人主张一切事情必须符合犹太教的传统和仪式,包括奉行饮食规条及每天的祷告等。在以色列正统派犹太人中,有几乎占到一半数量的是极端正统派犹太人,他们中的大部分人一生研读犹太经典,几乎不参与其他工作和社会生活,基本是完全依靠政府补贴过日子,而且长期以来他们还生活在以色列的义务兵役制度之外,这些也是以色列非正统犹太人最不满意的地方。由于正统派对犹太教传统和圣经的恪守,他们还把包括巴勒斯坦甚至约旦一部分的"上帝应允之地"视为以色列的固有家园,所以在巴以问题上他们拒绝向巴勒斯坦人妥协,非但如此,他们还在巴勒斯坦人居住区积极从事犹太定居点建设,从而导致巴以关系更加难以缓和。

以色列犹太人中除了约20%的正统派外就是约80%的现代派了。正统派与现代派最直观的差别在于他们的着装,后者不像前者那样穿戴犹太人传统服饰。尽管以色列现代犹太人在阐述自己的宗教信仰时大都声称是犹太教,尽管他们也享受宗教假日带来的休闲与快乐,但是他们的宗教意识并不浓厚,或者说是相当淡薄。不像正统犹太人,现代犹太人一般很少去犹太会堂,对圣城耶路撒冷的热情还相对较低,其日常生活方式和我们相差无几,即使是针对某些宗教饮食禁忌,有些现代犹太人也会突破。

特别值得注意的是,以色列很多现代犹太人对正统犹太人意见非常大,直言后者是国家的负担,是巴以和平的绊脚石。当2013年7月以色列议会通过强制极端正统派犹太人服兵役及其他社会义务的新法案后,现代派犹太人欢呼雀跃,因为极端正统派犹太人之后不得不通过自己的劳动自食其力,以色列的经济也因此会受惠。但是极端正统派则认为这项决定有违犹太传统,其领袖波拉什就此威胁说,这是有可能"引发内战"的决定,认为军方既不需要也不希望让虔诚的犹太教徒塞满军营。

在特拉维夫、耶路撒冷和海法访学期间,我曾经问过数位以色列现代犹太人是否有正统派的朋友,得到的答复都是"没有"——这也许是巧合,但我更相信这是以色列大多数现代犹太人对正统犹太人的态度。仔细查看以色列这个"犹太国家",会发现对很多现代派犹太人而言,宗教并不是他们人生观形成的根本源泉,或者说宗教在他们身上并没有明显的存在。

5.2.1.2 伊斯兰国家感知

从人口统计来看,土耳其、伊朗和埃及均是穆斯林占国民绝对多数的伊斯兰国家。在造访这几个国家之前,我曾经想象当地民众会对伊斯兰教践行有加,自己处处都需要谨慎行事,以免冒犯了对方的宗教禁忌。不过在对这几个国家完成考察后,我发现事实与自己先前的想象有很大差异。

土耳其共和国是世界上迄今最后一个伊斯兰大帝国——奥斯曼土耳其帝国的继承者。在长达五百余年的岁月中,以伊斯兰教为国教的奥斯曼土耳其帝国掌控着中东大部分的土地和人口,国家世俗首脑同时也是帝国最高宗教领袖。第一次世界大战后,在奥斯曼土耳其帝国的废墟上,以世俗化为导向的土耳其共和国得以建立。尽管土耳其穆斯林占其国民总数的99%,但是这个国家的宗教氛围并不浓厚,以宗教为主题或纽带的公共活动很少,清真寺也不是一个特别受青睐的地方,我曾问一些土耳其大学生是否会去清真寺,得到的答复也多是不去。我的一位土耳其学者朋友告诉我,尽管他的家人都是穆斯林,可他本人不是,他没有宗教信仰,而且他确信土耳其还有很多像他这样的人。如今,在历经近百年的世俗化后,绝大部分的土耳其人明确反对宗教涉入政治,哪怕是自己的信仰伊斯兰教也不行。在论及自己的身份时,土耳其人更看重自己的民族身份,强盛的奥斯曼土耳其帝国才是土耳其人最深切的精神寄托。在论及国家正在争取和经历的复兴时,土耳其领导人和民众一再强调的是作为民族性的"土耳其人"曾经的辉煌;相较宗教信仰,奥斯曼帝国催生的民族精神更能给土耳其人带来荣耀感。

埃及人也把自己的荣耀建立在作为世界四大文明古国之一的过去。早在公元前3200年，古埃及人就建立了奴隶制国家，很多专家学者认为这是世界历史上最早出现的国家。古埃及不仅建造了今人仍然不能很好解读的金字塔和狮身人面像等物质文明，而且还孕育了丰富的宗教思想，古埃及的信仰就给犹太教提供了不可或缺的借鉴。640年埃及被阿拉伯人征服，伊斯兰教也随之传来，此后伊斯兰教逐渐成为埃及人的最主要信仰，时至今日，埃及有高达84%的国民信仰伊斯兰教。但是1953年宣布成立的阿拉伯埃及共和国走的是世俗化之路，埃及为数众多的中青年并不常去清真寺，绝大多数国民对宗教涉入政治也非常排斥，埃及"1·25革命"后穆尔西总统和穆斯林兄弟会的际遇就充分说明了这一点。特别值得提及的是，虽然伊斯兰教兴起后埃及也逐步加入到阿拉伯大家庭之中，但是在面对阿拉伯半岛上历史积淀不甚深厚的阿拉伯人时，埃及人的"阿拉伯认同感"并不强烈；最能让当下奉伊斯兰为国教的埃及人感到自豪的，是远在伊斯兰教诞生之前的光辉灿烂的古埃及文明。

伊朗是以波斯人为主体的伊斯兰国家。早在公元前6世纪，波斯人就缔造了人类历史上第一个世界性大帝国——波斯帝国，开创了一系列的国家管理和运行制度，孕育了丰富的思想和文化。7世纪新兴民族阿拉伯人征服了波斯，之后波斯人逐步接受了阿拉伯人的伊斯兰教。但是阿拉伯人在文化上根本无法与波斯人相提并论，所以作为被征服者的波斯人对阿拉伯帝国的贡献举足轻重，他们也是阿拉伯—伊斯兰文化的主要塑造者之一。20世纪巴列维王朝建立后，伊朗走上了世俗化的发展道路，特别是到六七十年代，其世俗化、西方化特征非常突出。尽管1979年伊朗建立了以宗教领袖为最高权威的政治体制，社会也迅速被强制性地伊斯兰化，但是过去这三十多年的发展历程对伊朗而言不啻为一场灾难，宗教势力也因此在国内遇到越来越大的挑战。现在，伊朗社会去伊斯兰化的呼声日益强烈，尤其是在广大的青年人中间，对宗教的叛逆逐渐增多。在憧憬自己国家的复兴时，时下的伊朗人最为看重的是伊斯兰化之前的波斯精神，强调的是恢复波斯帝国的雄风，也就是说，他们最坚定的是基于民族而非宗教的精神信仰。

5.2.2 地区或国家发展中的宗教角色

坦率地讲，在中东"犹太国家"和伊斯兰国家的游学改变了我原有的宗教信仰观，甚至我不再为自己没有宗教信仰而感到缺失什么了，而且在这些国家游学时，我也都发现或遇到了一些可以归为"道德丧失"之行为。基于此等改变和状况，我又把目光转向宗教与地区或国家发展的关系层面，查看基督教之于西欧的发展，以及中国古代强盛时期的宗教角色。

基督教是当今世界拥有信徒最多的宗教，美国皮尤研究中心2012年12月18日公布的报告显示，全球约有22亿人信奉基督教，占到世界总人口的32％。欧美国家的主流宗教信仰几乎清一色的是基督教。基督教诞生于1世纪的古巴勒斯坦之地，起初被视为犹太教中的异端，在耶稣蒙难后，其门徒逐渐向罗马帝国境内的非犹太人传播基督教。历经重重迫害之后，基督教于313年在罗马帝国取得合法地位，392年被罗马帝国皇帝宣布为国教，基督教从此走上一个迅速发展期，并逐渐成为欧洲的主流信仰。

在基督教成为西欧的主导性信仰后，欧洲历史即进入了所谓的"中世纪"（始于476年西罗马帝国灭亡之后的近千年）。这一时期的西欧政治和社会现实相当糟糕，经常用来形容欧洲中世纪的词汇之一即是"黑暗"。中世纪的西欧远离了古希腊文明，割据严重，混战频繁，政治权威缺失，宗教力量强大，高高在上的教权影响着几乎每一个人和整个社会的运转。特别是到中世纪的后期，基督教之于社会进步的桎梏愈加明显，欧洲著名的"宗教裁判所"即是明证。在中世纪，作为西方文明源泉的古希腊文化被欧洲抛之脑后，在世界政治经济版图上，基督教主导下的西欧也远远落后于以中国和阿拉伯—伊斯兰文化为代表的东方。

西欧新兴的资产阶级对教会日益不满，他们愈发反对教会对人的精神世界的控制，遂导致对西欧发展具有举足轻重意义的文艺复兴在14世纪发迹于意大利各城市，并迅速蔓延至西欧各地，人文思想对基督教神学形成越来越大的挑战。在此等背景下，16世纪欧洲兴起了轰轰烈烈的宗教改革，对基督教在欧洲的主导性存在给予致命打击，欧洲君主们的权力日益隆盛，各民族国家也由是进入了快速发展阶段，资本主义获得了更大的发展空间。但是基督教教会的厄运远不止于此，始于17世纪的欧洲启蒙运动再次对教会进行了猛烈抨击，启蒙思想家们提出的现代民主政治理论，不仅进一步压缩了基督教在西欧的生存空间，而且还引爆了西欧多国的资产阶级革命。

西欧资产阶级革命的成功，使得英国、法国等民族国家走上了主宰世界的强盛之路，西欧也完成了对东方的超越，成为现代世界的政治和经济中心。尽管我认同基督教精神之于西欧兴起的部分推进作用，但是在更大程度上讲，现代西欧的崛起不是源于对基督教的遵从，而是根植于对宗教力量的斗争。英法等国是在逐步摆脱宗教力量的束缚并构建了强大民族国家后才登上世界舞台的；尽管它们在对外扩张中也曾强调基督教信仰的突出作用，但这更应该被理解为是其民族国家强大后的对外政策选择。

中国的历史发展则提供了另一个观察宗教作用的视角。公元前221年，秦王嬴政建立了中国历史上的首个统一大帝国，并确立了中央集权的君主专制政治体制，这一体制也成为之后中国政治发展的基本范本，并且把中国引到历史发展的快车道。秦之后的汉帝国是与罗马帝国并驾齐驱的世界显要角色，与欧洲黑暗的中世纪形成鲜明对照的是，同期的中国迎来了唐、宋、明等高光时刻，即使是在西欧诸国爆发了资产阶级革命并进入跨越式发展之际，中国也产生了"康乾盛世"。在千余年的历史发展中，中国一直走在世界的前列，是当时的世界超级大国。

不像东方的波斯帝国、阿拉伯帝国、奥斯曼土耳其帝国，抑或是西方的罗马帝国，古代中国并未产生普遍的宗教信仰，即使是中国最主要的本土宗教道教，也从未赢得九州共信、华夏同仰，更遑论能影响到中国整体发展进程了。本土宗教如此，外来宗教亦然。尽管佛教传入中国后在某时某地也曾有过辉煌，但是"三武一宗灭佛"证明了其与中国政治和社会的不可调和之矛盾。伊斯兰教传入中国后，在其发展过程中也深受中国主流文化的影响，中国回族中的"门宦"制度就是明证之一；清王朝时期均信奉伊斯兰教的新疆维吾尔人和西北回族陷入激烈的内斗，也突出显示了中国政治对宗教信仰的主导性存在。虽然有志于来中国传播基督教的教士不在少数，不过不甘屈服于政治的基督教在中国的发展举步维艰，再加上基督教在近代列强侵华中的某些表现，导致相当长时期内它在中国的形象相当糟糕，信徒自然也就十分有限。

一言以蔽之，整体来看，中国古代强盛时期宗教氛围不甚浓厚，宗教信仰也从未成为社会文化的主流，古代中国的强盛与宗教的关系并不是太大。

5.2.3　传统文化沦丧是中国信仰缺失的核心

行文至此，我更加怀疑中国信仰缺失的核心要义是"宗教的缺失"。不管是"犹太国家"以色列，还是伊斯兰国家土耳其、伊朗和埃及，其大多数的国民更以自己的民族性而非宗教性为自豪，在这些国家中我甚至看到宗教遇到了逐渐增多的发展困境。另一方面，西欧对基督教的逐步远离造就了自己持续辉煌的现代，中国对宗教的连续疏远也没妨碍到古代长时段的强盛，面对此等之客观事实,我们还能够把当下中国信仰缺失归于没有宗教信仰吗？抑或者反向思维,有了宗教(信仰)就能让国家的发展一马平川吗？环顾全球,现实中的案例已经给了我们响亮的否定回答。

但是时下中国的信仰缺失又是一个人所共感共知的问题,那么中国信仰缺失的核心要义到底是什么？在2012年出版的《游学中东》一书中,我记载了一件貌似与此相关的事：

> 在以色列特拉维夫大学做访问学者时,我参加了该校举办的"2000年10月事件以来的十年"学术研讨会。本次会议的发言人都能熟练运用英语,英语本身就是以色列的通用语言,在以色列大多数的学术会议上,可能有人应用不了希伯来语,但英语肯定没问题。尽管如此,这次会议的宣传手册上明确注明,会议论文宣读是希伯来语,但会有英语的同声传译。如果从经济学的角度考虑,这样的语言安排肯定不是最佳选择,因为直接用英语的话就可以免去同声传译的费用,可算账历来不含糊的犹太人依然选择希伯来语作为会议的正式工作语言。希伯来语是什么？是以色列的官方用语,是犹太民族的象征,是犹太国家以色列的象征！
>
> 坦白地讲,在被视为宗教氛围浓厚的中东看到如此鲜明的民族张性时,我的思想受到非常猛烈的冲击。看看中国国内的一些学术会议,近些年来在所谓"国际化"的运动中,哪怕千辛万苦只请来少数几个水平很一般的外国代表,也会强调英语是会议用语,但是这样做的结果是什么？一是把自己人挡在了会议之外或者推入尴尬的境地,毕竟国内不能用英语自由表达自己见解的人不在少数。但这还不是最重要的,中文是什么？是中国唯一的官方用语,是中国的象征！在自己的神圣国土上举办会议,竟还不能光明正大的使用自己的国语,难道这就是所谓的国际化？到国外开会用别人的语言,在自己国家开会也用别人的语言,你自己就还处于人类进化的蒙昧时期没有语言文字啊？在我看来这不是什么"国际化"的问题,而是对自身文明的轻视和践踏！

当我在《游学中东》一书中写下上述文字时,我个人愈加坚定地认为,时下中国信仰缺失的核心,是没有对中国本土优秀文化的足够尊重与认同！尽管中国传统文化存在一些糟粕,但是古代中国能够在千年之中傲视世界,不也正是要拜中国传统文化之所赐吗？当下每每论及中国信仰缺失,必会提及国人精神之沦丧、道德之匮乏,这不也正是中国传统文化最为极力避免的吗？中国传统文化的核心不就包括伦理道德的构建吗？而且还应该提及的是，现在被国内一些学者奉若神明的"西方国际关系理论"，难道就真的在远早过它们的中国先贤们的论述中找不到类似的思想吗？

那么，中国人怎么就与自己的传统文化割裂了呢？

5.2.4　中国传统文化是如何沦丧的？

冰冻三尺非一日之寒，中国从强烈的民族国家自信到"信仰缺失"，也有一个较为漫长的过程。外部国家的武力入侵及其带来的国家耻辱，打碎了中国人对自己力量的信仰；迷茫之时外部思想传来，一些知识分子遂对其仰望有加，并以批判中国传统文化来显示自己对新思想的领悟；当国外理念上升为国家制度时，中国传统文化的生存空间再被压缩。有如此这般连续不断的猛烈冲击，再加上其本身存在的一些糟粕，中国传统文化渐渐远离了国人的视线。

近代落后挨打的民族国家悲剧动摇了对传统文化的信念。秦朝的建立开启了中国强盛帝国的辉煌之旅，期间尽管也有内忧外患、分分合合，但是中国日益强大并在长时间内维持在高位水平是一个不争的事实。作为"中央之国"的君、臣、民，对自己的文化充满信心自是当然。但是1840年爆发的鸦片战争让中国这个东方巨人感受到了西方的坚船利炮，仅仅少量的战舰和英方士兵，就迫使清王朝接受城下之盟，与英国签订了割地赔款丧权辱国的《南京条约》。之后中国门户洞开，西方列强如潮水般地涌进中国肆意掠夺，日渐蜷缩的中国人无助地看着他国之人趾高气扬地行走在自己的土地上，再加上日益增多的西方先进工业品的传入，中国人只能以诧异和羡慕的眼光看待之。这样，千余年来培养起来的民族自尊心、国家自豪感逐渐丧失，中国人对自身传统文化的信心也出现动摇。

20世纪初新文化运动对传统文化的过度贬低。在国家处于危难之时，一些有识之士开始找寻挽救中国的济世良方，既然传统文化已经受到严重质疑，所以它也就难以承担起此等使命。这时，曾经留学欧美和日本的一些知识分子站了出来，他们企图以西方的思想文化来为中国的明天开辟出一条新路，轰轰烈烈的"五四新文化运动"即是此等思潮的最鲜明体现。新文化运动引发了中西思想在中国的大碰撞，在"打倒孔家店"甚至取消汉字等思想的冲击下，中国传统文化几近体无完肤，以致一些视传统文化为精神支柱的知识分子轰然倒塌。陈寅恪先生就认为，王国维先生之所以在1927年投湖自尽，就是因为他深刻体会到了中国传统文化衰败带来的无以复加的痛苦。吴宓先生也认为,王国维先生的死与中国传统文化的丧失有关,他甚至在王国维先生的灵前啼血——如果有生之年不能见到中国传统文化的复兴,自己也将追随王先生而去。新文化运动对中国传统文化的冲击不可谓不严重。

政治运动和社会取向对传统文化的冲击。西方思想的传入本就已经对中国传统文化造成重大冲击,而一旦某种外来思想体系发展成为国家制度,并且这种制度再催生出一些有悖伦理道德的社会及政治运动,那么其对中国传统文化的撞击就可想而知了。俄国"十月革命"的一声炮响,给中国送来了马克思主义。毋庸置疑,马克思主义的传播及其指导下的共产主义运动的开展,是20世纪对中国最具影响力的大事件。随着1949年中华人民共和国的建立,马克思主义成功地使中国摆脱了多年混战的国内局面,大陆地区终于走向统一。但是在新的政体模式下,中国也开启了以阶级斗争为纲的阶段,迎来了各种政治社会运动的高发期,"反右运动"、"农村人民公社化运动"、"大跃进"、"文化大革命"、"上山下乡运动"……在改革开放年代,经济发展以压倒一切的面目出现在中国,竞相逐利的时代特色造就了社会伦理道德的进一步沦丧,中国传统文化再遭打击。

5.2.5 重建对中国优秀传统文化的信仰

随着中国传统文化的步步陷落,中国人的自信心也是层层递减。没有了对基于自身文化的坚定信仰,人心涣散自然在所难免。与此同时,欧美国家的"发达"之现实,更映衬出人心涣散之中国的种种不足。中国人于是备受煎熬,茫然于世,甚而至于,一些人竟然用宗教的缺失来注解当下中国的精神迷失,这实乃荒谬之极,因为从古今中外宗教之于社会、国家的作用和意义看,当下的中国最缺失的信仰显然不是宗教。

遍观世界历史,凡是世界甚至区域性大国,无不具有鲜明的基于本土文化的信仰;而一旦对自己的文化丧失了信心,随之而来的往往是民族和国家的灾难。地广民众如中国者,更是不能把自己的命运寄托在他国现成的理论和发展道路之上,因为没有任何一个国外理论,没有任何一个国外经验可以作为中国发展的行动指南。当下我们要做的,是要在对自身文化有充分信任的基础上借鉴他国的理论和经验,而不是本末倒置。

经过百余年的努力,我们已经终结了鸦片战争以降的民族和国家屈辱史,完全可以说，由屈辱近代中国所滋生的对自身的怀疑已经大为减弱。再者，经过上百年对中国发展道路的探索，越来越多的国人也已经认识到，只有基于中国自身文化基础之上的发展模式才能把国家引入到健康的发展轨道。但是，迄今中国并未重建出基于自身文化的有效思想价值体系，各种所谓的西方理论和发展模式仍深居庙堂之高，而一些本土模式则只能无奈地蜷缩于江湖之远。

遍观世界大国发展史，很少看到有贵为全球第二大经济体的国家如当下中国这般的没有自信，如当下中国国民这般的对自身文化缺乏信仰。面对此情此景，平凡如我者能做些什么呢？首当其冲地，中国人一定要对"中国"有信心，一定要对自己优秀的传统文化有坚定信仰，能够支撑古代中国强盛于世上千年，不同于早已经中断的古埃及文明、古巴比伦文明和古印度文明，中国文明是一个持续性的存在，她因此更值得我们信仰。个人固然可以表达出一些对国家的尊重、对传统文化的信仰，但是在重塑对本国的信心、重构对自身文化的信仰过程中，国家行为才是最根本的主导力量，中国政府在这方面任重而道远。

后　　记

　　近些年来我比较频繁地到中东考察，每次长则一年，短则半月二十天。之所以一次又一次地游学中东，概因我对田野调查的日益看重。尽管中国研究中东的队伍逐渐壮大，但遗憾的是大部分研究人员仍然缺乏对中东国家的社会性考察，尤为不幸的是，在目前中国大跃进般的智库建设中，一些所谓的智库也只是应景式的存在……在缺乏一手资料的情况下，中国的一些中东研究成果，包括我本人前期的一些所谓成果，往往是对他人著述的杂糅和反刍，此情此景让我甚是伤心。出于对认知中东真实状况的渴望和对自身劳动价值的尊重，2009年我开始设计中东之旅。

　　这时候我决定去中东还有一个原因，那就是驱散自己正深陷其中的迷惘。博士毕业后，怀着对未来无限的期待，我成了一名大学老师。我是怀揣美好的理想进入高校工作的，对，你没看错，现在我说的就是一种叫"理想"的东西。尽管之前已经在中国不同的大学读书十载，但毕竟以学生的视角看学校总不能理解太深刻，身份一旦转变，以老师而非学生的眼光，很快就发现中国大学及一些知识分子的令人失望之处，当然还有高校青年教师的可悲境况。不用太久，理想，连同激情，一同渐行渐远了——我迷失在了热闹而喧嚣的人群里！在极度痛苦中，我想唤醒日益沉睡的自己，想洗涤自己的心灵，于是我想到了耶路撒冷。

　　学术研究和个人思想共同驱动，把我推到中东。从2010年以色列访学开始，迄今已经陆续游学以色列、巴勒斯坦、土耳其、伊朗、埃及、沙特等国。为什么首先要选择这些国家呢？我对访学的国家有几个标准：一是具有宗教意义，比如正在管辖耶路撒冷的以色列、伊斯兰教两圣地所在的沙特；二是地区政治大国，毕竟自己目前就职于大学政治系，关注区域政治和大国关系，所以对中东地区诸大国就关注有加；三是热点地区，比如巴勒斯坦；四是要有一定的安全保障，对伊拉克、叙利亚、阿富汗等国我暂时采取观望态度，目前我的中东游学之旅仍在继续,希望在不久的将来能踏上这些国家的土地。

在中东游学时,尽管我也尽可能多的和学者、官员进行交流,但我更热衷于另一个工作模式,那就是白天漫步街头巷尾,从社会大众特别是普通民众的角度来感知中东诸国,晚上则在住处写作。我采取这一视角来感知中东社会源于我的一个愚见,那就是通过与平稳发展国家的官方及上层打交道,基本可以获知该国的发展趋向,可是与正在(政治)转型国家的官方和上层交往,并不见得能够了解到该国的发展方向,因为他们自己都不清楚国家的未来,我坚信民众的普遍选择才是国家转型期的决定发展力量。另外,总体而言,我不相信中国访问学者能够比中国驻外大使馆、领事馆更能获取他国官方信息。

就政治社会发展而言,中国和一些中东国家很具有可比性,因此那里的相关状况对中国具有相当重要的借鉴或启示意义,比如所谓的"阿拉伯之春",就值得中国给予认真思考。我还相当顽固地认为,就政治发展和行政管理而言,目前把中国和欧美等发达国家进行对比当然有其积极意义,在某种程度上讲它可以为我们树立一个追求的标杆,但是面对这样的比较,老实讲有时候我也会产生关公战秦琼的感觉。设想一下,如果让潘金莲之夫武大郎和 NBA 明星姚明去练习抢篮板,这是否会有助于武大郎篮板技术的提高?很可能,武大郎会因为屡屡受挫而丧失信心,这不是说他不努力,而是他选择的方法有问题。所以我认为,在向西方发达国家借鉴的同时,中国也需要从与自己政治发展阶段相近的国家汲取经验和教训。

因为近几十年来西方和伊斯兰世界多有摩擦,特别是 2001 年"9·11"事件后美国开启了主要针对中东伊斯兰国家的反恐战争,这导致中东穆斯林形象出现较为严重的负面化,也让国人对中东人心存戒虑。在中东多国游学后会很容易发现,这其实是对中东普通民众的误读。不管是在犹太人居多的以色列、波斯人居多的伊朗,还是土耳其、巴勒斯坦、埃及和沙特,所遇到的当地普通民众大都是热情好客。事实上,如果没有中东诸国人民的友情相待,我也难以漫步中东,他们的热情是我继续中东之旅的一大动力。

与国内外媒体塑造的恐怖中东形象不同,我在中东诸国游学时还真没遇到过什么安全问题,即使是以色列和巴勒斯坦,那里的人民也普遍过着平静的生活。当然,在特定的地点,比如巴以通关区,在特定的时间,比如巴勒斯坦灾难日,也会发生一些规模很小的边界冲突,我就曾在这样的冲突中受害于催泪瓦斯,但这样的危险是可以规避的,不在特定的时间出现在特定的地点即可。

在中东这个拥有辉煌古文明的区域，历史和人文情怀很容易迸发出来。不管是中东还是东亚，辉煌都被埋葬在了历史里，而且已经沉睡了太久。回首绚丽的往昔，目睹焦灼的当下，展望混沌的未来，漫步中东怎会有平静的心情？中东就是这样容易让人感叹历史，以致让行走其间的我泪眼蒙眬。

这是一旦踏入便不愿离开的旅程，我会继续漫步中东！

范鸿达
2015 年 7 月

图书在版编目(CIP)数据

上帝也会哭泣:行走中东的心灵激荡/范鸿达著.—厦门:厦门大学出版社,
2015.9
ISBN 978-7-5615-5623-8

Ⅰ.①上… Ⅱ.①范… Ⅲ.①中东-概况②游记-作品集-中国-当代
Ⅳ.①K937②I267.4

中国版本图书馆 CIP 数据核字(2015)第 154083 号

官方合作网络销售商：

责任编辑　薛鹏志　查品才
封面设计　李夏凌
责任印制　朱　楷

厦门大学出版社出版发行

(地址:厦门市软件园二期望海路 39 号　邮编:361008)
总 编 办 电 话:0592-2182177　传真:0592-2181406
营销中心电话:0592-2184458　传真:0592-2181365
网址:http://www.xmupress.com
邮箱:xmup@xmupress.com

厦门集大印刷厂印刷
2015 年 9 月第 1 版　2015 年 9 月第 1 次印刷
开本:720×1000　1/16　印张:15　插页:1
字数:276 千字　印数:1～3 000 册
书号:ISBN 978-7-5615-5623-8/K・679
定价:39.00 元
本书如有印装质量问题请直接寄承印厂调换